Pociones

Filtro

Amy Alward

Pociones
Filtro

Traducción del inglés
Teresa Lanero

NOCTURNA
EDICIONES

Título original: *The Potion Diaries*
Publicado en Gran Bretaña por Simon & Schuster UK Ltd

c/ Corazón de María, 39, 8.º C, esc. dcha. 28002 Madrid
info@nocturnaediciones.com
www.nocturnaediciones.com

Primera edición en Nocturna Ediciones: marzo de 2016

Preimpresión: Elena S. Matilla

Impreso en España / *Printed in Spain*
Imprenta Kadmos, S.C.L.

Código IBIC: YFB
ISBN: 978-84-944243-6-6
Depósito Legal: M-4411-2016

Para Juliet, cuya habilidad mágica consiste en hacer que las cosas ocurran.

1
PRINCESA EVELYN

Una minúscula gota de sangre le brotó del extremo del dedo, donde se había clavado la punta del cuchillo. Lo sostuvo junto al borde de un vial de cristal y observó cómo caía la gota, que hizo que el líquido del fondo pasara del rosa a un azul profundo y oscuro.

Qué raro.

Siempre pensó que una poción amorosa sería roja, no azul.

2
SAMANTHA

La mugre pegada al tarro de cristal es tan espesa que ni siquiera se lee la etiqueta. Lo froto ligeramente con el borde de la manga antes de recordar la severa advertencia de mi madre de no volver a estropear la ropa de la tienda. En lugar de eso, cojo el trapo que me metí en el bolsillo esta mañana. Un nuevo restregón desvela la caligrafía estilizada de mi abuelo, pulcra y precisa, excepto allí donde la tinta se ha corrido formando grietas que se extienden por el papel de lino como si fueran dedos.

Berd du Merlyn

—No puede ser. —Las palabras se me escapan mientras un repentino brote de entusiasmo me sube serpenteante por la espina dorsal. Tengo que apoyar el tarro en la estantería y respirar hondo varias veces para tranquilizarme antes de poder seguir.

—¿Qué has encontrado? —Mi mejor amiga, Anita, me mira desde varios estantes más arriba.

Las dos estamos haciendo equilibrios sobre los peldaños de unas escaleras de tres plantas y treinta y seis estantes de altura. Hemos hecho un trato. Anita me está ayudando en la tarea monumental y soporífera de realizar el inventario de los miles de ingredientes, mezclas, pociones, plantas y cachivaches de la tienda de mi familia. A cambio, voy a ir con ella a ver el concierto del decimoctavo cumpleaños de la princesa en una de las pantallas gigantes que hay junto al castillo, a pesar de que con sólo oír algo sobre su vida siento vergüenza ajena. He metido a escondidas un libro en mi bolso por si acaso.

Sonrío de oreja a oreja mientras Anita arrastra su escalera hacia mí. Los rieles están viejos y obstruidos por el polvo y, a pesar de que suelo lubricarlos con gotas de aceite, los rodillos siguen sin deslizarse con suavidad.

Giro el bote en su dirección y ella emite un leve silbido.

—¿Crees que es auténtico?

—Quién sabe —digo. Mi corazón palpitante me delata. Siempre que registro estas estanterías siento que estoy cavando cada vez más cerca de un tesoro escondido y que algún día encontraré algo fabuloso. Hoy podría ser ese día—. En *Naturaleza y poción* he leído algo sobre una planta conocida como «barba de mago». Quizá *Berd du Merlyn* sólo sea un nombre antiguo para referirse a esa planta.

Antes de poder remediarlo, me vienen a la mente los distintos usos de la barba de mago: *Ingrediente clave en las pociones relacionadas con la conmoción; una infusión de cinco minutos en agua caliente (no hirviendo) ayuda a suavizar la recepción de malas noticias.* Es un ingrediente relativamente común y su hallazgo no sería nada del otro mundo.

Sin embargo, si resultara que es pelo auténtico de la barba de Merlín, del mismísimo Merlín… Bueno, en ese caso ya sé cómo pagaríamos la reparación de la gotera del techo que descubrí ayer

—de la manera más desagradable: mojándome la cabeza—, que de momento está sellada con cinta de embalar.

Agarro bien la tapa del bote y la giro con todas mis fuerzas. Se resiste por un momento y luego salta acompañada de una gran nube de polvo que me explota justo en la cara.

Una tos seca y el movimiento frenético de mi brazo hacen que el polvo se disperse, pero se me cae el alma al suelo.

Vacío.

Anita me da una palmadita en el brazo.

—¿Algo más que añadir a la lista de Kirsty?

—Eso parece. —Suspiro, agarro el bolígrafo que llevo en la oreja y apunto «barba de mago (pelo)» en mi lista de cosas que faltan y que hay que encargar a Kirsty, nuestra buscadora, para que nos las consiga. Y parece que voy a tener que encontrar otra forma de arreglar la gotera.

A veces, cuando me siento romántica, pienso en todas las generaciones de Kemi que han estado sobre estos peldaños y en los grandes alquimistas que han examinado estas estanterías.

Pero entonces me topo con la realidad: la tienda se está yendo al traste, nuestros suministros están disminuyendo y no hay perspectivas de negocio que puedan cambiar la situación.

No siempre fue así. Hubo un tiempo en que la Tienda de Pociones Kemi fue una de las apotecas más famosas de Kingstown. Pero ya nadie necesita apotecas cuando existen megafarmacias en el centro de la ciudad que venden versiones sintéticas de pociones tradicionales por la mitad de precio. Ahora somos los vestigios de antaño. Reliquias.

El padre de Anita también tiene una tienda de pociones, especializada en técnicas de mezcla de Bharata. Cuando su aprendiz se marchó para convertirse en ingeniero, el señor Patel decidió no contratar a otro, aunque Anita propuso dejar su plaza en la universidad para sustituirlo. Dentro de un par de años, cuando el padre de Anita se jubile, cerrará la tienda para siempre. Otra apoteca que se irá a pique, mientras que la Tienda de Pociones Kemi se empeña en continuar a toda costa.

El señor Patel es afortunado. Al menos ha elegido cerrar el negocio, así que tiene cierto dominio de la situación. Cuando pienso en lo que me sucederá cuando llegue nuestra hora, se me abre un agujero en el estómago.

Anita se desplaza a lo largo de las estanterías para regresar al lugar donde estaba trabajando. Intento recuperar el entusiasmo por la tarea, pero se ha esfumado en el éter como las motas de polvo del bote vacío.

—¡Dios mío, Sam, mira esto!

—¿Qué? —Me apresuro a llegar hasta ella. ¿Qué habrá encontrado? ¿Aliento de esfinge? ¿Quizás un diente de dragón?

Me planta en la cara su teléfono móvil. En la pantalla está la princesa Evelyn posando en uno de los salones de baile del Gran Palacio.

—¡La princesa va a llevar en su decimoctavo cumpleaños el mismo vestido de Prime Store que yo quería comprarme para el baile estival! Genial, ahora va a estar agotado en todas partes —se lamenta.

—No me puedo creer que vayas a ir al baile estival.

—Sí, bueno, no todas evitamos a los chicos para centrarnos en las pociones…, como una que yo me sé.

—Muy graciosa. Pero no vas con pareja, ¿o sí?

—Estoy haciendo que mis admiradores se sumen a la cola, como la princesa Evelyn, esperando a que aparezca mi pareja ideal.

—Anita se da un manotazo en la larga y brillante melena negra y saca la lengua.

Le lanzo el trapo y suelta una risita.

—¿Y quién crees que será su acompañante esta noche? —pregunta.

—¿A qué te refieres?

Anita me mira con cara de resignación.

—Venga ya, si me vas a obligar a que te ayude con el inventario, me tienes que amenizar el rato, por lo menos. Empiezo yo: creo que será Damian.

—Qué va. La familia real nunca permitiría que la princesa se casara con una estrella del pop. Será el príncipe Stefan de Gergon. Diplomáticamente vendría bien.

—Pues qué aburrido. Oh, ya sé: Zain Aster.

—¿Tú crees?

—¿Por qué no? Arjun dice que en la uni sólo se habla de lo buenos amigos que son él y la princesa. —Arjun es el hermano de Anita, dos años mayor que nosotras. Él y Zain estuvieron en el mismo curso en nuestro colegio—. ¿Has visto últimamente a Zain? —Arquea las cejas, insinuante.

—Son imaginaciones tuyas, boba. Zain Aster no tiene ni idea de quién soy.

—Si tú lo dices…

3

PRINCESA EVELYN

Su corazón palpitaba mientras Renel, el consejero más antiguo de la casa real, anunciaba la llegada de Zain. Entre los dedos sujetaba con firmeza un guardapelo de plata en forma de corazón que le colgaba del cuello. Pero, en el momento en que lo vio llegar, sintió que sus nervios y su tensión se aliviaban. Incluso se echó a reír cuando Zain se acercó a ella como si estuviera en su propia casa, ignorando al gruñón de su consejero.

—¡Evie! —Fue directo hacia ella y la abrazó. Llevaba una colonia almizclada y moderna, con cierto trasfondo químico de laboratorio.

—Te has vestido para la ocasión —susurró ella, posando suavemente los dedos sobre el hombro acolchado de su esmoquin.

Él se rió.

—Bueno, es la mayor fiesta del año y tengo que estar guapo para las damas. —Se puso a bailar de inmediato y a hacer como si se levantara el cuello de la camisa.

—Parece que le has puesto empeño, sí —dijo Evelyn con un tono que intentó que sonara normal, aunque las palabras de él habían sido como pequeños puñales en su corazón—. Renel, ¿nos disculpas? —preguntó, y aguardó a que el consejero de nariz aguileña abandonara la sala.

—¡Estás increíble! —dijo Zain, dando un paso atrás y agarrándola del brazo para admirarla.

Sí que estaba guapa. Llevaba el largo cabello rubio recogido hacia atrás con una cinta que sujetaba una cascada de rizos sueltos, y su peluquero le había puesto unas ligerísimas mechas doradas entre los mechones de pelo. Su vestido, que llegaba hasta el suelo, estaba confeccionado con purpurina azul lavanda y flotaba alrededor de su grácil figura. Muchos diseñadores habían suplicado vestirla para la fiesta de su decimoctavo cumpleaños, pero ella eligió a un diseñador local de la calle principal, una decisión que los medios de comunicación calificaron de «atrevida» y «valiente». A ella sencillamente le había gustado ese vestido.

El guardapelo era el único accesorio que no hacía juego... Pero tenía una finalidad y había llegado el momento de usarlo.

—¿Quieres beber algo? —preguntó, maldiciendo por dentro el tono chillón de su voz. Atravesó la sala hasta una mesita junto a la ventana.

—¡Claro! —contestó Zain.

Ella sonrió, luego le dio la espalda para verter el vino contenido en una delicada jarra de cristal en dos de las copas más finas de Nova, con hermosas bases de peltre pulidas como espejos. Con un movimiento rápido, abrió el guardapelo. Un polvo añil cayó en el fondo de la copa de él y se disolvió en el líquido rojo oscuro.

Examinó las copas de cerca y suspiró aliviada: parecían idénticas. Esperó cierto recelo, pero él no preguntó ni objetó nada.

—¿Por el enamoramiento? —propuso ella.

Él tomó la copa que le tendió y la entrechocó con la suya, sonriendo.

—Por ti, princesa.

—Por nosotros.

Sus palabras brotaron casi como un suspiro mientras se llevaba la copa a los labios y observaba cómo él hacía lo mismo. Entonces cerró los ojos, echó hacia atrás la cabeza y apuró el vino de un sorbo. El líquido descendió suavemente por su garganta, como si fuera miel. Una sensación cálida irrumpió en su cuerpo y le recorrió las venas, hasta que sintió como si le ardieran las puntas de los dedos de las manos y de los pies y el corazón le fuera a estallar de felicidad.

Pestañeó antes de abrir los ojos de nuevo.

Y, al mirar hacia los fríos ojos azules que se reflejaban en la base plateada de su copa, se sintió loca, profunda e irrevocablemente enamorada.

4
SAMANTHA

Suena la campanilla amarrada a la puerta de la tienda y, de repente, se desengancha de la bisagra y cae al suelo. Suspiro mientras abro mi cuaderno por otra lista diferente: «Cosas que reparar». Garabateo «Campanilla de la entrada» justo debajo de «Gotera del techo».

Al mirar desde lo alto de la escalera, diviso el vaivén de la falda de mi madre, que ha salido de la trastienda para recibir al cliente. Me obstruye la visión una de las vigas de madera que se entrecruzan en la parte superior del local para sostener la enorme extensión de estanterías. Desde el suelo de la tienda se elevan fragmentos de conversación cuyo sonido rebota entre los cientos de frascos de cristal.

—No te preocupes, Moira, querida… Ya nos pagarás la próxima semana.

Sin querer, se me escapa un gemido y bajo por las escaleras lo más rápido que puedo. Aun así, no llego al suelo hasta que la puerta se cierra de golpe, dejando atrás el enorme trasero de Moira.

—¡Pero bueno, mamá!

Voy hacia el lugar donde coloqué los preparados pendientes de entregar durante la semana. Cómo no, falta la medicación de Moira para todo el mes. Pulso con fuerza el botón para abrir la caja registradora y lo único que hay dentro es calderilla: el penoso surtido de monedas que dejamos por la noche en el cajón y un polvoriento billete de cinco, tan roto y descolorido que me apuesto algo a que ya no es de curso legal.

—Moira tiene setenta y tres años. Ya sabes que a veces se despista.

—¿Ah, sí? ¿Y por eso siempre se deja el monedero en casa? —mascullo.

Este argumento no sirve de nada con mi madre. Ella ve a todo el mundo con buenos ojos. El problema es que, con sus setenta y tres años, Moira es probablemente una de nuestras clientes más jóvenes. En serio, los únicos que prefieren acudir a nosotros en vez de a las megafarmacias son los viejos que se niegan a confiar en los compuestos sintéticos. Y estoy segura, por la manera en que Moira se detiene al doblar la esquina de la tienda para revisar dos o tres veces sus preparados, que sabe perfectamente lo que hace cada vez que viene a la Tienda de Pociones Kemi.

Esa idea me vuelve a enfadar.

—Se supone que esto es un negocio.

—¡Sam! ¿Cuántas veces tengo que decirte que no le hables así a tu madre?

Mi padre sale a zancadas por la puerta de la estantería que comunica con el laboratorio de mi abuelo y un humo se extiende por el suelo de la tienda antes de que la vuelva a cerrar. Mi abuelo está elaborando los preparados de esta semana para nuestra —reducidísima— clientela. Me invade un ligero sentimiento de culpabilidad: debería estar allí ayudando como una buena aprendiz.

Mi padre abraza a mi madre por la cintura y le da un beso en la mejilla. Sonrío, incapaz de seguir enfadada por lo de Moira. Es bonito verlos tan felices: mamá con su pintalabios chillón, su falda larga y su blusa floreada, y papá mirándola como si siguiera siendo una hermosa jovencita que estuviera a otro nivel. Y, en un sentido estricto, es verdad que está a otro nivel. Mi madre es una dotada: pertenece a un grupo social que posee la habilidad de canalizar magia a través de un objeto. No obstante, su habilidad es de grado bajo y su objeto —una vara de zahorí— está encima del tocador de su dormitorio acumulando polvo. Pero, aun así, es dotada. Podría haberse casado con alguien de una familia de dotados y tener un montón de bebés dotados. Sin embargo, se enamoró de mi padre, que es corriente, es decir, alguien que no tiene acceso a la magia. Como yo.

Ser corrientes es lo que nos convierte en grandes alquimistas. La ausencia de magia nos permite trabajar con ingredientes mágicos sin correr el riesgo de alterarlos o contaminarlos. Pero esa no es la única razón. Lo que hace especial a la familia Kemi es nuestra capacidad inigualable para las artes alquímicas, o sea, para saber intuitivamente la receta de cualquier poción, identificar las propiedades de cada ingrediente y comprender los misterios relacionados con la elaboración de un remedio.

En el caso de mi padre, el don de la alquimia se saltó una generación, por lo que nunca pudo ser aprendiz de mi abuelo. No obstante, si alguna vez se ha sentido frustrado por no tener habilidades alquímicas, nunca lo ha demostrado. Por contra, trabaja como conductor de autobús en el centro. Los corrientes predominan en los trabajos que requieren interacción con la tecnología; los pilotos e ingenieros informáticos son, en su mayor parte, no-mágicos. Mi madre trabaja en la tienda, aunque aceptó un segundo empleo como profesora de música en la escuela de Molly para tener algún ingreso extra. Pero, pese a que ambos saben lo mal que va el negocio, nunca me van a permitir hacer otra cosa que no sea ser la aprendiz de mi abuelo.

Porque, si tienes el don de los Kemi, debes utilizarlo.

Cuando consigo convencerle —a veces sólo después de haber fregado a fondo el laboratorio—, mi abuelo me cuenta historias sobre nuestros antepasados, que fueron los fabricantes oficiales de pociones de la familia real. Ahora es la corporación ZoroAster, la mayor productora de sintéticos de Nova, la que goza de ese honor. Nos lo arrebataron cuando el fundador de ZA, el mismísimo Zoro Aster, ganó la última Expedición Salvaje que aconteció en la historia de Nova. Las Expediciones Salvajes eran unas arduas competiciones entre alquimistas, establecidas por el primer rey novaniano, el rey Auden, para hallar el modo de proteger a un miembro de la familia real que estuviera en peligro de muerte. El rey Auden poseía un legendario cuerno popularmente atribuido a una criatura prehistórica que era, en cierto modo, dotada. El propio cuerno tenía una especie de poder mágico: convocaba a los alquimistas a la Expedición y dictaminaba quién era el ganador volviéndose dorado cuando se presentaba la poción correcta ante él.

El premio por ganar la Expedición Salvaje era una olla llena de coronas de oro y algo aún más preciado: una inmensa cantidad de magia real. Para los alquimistas, que eran casi todos corrientes, esa dosis de magia era valiosísima. Aunque eso no significaba que los dotados no intentaran también ganar la competición.

Y Zoro fue el primer dotado en conseguirlo. Utilizó el dinero del premio para montar el primer laboratorio de síntesis de todos los tiempos, produjo pociones sintéticas para cada tipo de enfermedad, dolor o achaque y cambió nuestra industria para siempre. De golpe, no sólo se llevó el contrato de los Kemi al servicio de la casa real, sino que también condenó al fracaso el antiguo arte de la elaboración de pociones en el que éramos expertos.

Ahora las Expediciones Salvajes son cosa del pasado. La familia real está tan bien protegida —cuenta con los mejores médicos, con guardaespaldas de alta cualificación, con el servicio secreto novaniano...— que es muy difícil que alguno llegue a encontrarse en peligro de muerte. Se dejan ver en ciertos acontecimientos, por supuesto, para inaugurar hospitales o entregar distinciones, pero poco más. Cuando quedó claro que sólo iban a tener una hija y la princesa Evelyn se convirtió en la única heredera al trono de Nova, el rey y la reina hicieron todo lo que estuvo en su poder para asegurar que nunca pudiera ocurrirle nada malo.

Anita me toca el brazo. Ella también ha bajado de las estanterías.

—Si no nos damos prisa, vamos a llegar tarde.

—Ay, sí, cielo... ¡No os vayáis a perder el principio! —El amor de mi madre hacia la familia real no es un secreto. En una repisa, bajo la caja registradora, tiene amontonadas varias pilas de revistas del corazón. Las guarda a escondidas de mi abuelo, que las quemaría en el horno del laboratorio si las encontrara—. Cuando vuelvas, me lo cuentas todo.

—Ya sabes que no se me da bien eso de «esta iba vestida de tal diseñador», «este ha aparecido acompañado de aquella» y demás.

—Entonces, saca muchas fotos —dice con una sonrisa—. A Molly le gustará verlas.

—Molly tendrá unas vistas mucho mejores que las mías —replico.

Molly es mi hermana y, aunque sólo tiene doce años, es la esperanza de la familia. Es dotada, por herencia de la familia de nuestra madre. Cuando detectaron su habilidad mágica, le pregunté qué se sentía. A sus ocho años, con su preciosa forma de hablar, me dijo que era como nadar en un torrente de magia. Ahora que tiene doce años, pronto será capaz de canalizar esa magia a través de un objeto, como si abriera un grifo.

Por eso han estado tan contentos mis padres últimamente. La prueba de la habilidad mágica de Molly ha dado un resultado astronómico. Va a ser potente. Puede tener un buen futuro que no dependa de una tienda ruinosa. Pero para garantizar ese futuro necesita ir a una escuela especial para dotados, y eso cuesta dinero. Un montón de dinero que no tenemos y que no vamos a tener si mi madre sigue dando nuestras pociones gratis. Cada penique extra es para la formación de Molly, para que tenga todas las oportunidades. Yo podría estar resentida por ello, pero no es el caso. Ella es una inversión mucho mejor que yo.

Molly ya está en el castillo, de excursión con sus amigos dotados.

—Intenta que Sam se lo pase bien, ¿vale, Anita? —Mi madre sacude la cabeza mientras me mira con los brazos en jarras.

—Haré todo lo posible, señora Kemi.

Antes de que mi madre nos siga entreteniendo, salgo a la calle. El viejo letrero de madera con el blasón descolorido de los Kemi chirría por encima de mi cabeza. Me aparto hacia un lado de forma automática, convencida de que un día de estos se caerá al suelo.

Anita me agarra del brazo y seguimos por la calle Kemi para salir del barrio alquimista. La ciudad de Kingstown está construida sobre los restos de un volcán extinto y en lo más alto se encuentra un imponente castillo. Muchos de los edificios más antiguos y hermosos de Kingstown se sitúan a lo largo de la colina, en una amplia calle principal que empieza en el castillo, conocida como Royal Lane. El resto de la ciudad se extiende por la ladera como una isla de viejos edificios que flotan en un mar de modernidad.

Royal Lane ya está abarrotada de gente que sube para ver la fiesta. Las tiendas que bordean la calle, por lo general muy animadas, han cerrado pronto esta tarde, pero hay grandes pantallas que emiten publicidad sin parar, desde la nueva moda hasta las mejores varitas, pasando por los compuestos sintéticos más avanzados.

—*Samantha Kemi* —dice una voz profunda y extrañamente familiar.

Al darme la vuelta de golpe, se choca conmigo una pareja que venía justo detrás. Es obvio que no son ellos quienes me han llamado y pido disculpas entre dientes. Mientras se marchan a toda prisa, me doy cuenta de que el vestido de la mujer pasa del rosa pálido al carmesí y luego otra vez al negro. Está hechizado. Siento una punzada de celos. Nunca podré permitirme llevar un vestido hechizado. Le hago un gesto a Anita y ambas ponemos la misma cara de resignación, como si estuviéramos sincronizadas.

—Dotados… —murmura.

—¿Has oído que alguien me llamaba? —le pregunto a Anita.

Sacude la cabeza y, como no vuelvo a oír nada, seguimos andando.

Pasamos junto a la parada del autobús, donde una pantalla animada muestra una imagen de la princesa Evelyn envuelta en un vestido de noche blanco centelleante. *¡ESTA NOCHE LA PRINCESA EVELYN CUMPLE DIECIOCHO AÑOS! Sintonice ATC desde las*

19.00 h. Todos los que no suban al castillo como nosotras estarán pegados a la tele, incluida mi madre.

La muchedumbre se concentra cada vez más, pese a que el inicio de la fiesta no está previsto hasta dentro de una hora, así que nos vemos obligadas a pararnos junto a una pequeña tropa de policías a caballo.

—Tendríamos que haber salido antes —dice Anita estirando el cuello para ver por encima de la marea de gente—. He oído que casi todos los de nuestra clase han conseguido invitaciones para la fiesta en el palacio.

—En el castillo, querrás decir.

—No, en el palacio. Allí arriba, dondequiera que esté.

Agita la mano ligeramente por encima de nuestras cabezas. El castillo de Kingstown es la única residencia oficial de la familia real. Pero su verdadero hogar es el Gran Palacio, un castillo encantado que se rumorea que está escondido en el cielo, por encima de Kingstown, a pesar de que no se ve, ni siquiera en los días despejados.

—Sólo los dotados de la clase, querrás decir.

—Bueno, eso.

Se produce un gran sonido de mil trompetas tocando a la vez. Me paro en seco y me tapo los oídos. ¿Ya ha empezado el concierto?

—¿Estás bien? —me pregunta Anita. Me agarra de la mano y pienso que le da miedo que salga corriendo de vuelta a casa y rompa así mi parte del trato.

—¿Has sentido eso? —Los oídos todavía me zumban por el estruendo.

—¿El qué?

—Samantha Kemi.

—¿Cómo? ¿Quién está diciendo mi nombre? —Me doy la vuelta con frustración, como si alguien estuviera tirándome de la coleta y luego echara a correr.

Anita frunce el ceño.

—No he oído nada, Sam.

Entonces, por el rabillo del ojo, veo el anuncio de la parada de autobús. La princesa con su bonito vestido centelleante ha desaparecido. En su lugar está el rey de Nova.

Y me está mirando.

5

SAMANTHA

El rey se pone a hablar:

—Samantha Kemi, como aprendiz del alquimista certificado Ostanes Kemi, se te convoca al Gran Palacio inmediatamente.

Parpadeo, ya que ahora mismo me resulta imposible hacer cualquier cosa que requiera más racionalidad. El rey de Nova —al cual sólo he visto por la tele, en los periódicos y una vez, desde muy lejos, en el balcón del castillo— me está convocando al palacio.

Pero ¿de verdad puede llamarme para que acuda al palacio? Tiene que tratarse de alguna clase de truco, porque no hay razón para que la familia real quiera nada con una humilde aprendiz de alquimista…, a menos que yo haya hecho algo malo. Pero entonces sería la policía quien estaría llamando a mi puerta, no la familia real. Aquí tenemos un gobierno, políticos y leyes, como todo el mundo. Los reyes son meros representantes, no dictadores.

No pueden usar su magia para detener a alguien en medio de la calle y convocarlo al palacio.

No es real. Es una broma.

—¿Anita? —digo.

—Sam, tengo que irme.

Aparto la vista por un momento de la cara del rey. Anita está mirando su móvil con los ojos como platos. Parece asustada. Y no da muestras de estar viendo la expresión que pone el rey mientras le hago esperar. Debe de tratarse de un mensaje privado sólo para mí.

—Han convocado a mi padre y mi madre quiere que vuelva a casa ahora mismo —me informa, enseñándome el teléfono para que vea el mensaje de texto.

—Vete —digo, y trago saliva con cara de no entender nada.

—¿Qué está pasando? —susurra.

Supongo que estamos a punto de averiguarlo. Me da un abrazo rápido y desaparece entre la gente en dirección a su casa.

Cuando vuelvo a mirar hacia la pantalla, el rey ha desaparecido y, por un instante, imagino que todo ha sido un sueño. Ahora hay otro hombre allí: un tipo con una barba bifurcada que le sobresale del mentón.

—Samantha Kemi, soy Renel Landry, consejero de la familia real. ¿Puedes confirmar que has oído esta convocatoria y que estás lista para viajar al Gran Palacio inmediatamente?

Me pregunto si tengo elección. ¿Qué demonios puede querer de mí la familia real?

—S-sí —tartamudeo.

No me puedo creer que nadie se haya parado a mirar este extraño espectáculo, pero todo el mundo pasa por delante de la parada de autobús como si la marquesina no existiera. El poder de los reyes. El consejero se mueve hacia un lado y me hace un gesto con la mano para que acuda a través de la pantalla.

—Ya te has transportado otras veces, ¿verdad?

¿Transportado? La idea termina por hacerme perder los nervios y casi me río en su cara. Pero me calmo y sacudo la cabeza.

—No, señor. —Después me fijo y veo tras él una sala opulenta, la mitad de una inmensa lámpara de araña detrás de su cabeza, unos lujosos tapices en la pared y, de pronto, me invade una inmensa curiosidad que se transforma en valentía—. Pero he visto a otros hacerlo y estoy segura de que yo también soy capaz.

Me lanza una mirada fulminante y enseguida soy consciente de que no se fía ni un pelo de mí.

—Tanta seguridad es inapropiada. El viaje al Gran Palacio es largo…

La verdad es que no me siento cómoda con la idea de transportarme. Conozco unas cuantas normas básicas: hay que agarrarse bien, tener la boca cerrada, no perder jamás el contacto visual. Cualquier pantalla —o espejo— puede utilizarse para la transportación, aunque las familias más dotadas tienen una pantalla específica denominada «convocador». Para largas distancias —o para viajar al extranjero—, la mayoría de la gente utiliza la Terminal de Transportación de Kingstown.

Pero transportarme yo sola, desde una marquesina de autobús en medio de la calle, es una historia totalmente distinta.

Oigo que el rey grita una orden:

—¡Tráela ya! Estamos perdiendo tiempo.

Renel hace una mueca y vuelve a mirarme con ojos llenos de determinación, aunque sin perder su pátina de desprecio. Odio los aires de superioridad con que los dotados miran a la gente como yo.

—Muy bien, señorita Kemi. Dices que puedes hacerlo y es urgente que acudas a palacio lo antes posible.

Extiende los brazos y las barreras que había entre nosotros desaparecen. Empuja con la punta de los dedos el cristal de la pantalla, que ondea como un estanque perturbado por una piedra.

—Ya voy —digo con más decisión de la que siento. Estiro los brazos y agarro sus manos extendidas, le miro a los ojos y me dejo arrastrar hacia dentro del cristal.

El suelo se escurre bajo mis pies y la muchedumbre se disipa a mi alrededor, a pesar de que ni siquiera noto que me esté moviendo. La habilidad mágica de Renel es fortísima; me guía con soltura hacia el palacio a través de las corrientes de magia. Me lleva cada vez más arriba y veo de reojo que estamos siguiendo la línea ascendente y abrupta de los tejados. Es una sensación rarísima: no es como volar, puesto que no hay viento ni corriente de aire, sólo los ojos de Renel clavados en los míos y la presión de sus brazos tirando de mis hombros.

Todo sucede muy rápido. De pronto, cuando nos acercamos al castillo, en la parte alta de la ciudad, algo me arrastra directamente hacia arriba, hacia el cielo cada vez más oscuro. Con el corazón en un puño pese a saber que no queda mucho, siento unas ganas irresistibles de mirar abajo para ver la ciudad. Es una locura, hacerlo podría significar mi muerte, pero la tentación es enorme. Bajo la vista.

Renel gesticula, se le empapa la frente de sudor.

—¡No pierdas el contacto visual! —grita, aunque es demasiado tarde.

Estoy cayendo en picado. La magia que me sostenía ha desaparecido. Lo primero que me llama la atención es el frío. Sangre de dragones, ¡hace un frío que pela! Entonces el estómago me da un vuelco y empiezo a gritar mientras el viento me ruge en los oídos.

Unos brazos irrumpen a través del aire, cuatro manos vigorosas me agarran de los hombros. El viento y el frío han cesado de una forma tan brusca como un portazo y, con un último gruñido de esfuerzo, me empujan a través de una pantalla hacia un brillante suelo de mármol.

Aterrizo con un golpe que sin duda me provocará mañana un moratón azul-amarillento en la cadera.

Ungüento de avellana de Ágata: para eliminar los moratones en menos de veinticuatro horas.

Renel espera mientras me pongo de pie. Siento que me entra un ataque de vergüenza y el calor me va subiendo por la nuca hasta las mejillas. Como si no tuviera bastante con ruborizarme frente al rey y su consejero, la sala está, además, llena de gente. Me relajo un poco cuando veo al señor Patel entre la concurrencia. Su rostro es el único que muestra un mínimo de preocupación. Me alejo de la gran pantalla por la que he venido, que está colgada en la pared, e intento mezclarme con los demás.

El rey camina de un lado para otro y su imagen es desconcertante. Presenta un porte autoritario, con traje militar y todos los botones brillantes y lustrosos, obviamente preparado para su aparición televisiva. Esta no es una ocasión para gente como yo, con los vaqueros rotos y la camiseta del grupo de música que quería llevar al concierto. Me cubro el pecho con los brazos mientras pienso que ojalá pudiera escabullirme bajo la hermosa alfombra oriental. O al menos llevar una camiseta más elegante.

—¿Podemos empezar? —dice el rey dirigiendo la vista hacia Renel mientras sigue caminando.

—Estamos esperando a uno más.

—Pues no podemos seguir esperando. Empecemos. —Levanta con impaciencia la mano enguantada. Renel emite un profundo suspiro—. La princesa Evelyn ha sido envenenada.

La conmoción se propaga por la sala y me llevo la mano a la boca. Era lo último que esperaba. La familia real es intocable. El palacio es uno de los edificios más seguros de Nova. ¿Quién podría saltarse las barreras mágicas levantadas por una de las familias más poderosamente dotadas del mundo?

—¿Está bien la princesa? —pregunta alguien.

—No lo sabemos. Pero lo que sí sabemos es esto… —Renel titubea. Se dirige al centro de la habitación, donde se halla una elevada columna de tela de terciopelo carmesí. Cuando retira la tela, aparece un inmenso cuerno de caza curvado, tan largo como mi brazo y negro como el ébano lacado. En el hueso hay grabadas complejas escenas de caza y sus extremos están rodeados por unos delgados aros de oro. Está flotando en el centro de la estancia, envuelto por un haz de luz dorada. Es tan bonito que quita el aliento. Y sólo puede significar una cosa—. El Cuerno de Auden se ha despertado. La vida de la princesa está en peligro y el Cuerno os ha convocado para que participéis en una Expedición Salvaje para encontrar el remedio.

Una sacudida eléctrica me recorre el cuerpo. ¿De verdad puede estar pasando esto? Pero no quiero preguntarlo. Las Expediciones Salvajes proclaman a las «estrellas de rock» de la alquimia. La columna dorsal se me endereza, dejo caer los brazos y levanto un poco más la cabeza.

—Por encima de mi cadáver. —Detrás de mí suena un gruñido que reconozco. Mi abuelo entra en la sala acompañado de dos guardas. La boina que siempre lleva puesta se le ha torcido y parece como si apenas hubiera podido abrocharse el abrigo antes de que lo trajeran aquí, supongo que desde la tienda, pues mi abuelo nunca se transportaría. Se quita a los guardas de encima, se acerca a mí dando grandes zancadas delante de todo el mundo y me da un tirón del brazo.

—Ostanes, detente —dice el rey.

Se produce una parada de respiración colectiva y la sala se queda en silencio. Mi abuelo se muestra reticente, pero se detiene y se gira hacia el monarca.

—Los Kemi no buscamos agujas en los pajares de la realeza —masculla apretando los dientes—. No tenemos por qué estar aquí, ya que no vamos a participar.

En la voz de mi abuelo hay rabia y desafío, e incluso un toque de miedo que me provoca escalofríos.

—Dejen que se vaya —interviene una voz masculina. El vello de los brazos se me eriza cuando Zol se adelanta. Probablemente sea el hombre más rico de Nova, presidente de la corporación ZA y muy cercano a la familia real. Reprimo las ganas de encogerme ante su presencia—. Alteza, con todos mis respetos, ¿por qué no se dirigió directamente a nosotros? Tenemos los mejores remedios del mercado. Podemos curarlo todo, crear cualquier poción. Tengo a cien graduados en prácticas que superarían a cualquiera de los aquí presentes. Pero ¿una Expedición Salvaje? ¿De verdad es necesaria?

—Estoy seguro de que preferirías enviar a la Expedición a uno de tus becarios antes que arriesgarte tú mismo —dice mi abuelo.

—¡Calla, viejo! —espeta Zol.

—¿Estás proponiendo que ignoremos la llamada del Cuerno de Auden y arriesguemos la vida de mi hija? —pregunta el rey.

—No, por supuesto que no, majestad —responde Zol con una reverencia.

El rey se desploma en su trono.

—Creedme, si pudiéramos evitar todo esto, lo haríamos. Pero las Expediciones Salvajes llevan siglos protegiendo a mi familia. Si se ha convocado una Expedición, la única opción que nos queda es obedecer.

6
SAMANTHA

—¿Podemos verla?

Las palabras salen de mi boca antes de que me acuerde de la compañía en la que me encuentro. Sin embargo, todos se giran ligeramente hacia donde están el rey y Renel como si estuvieran deseando preguntar lo mismo.

Renel se mantiene serio, pero va hacia una ventana opaca que hay en el lado opuesto de la sala, la toca y esta se convierte en un cristal transparente.

—De momento, la princesa está alojada en estos aposentos bajo el cuidado de los médicos de palacio.

Nos acercamos despacio, deseando ver qué demonios le ha pasado a una de las personas más ricas y poderosas del mundo. Mi abuelo farfulla algo para sus adentros, a pesar de que también está intrigado. Pero no hay nada que ver. De hecho, si Renel no nos hubiera contado que algo iba mal, no habría sospechado nada.

La princesa Evelyn está tranquilamente sentada con las manos en el regazo. La habitación está poco amueblada, tan sólo hay un sencillo escritorio, la silla en la que está sentada y un espejo colgado en la pared del fondo.

Es tan guapa como en la tele. Todavía más guapa, de hecho. Lleva el precioso vestido que le encanta a Anita, lleno de brillos celestes y lentejuelas y, aun así, más ligero que el aire. Flota alrededor de su cuerpo como si estuviera suspendido en el agua. Me pregunto si estará hechizado; si es así, es el más natural que he visto jamás.

Ahí sentada, entre las paredes grises de piedra, parece muy vulnerable, como un pájaro exótico encerrado en una jaula. De vez en cuando levanta la vista, pero no nos mira a nosotros. La ventana debe de permitir la visión en un solo sentido, ya que no parece que se dé cuenta de que hay gente observándola al otro lado del cristal.

—Estoy confuso. ¿No dijo que había sido envenenada? —inquiere alguien.

Renel asiente.

—Eso es.

—Entonces, permitan que la corporación ZoroAster sea la primera en aceptar su participación en la Expedición —dice Zol desde el fondo de la sala. Él no se ha acercado para ver a la princesa.

Se produce un chasquido eléctrico y una voz estridente llena la estancia. En el centro de la sala emerge una figura delicada envuelta en un vestido de noche morado. La reina madre.

—¿Por qué habríamos de confiar en ti, cuando es probable que fuera tu hijo quien administró la poción? —suelta, acusadora.

Segunda conmoción general. Y no creo que los más ancianos de la sala soporten más bombazos como este. El hijo de Zol… ¿Zain? Él también está presente, amilanado detrás de su padre, con la cara pálida. Lleva puesto un esmoquin, pero su aspecto es desastroso: la pajarita le cuelga del cuello, los botones superiores de la camisa están desabrochados. Iría camino de la fiesta de la princesa cuando… No quiero ni pensarlo. No conozco bien a Zain, pero, por lo que sé de él, dudo que haya envenenado a la princesa. Es el mejor de la clase en casi todo, el chico más popular de la facultad, capitán del equipo de rugby de los dotados, aprendiz de su padre y claro heredero de la corporación ZoroAster… Por no mencionar que es increíblemente atractivo. No parece alguien que necesite recurrir a pociones para solucionar sus problemas.

Puede que también vivamos en planetas distintos.

Aunque Anita refutaría esta afirmación. Zain tiene la extraña costumbre de aparecer dondequiera que estemos: en la cafetería donde Anita y yo pedimos nuestros frappuccinos empalagosos, en el recital de piano del colegio de Molly y, más recientemente, en nuestro colegio, al que ha regresado para ejercer de jurado en nuestra competición anual de pociones. Yo creo que es todo pura coincidencia, pero Anita está convencida de que, en cierto modo, es por mí. Yo siempre lo niego, aunque una vez, en la cafetería, le pillé observándome y ninguno de los dos apartamos la mirada durante un rato. Él la desvió primero, cuando sus amigos se dieron cuenta y empezaron a señalarme y a reírse. Pero él me miró primero. Estoy segura.

Pero, bueno, eso me dio igual. Lo que sí me molestó fue lo que ocurrió en la exhibición de pociones. Esa competición era mi única oportunidad para demostrar mis habilidades fuera del laboratorio de mi abuelo. Es obvio que lo que había aprendido en clase de pociones en el colegio nunca podría compararse con las prácticas que estaba realizando como aprendiz de mi abuelo, así que yo sabía que jugaba con ventaja. Aunque nunca había visto a las chicas de mi clase esforzarse tanto en una competición de pociones. Pero, claro, como ahora el jurado era él, todo eran «mezclas por aquí» y «pociones por allá».

Lo di todo en mi proyecto, aunque eso lo hago todos los años. Esa vez decidí experimentar con una mezcla de aceite de romero y aliento de esfinge para intentar conseguir una fórmula que aumentara la capacidad de concentración. El problema fue que funcionó incluso mejor de lo que esperaba. Probé una pequeña dosis y, sin darme cuenta, estuve toda la noche despierta con la mente a mil por hora, absorbiendo el contenido de los libros de texto como si fuera agua. Luego esperé la inevitable catástrofe posterior, pero nunca llegó.

Era genial. Sabía que, si tomaba mi poción, sería capaz de estudiar durante horas y horas sin descanso. Probablemente aprobaría los exámenes con matrícula. Se trataba de un rollo de alto nivel, muy por encima de mi curso. Pero también sabía que era peligrosísima. El año anterior salió en las noticias que dos alumnos desesperados por aprobar los exámenes se intoxicaron con una versión sintética de la poción que sirve para contrarrestar el trastorno por hiperactividad.

Necesitaba llevar a cabo más ensayos. Pero antes del gran día me di cuenta de que faltaba una parte de la poción. En el recipiente sólo quedaba la mitad de lo que había preparado. En cuanto me percaté, eché la mezcla por el fregadero e hice añicos el vial. El profesor me castigó durante un mes por estropear el material. Pero eso fue mejor que admitir que había sido tan estúpida como para elaborar una poción tan fuerte y potencialmente adictiva en el laboratorio del colegio. En una dosis elevada podría haber matado a alguien, y bajo ningún concepto iba a presentar esa mezcla en una competición.

Así que mi participación en la competición consistió en un simple bálsamo para curar la irritación de garganta. Nada sofisticado. Expuse el póster de mi presentación y esperé a que otro se llevara la gloria. Con todo, Zain se acercó a mí, con sus brillantes ojos azules, sin mirar el trabajo de nadie más, con una condecoración hortera en la mano. Estaba tan cerca que podía contar los mechones de pelo negro que le caían sobre la frente. Pero entonces vio mi presentación y observé como su rostro mostraba desconcierto… y luego decepción.

—Esperaba algo más de ti, Sam —dijo.

Me sorprendió tanto que supiera mi nombre que casi pasé por alto su tono de superioridad. Al final, le concedió el premio a la chica que estaba a mi lado, que había creado una fórmula que burbujeaba y explotaba como un volcán en miniatura. Hasta un bebé podría haber hecho esa poción.

Estuve analizando con Anita cada detalle de ese encuentro. Arjun nos oyó cuchicheando, hizo una mueca y dijo:

—Seguro que pretendía robar alguna fórmula para llevársela al laboratorio de ZA.

Es probable que Arjun tuviera razón, pero había algo en la forma en que Zain me miró que me hizo avergonzarme de no haber estado a la altura de la reputación de la familia Kemi. Como si hubiera esperado una maravilla y hubiese encontrado mediocridad.

Ahora, al ver a Zain, me acuerdo de aquel día. Sigue teniendo esos ojos más azules que el azul y ese pelo oscuro, casi azabache, como distintivo propio, como actitud ante los demás. Normalmente los chicos populares se caracterizan por su pelo rubio, en un intento de emular a la princesa Evelyn en todo. Pero Zain es tan tan

tan popular que no necesita ir como los demás. Mi pelo también es marrón-oscuro-casi-negro, aunque nadie piensa que sea guay. Es un rasgo heredado de los Kemi: un claro indicador de nuestros orígenes continentales que los genes rubios novanianos de mi madre no han conseguido erradicar. A veces me gustaría cambiármelo, pero el coste de un hechizo así es exorbitante.

Además de ser aprendiz en ZoroAster, Zain estudia Síntesis y Pociones en la Universidad de Kingstown. No es que yo le siga la pista ni nada por el estilo. Lo sé porque esa es la carrera que yo querría estudiar… si no estuviera destinada a ser la aprendiz de mi abuelo a tiempo completo cuando acabe el colegio.

A pesar del supuesto odio profundo hacia los sintéticos que corre por mis venas, en ocasiones pienso que sería fabuloso trabajar en un laboratorio pijo, con todos los ingredientes al alcance de la mano, y no preocuparme nunca más por el dinero. Tener el don de los Kemi es algo increíble, o tal vez lo era hace cien años, cuando trabajar con ingredientes naturales era la única opción.

Mi abuelo dice que los sintéticos son una farsa, una abominación. Yo no estoy tan segura. Lo único que sé es que no hay ninguna posibilidad de que un Kemi trabaje con sintéticos, no mientras él viva. Guardo todos esos sueños en una caja con llave dentro de mi cerebro, preocupada por la idea de que, con sólo mirar a Zain, me dé por cambiar el rumbo de mi carrera y destroce a mi familia.

La rabia que destila la reina madre es palpable, tan espesa que puedo sentirla a mi alrededor, incómoda como una manta en una cálida noche de verano. No puedo ni imaginarme cómo será para Zol y Zain, a quienes va dirigido ese calor, tan intenso y concentrado como un láser.

—Ya hemos descartado a Zain como sospechoso —interviene el rey—. Se prestó voluntario para la prueba del suero de la verdad.

—Sigo sin fiarme de su presencia en nuestro palacio —masculla la reina madre.

—Regresa a tus aposentos, madre. Esto no es asunto tuyo.

No me puedo creer que el rey le esté hablando así a su madre. La reina madre apenas hace apariciones públicas, y ahora me pregunto si será por voluntad propia o por una decisión ajena. Ella frunce la cara todavía más, pero sólo rechista con un simple «¡bah!».

Me giro para mirar a la princesa. Lleva mucho tiempo quieta; es como una estatua de cera e igual de perfecta. «¿Qué te sucede, princesa?».

Un dedo huesudo me roza el brazo y salto como si me hubieran aplicado una descarga eléctrica. «La reina madre me está tocando». Tengo dudas acerca del protocolo —¡nunca jamás pensé que conocería a un miembro de la familia real!— y termino haciendo una medio-reverencia-medio-inclinación que estoy segura de que no muestra ningún respeto. Sin embargo, no parece que a la reina madre le importe, o tal vez sea demasiado educada para quejarse por algo así. Dice:

—Ostanes, ¿esta es tu nieta?

Mi abuelo inclina la cabeza.

—Sí, señora.

—Es guapa. ¡Y altísima! En eso no ha salido a tu parte de la familia. —Tiene la boca tan cubierta de arrugas que cuesta un poco ver su sonrisa. Se vuelve hacia mi abuelo—. Me alegro de que estés aquí —añade—. Los Kemi nunca nos fallan.

Me quedo petrificada, me asusta que mi abuelo vaya a explotar. No obstante, sólo dice un simple «su majestad» y hace una reverencia rígida. La reina madre inclina la cabeza hacia mí para despedirse y se marcha atravesando la pared.

Me hormiguea la parte del brazo donde me ha tocado.

Un movimiento de la princesa vuelve a captar mi atención. Es como si no pudiera apartar la vista de ella durante mucho tiempo: su presencia es magnética, cautivadora. Entonces, de un modo tan sutil que casi no me doy cuenta, parpadea mirando hacia el espejo. Se contempla durante unos segundos antes de cerrar los ojos de nuevo. Se lleva las manos a los labios y las desliza con suavidad hacia su cuello mientras se observa con timidez el regazo. Entonces vuelve a levantar la vista.

Sonríe.

Está coqueteando con el espejo y, en este preciso instante, comprendo lo que ocurre:

—Se ha enamorado de sí misma —digo con una voz apenas más alta que un susurro, y luego me tapo la boca con las manos.

7
SAMANTHA

—¿Cómo? —replica Zol con desdén.

Al instante, todo el mundo estira el cuello para verla mejor. Está claro que mi teoría es correcta, aunque me empujen y me dejen fuera del corrillo. La princesa se ha levantado y ahora se halla de pie frente al espejo, sonriendo y charlando con su reflejo. No parece que esté muy enferma. De hecho, está… radiante.

Renel carraspea para intentar recuperar el control de la gente.

—Sí, sí, buen trabajo, Kemi. —Me mira—. La princesa Evelyn se ha envenenado con una poción amorosa que creemos que elaboró ella misma.

Increíble. Las pociones amorosas son peligrosas —por no decir que también son ilegales— y su receta original se eliminó por decreto real hace más de un siglo. Cualquiera que anote una nueva receta en sus diarios personales capta la atención del servicio secreto novaniano. Arjun cree que el hecho de que la familia real tenga ese poder es siniestro y opresivo, pero por lo menos mantiene a la gente a salvo…, excepto a la princesa, supongo. Estoy impresionada. No creí que fuera posible que la familia real elaborase sus propias pociones. Ellos son altamente dotados; quién sabe el efecto que podría tener su magia en los ingredientes...

—¡Atención, atención!

Renel da varias palmadas. Como nadie se gira para mirarle, toca la pared y la ventana que da a la habitación de la princesa se oscurece.

—No me parece que se encuentre en peligro de muerte —comenta alguien al que no reconozco.

—Entonces, no comprendes nada sobre la familia real y no eres apropiado para esta Expedición —espeta el rey—. Dedicamos nuestras vidas a mantener el flujo de magia bajo control. Si la mente de Evelyn corre cualquier riesgo...

—La princesa podría poner a toda la ciudad de Kingstown en una situación muy vulnerable —dice mi abuelo—. Una vez más, poniéndonos a todos en peligro —murmura tan bajito que sólo yo puedo oírle.

El rey no dice nada, aunque su silencio es muy elocuente. Renel vuelve a adelantarse:

—Ahora entendéis la gravedad del asunto. Contamos con suficientes médicos para mantener a la princesa en una situación estable, pero eso podría cambiar. La rapidez con que la salvemos depende de vosotros.

»En fin, no había una Expedición Salvaje desde hace más de sesenta y cinco años, así que he de comunicaros que hay varias normas que no se pueden infringir. No sólo porque la familia real quiere que se cumplan, sino porque la Expedición las exige.

»Primera: únicamente tienen derecho a competir en la Expedición Salvaje aquellos participantes llamados por el Cuerno de Auden. El primer participante o aprendiz en presentar una poción que vuelva dorado el Cuerno será el ganador. Si la fórmula presentada es inadecuada, el Cuerno seguirá siendo negro.

»Segunda: aunque sois los elegidos, podéis decidir si queréis participar o no. Disponéis de las veinticuatro horas siguientes a la llamada del Cuerno para inscribiros. Una vez que lo hagáis, estaréis obligados a participar en la Expedición. A cambio, se os proporcionarán unos salvoconductos de acreditación real para las Tierras Salvajes, que os darán acceso a todos los lugares donde necesitéis acudir para buscar los ingredientes.

»Tercera: además del participante y su aprendiz, cada equipo puede elegir a un buscador.

»Y por último: dado que el antídoto de una poción amorosa es un "remedio espejo", la poción ganadora debe ser lo más parecida posible a la fórmula de la princesa. Eso significa que todos los ingredientes usados en la poción de esta Expedición Salvaje deben ser naturales.

—Alteza, con el debido respeto, ¡eso es absurdo! —exclama Zol—. Podríamos obtener una poción sintética en cuestión de días… Buscar los ingredientes puede llevarnos semanas.

El rey suspira.

—Zol, lo que está en juego es la vida de mi hija. No podemos correr riesgos.

—El Cuerno de Auden te ha llamado porque eres un maestro alquimista, además de experto en mezclas sintéticas, ¿no es cierto, Zol? —dice Renel.

—Bueno, claro que sí, pero… —balbucea él.

—Entonces, sabrás que es fundamental que sigamos estas normas al pie de la letra.

—¿Cómo están tan seguros de que no se utilizaron productos sintéticos en la elaboración de la poción de la princesa? —pregunta Zol—. Exceptuando a algunos de estos anticuados —nos mira intencionadamente a mi abuelo y a mí—, ya casi nadie trabaja sólo con ingredientes naturales. Al fin y al cabo, ¡estamos en el siglo XXI!

Renel se mete la mano en el bolsillo de la chaqueta y saca un pequeño diario con el canto de las páginas dorado.

—Esta es la única prueba que tenemos de la mezcla que llevó a cabo la princesa. Empezó a anotar la fórmula, aunque no consiguió escribir más que un ingrediente. Pero lo que sí especificó es que la poción estaba hecha con ingredientes cien por cien naturales. Al parecer, temía que fuera más fácil descubrirla si utilizaba sintéticos. Así que repito: la poción ha de ser completamente natural.

Zol emite un sonido despectivo, pero no vuelve a protestar. Renel continúa:

—Aquellos que decidan participar recibirán el nombre de ese primer ingrediente como punto de partida. Después, trabajaréis por vuestra cuenta. El premio por la poción correcta consiste en un millón de coronas y el acceso a un flujo privado de magia novaniana durante veinticuatro horas. —Al mencionar el premio arruga la nariz, como si fuera insignificante tratándose de salvar a la princesa. Sin embargo, para los que estamos allí, tiene su importancia—. Puesto que las pociones amorosas son ilegales, también daréis vuestro consentimiento para que luego se os borren de la memoria los ingredientes y cualquier registro de la fórmula.

Pese a los peligros, un murmullo de excitación recorre la sala. Una Expedición Salvaje. La posibilidad de crear una poción ilegal para la familia real. Una poción natural... Es una auténtica pasada.

—Zol Aster, ¿sigues queriendo ser el primero en inscribirte? —pregunta el rey con una ceja levantada.

Zol se pone todavía más tieso mientras se ajusta la corbata.

—Por supuesto, majestad. Ya sean sintéticas o naturales, la corporación ZoroAster es la mejor fabricante de pociones de Nova. —Ahora es mi abuelo quien emite un sonido despectivo, pero él continúa como si no lo hubiera oído—: Será un honor ponernos a su servicio para salvar a la princesa.

Zol y Zain se aproximan al Cuerno, que sigue flotando en su curiosa luz dorada. En otros tiempos habrían tenido que escribir sus nombres en un papel para participar en la Expedición, pero hoy en día ya no se hace así. Ahora hay un dispositivo electrónico situado delante del Cuerno. Zol coloca el dedo índice en el aparato, que escanea su huella digital, y luego Zain hace lo mismo. En el interior del Cuerno algo crepita y echa humo.

Ya están inscritos en la Expedición.

Pero antes de que Zain haya levantado el dedo del dispositivo, el Cuerno se agita y resuena con el mismo ruido de trompetas estridente que oí en Royal Lane. En ese momento alguien más atraviesa el convocador, esta vez sin necesidad de ayuda. Es una mujer, vestida con un traje largo con capucha del color del mercurio agitado o la plata fundida. Lleva los bajos hechos jirones: un estilo tan pasado de moda que parece recién salida de las páginas de una novela histórica. Con ella llega también un olor fuerte y metálico, como el del cobre de un penique falso.

Unos guardas emergen de las sombras y lo que parece ser un centenar de hombres vestidos de traje y con las varitas en la mano rodea a la mujer.

Cuando se quita la capucha y muestra el rostro, agradezco la presencia de todos esos guardas.

—No… —El rey se levanta tan rápido que casi vuelca el trono—. ¡Tiene que haber algún error! Renel, revisa la llamada.

La mujer sonríe con unos dientes perfectos y unos labios rosa pálido.

—Yo también me alegro de verte, hermano.

Sería guapa si no resultara tan terrorífica. Tiene el pelo tan gris como su manto, y las venas, que su piel transparenta, son negras como la noche. Sé lo que eso significa. Les sucede a los alquimistas que juguetean con ingredientes que manchan el alma, el cabello, los ojos y la piel de las personas. Tiemblo con repulsión. Ya nadie utiliza pociones oscuras en Nova. Dicen los rumores que sigue habiendo gente en el continente, en lo más profundo de los bosques de Gergon, que sí las usa. Y esta es la prueba.

—Siento haber tardado tanto en llegar —continúa—. Supongo que al Cuerno le costó localizarme. Es bastante grosero por parte de mi familia el haberme quitado el pasaporte e impedido la transportación a mi país, ¿verdad? Pero el Cuerno de Auden no tiene en cuenta nuestras leyes, fronteras y exilios arbitrarios. Me ha llamado como participante y no podéis hacer nada para impedirlo.

El rey se agita de rabia con la cara encendida.

—¡Pero tú no eres alquimista!

—¿Y tú qué sabes, Ander? Oh, no te preocupes. Siempre le he tenido cariño a mi sobrina, que es más de lo que puedo decir de ti. Bueno, ¿y qué le sucede? —Chasca los dedos hacia los guardas—. Quitaos de en medio. Tengo que ver a la princesa.

—¡Ni se te ocurra! —grita el rey.

—No puedes detenerme. He sido llamada.

—Claro que puedo. ¡Soy el rey! —dice indignado.

—Siempre intentando cambiar las normas cuando te conviene. Creo que sabrás que el Cuerno ya ha llevado a cabo su elección. Como maestra alquimista nacida en Nova, estoy más que cualificada para formar parte de la Expedición —replica, dando grandes zancadas hacia la ventana. El cristal se vuelve transparente.

La estancia se queda en silencio y sin respiración mientras la mujer observa a la princesa.

—Una poción amorosa. Menuda extravagancia para poner en peligro su vida y la del país. Es bastante imprudente que lo permitieras bajo tu vigilancia, rey Ander. Aunque mejor para mí. —Se acerca al Cuerno y coloca el dedo en el dispositivo.

El Cuerno vuelve a echar chispas.

Se gira hacia los presentes y siento repelús cuando fija sus ojos en mí. Por fortuna, no se detiene mucho tiempo y va pasando la mirada paulatinamente de uno a otro.

—Yo seré quien salve a mi sobrina. Os aconsejo que os retiréis con dignidad ahora que podéis.

De dos saltos, desaparece atravesando de nuevo el convocador, de vuelta al lugar donde estuviera antes.

La voz del rey rompe el silencio sobrecogedor:

—¿A qué estáis esperando? ¡Id tras ella! —ordena a sus guardas, que saltan a través del convocador para intentar seguir su rastro—. Y en cuanto a vosotros, duplico la oferta del Cuerno. DOS millones de coronas y cuarenta y ocho horas de magia para quien encuentre el remedio antes que esa mujer.

—¿Quién era esa? —susurro a mi abuelo cuando por fin dejo de temblar.

—Emilia Thoth —dice con voz grave—. La hermana exiliada del rey. Venga, Sam, vámonos a casa.

—¿No nos vamos a inscribir en la Expedición?

Aunque ya sé la respuesta.

8

PRINCESA EVELYN

«Ella está ahí, junto al espejo. Puedo espiarla por el rabillo del ojo. Dios mío, qué guapa es. Debería acercarme. Debería saludarla».

La verdad era que estaba paralizada por la incertidumbre.

«Me gustaría ser tan atrevida como ella. —Decidió arriesgarse y echar otra mirada, para lo cual giró la cabeza despacio, muy muy despacio, por encima del hombro—. ¡Oh! Me está mirando. —Sus ojos se cruzaron con los de la otra chica, pero los apartó de inmediato—. Respira, Evelyn». Su respiración iba y venía en oleadas profundas, y sentía el rubor en las mejillas. No recordaba si al sonrojarse estaba más hermosa o sólo más extraña, así que no se atrevió a darse de nuevo la vuelta.

Francamente, a Evelyn le costaba creer que la chica hubiera tenido la osadía de seguirla hasta allí, hasta sus habitaciones privadas. Tendría que dirigirse a ella y plantarle cara, pero estaba nerviosa. Evelyn se reprendió a sí misma. Una princesa novaniana no debería ser tan cobarde.

Se volvió mientras se recolocaba unos mechones de cabello. Entonces tragó saliva y levantó la mirada hacia la hermosa desconocida.

—¿Cómo te llamas?

—¿Cómo te llamas?

—Evelyn.

—Evelyn.

—¿En serio?

—¿En serio?

Así que era eso. Era el destino. De algún modo, ambas compartían el mismo nombre. En el rostro de la chica se veía que era cierto, que no estaba bromeando. Las dos, lo mismo, una mitad de la otra. Pero no resultaba práctico que ambas se llamaran Evelyn.

—Yo seré Eve y tú, Lyn.

—Yo seré Eve y tú, Lyn.

Ah, la chica sólo estaba haciéndose la graciosa. Eve notaba el brillo en los ojos de Lyn. Estupendo, veía que se entendían.

Nunca en su vida se había sentido tan conectada con alguien. Apenas podía creer que unas pocas horas antes hubiera estado a punto de cometer un tremendo error. Había recibido tanta presión para que eligiera pareja —presión por parte de sus padres, presión por su magia— que había planeado suministrarle una poción a Zain. Él estaba bien, pero era demasiado varonil, demasiado masculino comparado con la delicadeza que tenía ahora delante. Por suerte, Lyn llamó su atención en el último momento.

Eve siempre supo que debía manejar su poder con responsabilidad. No podía quejarse del privilegio que tenía, pero la idea de estar eternamente con alguien a quien no amara la aterrorizaba hasta límites insospechados. Sus padres nunca se habían amado, ni al principio ni ahora. Eve sabía que coqueteaban con otros miembros de la corte —esos amoríos llenaban las columnas de cotilleos—. Sin embargo, su madre aceptó casarse sin poner ningún reparo para gozar de la mejor vida posible.

No era frecuente que un miembro de la realeza fuera tan afortunado como Eve.

Había encontrado a su amor verdadero, justo a tiempo. *Lyn.* Pronto se casarían. En los informes de prensa de la familia real se hablaba de preparativos de boda desde que ella tenía dieciséis años; si querían, podrían organizarlo todo en un mes.

Los medios de comunicación estarían encantados y horrorizados al mismo tiempo. Durante todo el mes tendrían una cobertura total en la prensa, pero así no les daría mucho tiempo a especular sobre quién diseñaría su vestido, el esquema de colores, la música... Porque no había nada como una boda real para desatar una tormenta mediática. Y encima con dos novias hermosas... ¡Sería una locura! Una celebración por todo lo alto. Fiestas en la calle, tazas de té decoradas con sus caras y fotografías en todas las revistas. Se emocionaba sólo de pensarlo.

¡Tenía que empezar a prepararlo! Esta vez no llevaría un vestido comprado en la calle, necesitaba un diseñador de élite. Se preguntaba si la firma Perrod estaría disponible. Pero ¡qué bobada estaba diciendo! Lo dejarían todo por ella...

Unas voces interrumpieron sus ensoñaciones:

—¿Qué vamos a hacer, Ander?

Era la voz chillona de su madre. Eve la oyó en la otra punta de la habitación, dando taconazos en el suelo mientras caminaba en círculo. Era raro que estuviera allí, pero entonces recordó... Seguro que habían ido a conocer a Lyn. ¡Claro! ¡Tenían que conocerla antes de anunciar el compromiso! No recordaba que su madre se hubiera ocupado nunca de ella de una forma maternal, puesto que la habían criado las niñeras y los consejeros reales. Pero suponía que sus padres sí se preocuparían por la persona con quien se iba a casar. Y se iban a quedar muy tranquilos.

Su padre también estaba en la estancia, sentado en el trono que llevaba siempre con él de un sitio a otro.

—No podemos hacer nada —respondió él—. Ya se ha anunciado la Expedición.

—Pero eres el rey. ¿Seguro que no puedes parar todo esto? ¡Cómo vamos a confiar en que esos curanderos traigan el remedio para nuestra hija si está ella de por medio! La malvada de tu hermana Emi…

—No pronuncies su nombre en este palacio —exclamó enfurecido el rey—. No sabemos… —hizo una pausa y luego susurró—: si estarás invocando su presencia en esta sala.

La voz aterrorizada de su padre sólo podía hacer referencia a un nombre: su tía, la exiliada Emilia Thoth. A los dieciocho años abandonó el palacio para ir, supuestamente, a la universidad de Gergon. Sin embargo, a los veintiún años organizó un golpe para robar la corona, un intento fallido que acabó con su exilio oficial del país.

Emilia no creía en el acuerdo que supeditaba el poder de la familia real al gobierno electo de Nova. Aquel contrato los había convertido en figuras de paja, de la más alta consideración pero incapaces de explotar toda la capacidad que tenían para la magia. El resultado era la paz y la democracia en Nova. Funcionaba a la perfección.

Sólo Emilia y sus seguidores, hambrientos de poder, opinaban lo contrario. Los rumores decían que ella aún vivía en Gergon, donde una familia real gobernaba con mano de hierro mediante la magia.

Gergon nunca confirmó haber dado asilo a Emilia —hacerlo hubiera equivalido a comenzar una guerra—, pero no era difícil imaginar que preferían que ella estuviera allí, en la retaguardia, por si algo iba mal en Nova. Porque lo único que el rey y la reina no podían evitar era que, si a Eve le ocurría algo, Emilia sería la siguiente en la línea de sucesión.

—Hemos enviado tras ella a un grupo de agentes a través del convocador —continuó el rey—. La encontraremos y la detendremos antes de que le pase algo a Evelyn.

—¡Eso no lo sabes! ¿Y qué hay de los otros participantes? Ahora todos están en peligro.

—Alguien tendrá que curar a Evelyn a tiempo y Emilia volverá al destierro, dondequiera que estuviese. Los participantes conocen los peligros que hay cuando se inscriben.

—¡Ah! ¿Crees que están preparados para peligros como el de tu hermana? Nada la detendrá para terminar con la competición.

Su padre se revolvió en el trono.

—Hay diez participantes compitiendo contra ella… y varios más que aún no se han inscrito. Además, Zol ganará.

—Más le vale. Por cierto, ¿dónde está? Necesito hablar con él sobre su despreciable hijo.

Como si la voz de su madre los hubiera convocado, Zol y Renel atravesaron una puerta que apareció en el muro de piedra. Eve puso cara de alivio: al ver a Zol se acordó de Zain. Qué contenta estaba de que la poción no hubiera funcionado. Ahora él también era libre para encontrar el amor. El guardapelo estaba vacío cuando fue a usarlo, así que no debió de completar la fórmula. ¿O tal vez cambió de opinión y se deshizo de su contenido? Era difícil acordarse. Tenía el cerebro nublado, los acontecimientos se borraban de su memoria como la tiza en una pizarra. Pero entonces levantó la mirada para encontrarse con la de Lyn y al instante sintió que sus preocupaciones se disipaban.

—Tenemos una pista sobre el primer ingrediente de la Expedición —anunció Zol.

—¿Hay una Expedición? —Al oír a Zol, Eve reaccionó—. Qué emocionante. Pero aquí no hay nadie en peligro de muerte... ¿Qué están buscando? Ojalá sea una poción de buena suerte para mi boda, sería maravilloso.

Zol la miró tan boquiabierto que Eve se echó a reír. Pensó que nunca había visto al padre de Zain tan incómodo en su presencia.

—¿Su boda, princesa? —preguntó.

—Oh, qué tonta. ¡Ni siquiera se lo he dicho aún a mis padres! Mamá, papá... Quiero presentaros a alguien. Esta es Lyn. —Señaló a su amor, que permaneció inmóvil—. Deberías hacer una reverencia —le susurró a Lyn. Como siguió sin moverse, Eve se puso a reír—. ¡Claro! ¡No sabes cómo hacerla! Por favor, no te lo tomes a mal, madre, es una novata en todo este galimatías real. Yo te enseñaré, Lyn, es fácil. —Eve hizo una reverencia hacia el espejo y, para su regocijo, Lyn la imitó—. ¡Oh, perfecto! ¿No os encanta? —dijo a sus padres—. ¡Queremos casarnos lo antes posible!

Todos se quedaron mirándola sin pronunciar palabra, pero ella se encogió de hombros y desvió su atención hacia Lyn. A la larga, sus padres lo aceptarían.

—¡Si hubieras controlado a tu hijo, no habría pasado nada de esto! —protestó la reina.

—Oh, no se preocupe. Hablaré con él —dijo Zol con voz de indignación—. Y seremos nosotros quienes encontremos el remedio, no lo olvide. Como ya he dicho, tengo dispuesto un equipo que está intentando localizar el primer ingrediente e investigando el resto de la fórmula.

Eve suspiró. Estaba claro que toda esa cháchara de adultos estaba aburriendo a Lyn. Eso no podía ser.

—Bueno, ¿cuándo voy a ir a la fiesta? —dijo, obviando la tensión con su voz alegre. Todas las miradas se dirigieron a ella—. Tengo que dar la gran noticia. Organizad una entrevista por la tele. Deseo cobertura nacional. Ah, y conseguid un fotógrafo para nuestro retrato oficial. ¡Quiero presentar a Lyn al mundo entero!

9
SAMANTHA

Mi abuelo y yo nos sentamos juntos en el tranvía para volver a casa. Nos hemos ido del palacio sin inscribirnos en la Expedición y nos han escoltado hasta el patio del castillo, en la parte alta de Kingstown, que estaba vacío tras la cancelación del concierto de Evelyn. Supongo que al final resulta que sí hay una conexión entre ambos edificios.

A pesar de que mi abuelo se ha negado en rotundo a participar en la Expedición, no paro de repasar todo lo que sé sobre pociones amorosas. Hay un sinfín de mitos acerca de ellas y resulta difícil distinguir lo verdadero de lo falso. Pero, aunque las prohibieron antes de que existiera nuestra tienda, en ella tiene que haber alguna pista sobre la receta original, estoy segura. Quién sabe, quizá la receta esté escondida en alguna parte, entre los cientos de libros y el importante archivo que contiene los grimorios alquimistas de los Kemi —o diarios de pociones, como ahora los llamamos—. Esto podría ser lo que la familia Kemi ha estado esperando: la oportunidad de devolver el honor a los alquimistas tradicionales, los primeros elaboradores de pociones. Y si encima recuperáramos un poco de gloria, ¿qué tendría de malo?

Vuelvo a sacar el tema de la Expedición, pero mi abuelo levanta las manos y me dice que me calle. Farfulla algo sobre la «cara dura de la familia real».

—Se creen que pueden llevarme a rastras hasta su palacio sin una sola palabra de disculpa por haberme interrumpido. Tres preparados echados a perder. Tendré que empezarlo todo de nuevo. Y seguro que tampoco nos compensarán por el tiempo que hemos malgastado.

—Abuelo, se trata de la princesa. Es obvio que piensan que ella es más importante que nuestros preparados. ¿Es por Emilia por lo que no quieres que compitamos?

—A mí no me asusta ninguna aspirante real.

—Entonces, ¿por qué es?

Carraspea y hunde la nariz en un periódico viejo que ha encontrado en el asiento. Dejo el tema hasta que llegamos a la parada de la calle Kemi.

Nuestra casa está a espaldas de la tienda, así que pasamos por delante de la puerta principal y tomamos un callejón estrecho en el que esquivamos unos cubos rebosantes de basura pendiente de recoger. Entramos directamente en la cocina, donde mi madre está sirviéndole arroz frito a Molly. Mi padre se halla de pie junto al fregadero con los brazos cruzados y los ojos fijos en la puerta trasera.

—¡Ya estáis aquí! —grita Molly. Salta de su asiento y me abraza por la cintura.

Mi abuelo pasa de largo tranquilamente, como si no le hubieran llamado para participar en una Expedición Salvaje. Hace caso omiso de las caras de curiosidad del resto de la familia, se va directo al laboratorio y cierra la puerta. Mis padres no parecen muy preocupados: ya están acostumbrados a sus modales toscos y, además, saben que yo les voy a informar mejor.

—La madre de Sarah me mandó directa a casa en cuanto nos enteramos de que habían cancelado el concierto —dice Molly—. No lo entiendo… ¿Por qué no habrá querido la princesa celebrar la fiesta?

Le acaricio el pelo.

—Lo siento, Mols, sé que llevabas mucho tiempo esperando el concierto. Pero yo sé por qué han cancelado la fiesta. Por el mismo motivo que nos han llamado al abuelo y a mí para que acudamos a palacio.

Ahora he captado la atención de todos. Me siento en la silla al lado de Molly y les cuento la historia entera. En un momento dado, mi madre me pone la comida delante y, cuando vuelvo a bajar la vista, me la he zampado toda.

Para cuando termino de hablar, han enmudecido. Molly es la primera en romper el silencio:

—Pero ¿está bien la princesa?

—Claro que sí, aunque tenemos que hacer todo lo que podamos para salvarla. —Le sonrío, pero sé que mis ojos revelan una realidad diferente.

Mi madre interpreta mi mirada.

—Molly, ha sido una noche muy larga. ¿No deberías irte preparando para acostarte?

—¡Pero quiero oír lo que Sam tiene que hacer para salvar a la princesa Evelyn!

—Mañana te lo contará todo.

Molly resopla y sube con desgana las escaleras hacia su habitación.

—Bueno, ¿y cómo está la princesa en realidad? —pregunta mi madre.

—Por raro que parezca, tenía buen aspecto. Pero, imaginaos, está enamorada de sí misma... Las cosas podrían torcerse de repente, y la familia real está muy preocupada. Pero eso no es todo. Emilia Thoth también estuvo con nosotros.

Mi padre se gira hacia mí bruscamente.

—¿La hermana exiliada del rey? En el nombre del dragón, ¿cómo burló la seguridad de palacio?

Me encojo de hombros.

—El Cuerno de Auden llama a todos los alquimistas novanianos que cumplen los requisitos, incluso a aquellos que la familia real ha desterrado. Supongo que el Cuerno no sabría nada sobre su exilio. No parecía que la familia real tuviera elección al respecto. —Me estremezco—. Ella parecía... antinatural. ¿Qué clase de persona puede hacerse eso a sí misma? Sólo la experimentación con las pociones más oscuras puede conferir a alguien el aspecto que tenía Emilia.

—Alguien que guarde mucho resentimiento —responde mi padre con voz grave.

—¿Cómo reaccionó el abuelo? —pregunta mi madre. No tengo muchas ganas de contárselo, pero cuando intento mentir se me llena la cara de manchas rojas. Sólo de pensarlo, ya siento el calor subiéndome por la nuca—. Sam... —Me agarra la mano.

Suspiro.

—Él no quiere participar. No quiere tener nada que ver con la Expedición Salvaje y no vamos a inscribirnos. —Retira su mano de la mía y cruza una mirada con mi padre. Deben de tener su propio lenguaje secreto de gente que lleva mucho tiempo casada, aunque yo sé lo suficiente sobre esas miradas para interpretar su significado—. Pero ¿por qué? No lo entiendo. ¿Por qué el abuelo es tan reacio a la Expedición cuando podría ser una oportunidad para demostrar al mundo entero nuestra valía? ¡Al menos, sería publicidad gratuita para el negocio! ¡La caja registradora volvería a sonar!

—Si tu abuelo dice que no, tendrá sus razones —dice mi padre.

—Además, Emilia Thoth... Ella es peor que una pesadilla. No quiero que estés cerca de su furia —añade mi madre.

—Entonces, ¿se supone que debo dejar que la princesa se vuelva cada vez más loca aunque tenga posibilidades de curarla?

—Otra persona la ayudará, cariño.

—¡Pero yo podría ayudarla! ¡No paráis de decirme que tengo este don, pero ahora que se me presenta la oportunidad de usarlo no me dejáis!

Me arden las mejillas. Sólo puedo pensar en el silencio de la tienda. En los tarros de las estanterías que nunca se llenarán. En los años ahorrando peniques para que Molly y yo recibiéramos una buena educación. Mi abuelo me enseñó a sentirme orgullosa de ser una Kemi, pero ¿cómo voy a estarlo? Nos han ofrecido una oportunidad para demostrar lo que valemos y la estamos desperdiciando. Típico.

—Me voy a mi habitación.

—Sam... —Mi madre intenta que vuelva a la mesa, pero yo ya estoy subiendo las escaleras con los ojos llenos de lágrimas.

Me tiro en la cama. No sé por qué mi familia complica esto tanto.

Conozco a otra familia que debe de estar pasando por lo mismo. Arrastro mi ordenador portátil desde la mesilla de noche hasta el edredón. En cuanto me conecto, Anita aparece en el videochat con la cara roja de emoción. Lleva el pelo oscuro recogido en una coleta y sobre los hombros le asoman las gruesas correas de una mochila.

—Llevo toda la tarde esperándote, Sam. ¿Por qué has tardado tanto? ¡Mi padre dice que te vio en el palacio! No nos queda mucho tiempo para...

Debe de haberse dado cuenta de mi expresión, porque se calla a mitad de la frase.

—Mi abuelo ha dicho que no —musito.

La imagen de Anita tiembla mientras estira el brazo para agarrar la pantalla del ordenador.

—¿Cómo? ¿Estás de broma? ¿Todavía no os habéis inscrito?

Sacudo la cabeza.

—Lo sé. Yo tampoco lo entiendo.

—¡Una Expedición Salvaje! ¡Pero si es casi una tradición familiar para los Kemi!

—Puede que en otros tiempos lo fuera...

Ahora veo mejor su indumentaria y es evidente que está vestida para ir a buscar un ingrediente. Reprimo mis celos y me obligo a sonreír.

—Ahora le toca a los Patel.

Sin embargo, Anita se da cuenta de que estoy actuando.

—Oh, Sam, deberías estar aquí. Mi padre también dudó. De hecho, él tampoco va a participar en la Expedición; tiene obligaciones ineludibles en la tienda. Pero me nombró su aprendiz y el Cuerno de Auden aceptó mi incorporación hace un momento. Arjun también viene como buscador. Nunca pensamos que tendríamos una oportunidad como esta en la vida. Puede que no contemos con ninguna posibilidad de ganar, pero vamos a intentarlo.

Se produce un movimiento brusco en la pantalla y a continuación aparecen en ella los familiares ojos oscuros del hermano de Anita, Arjun, que se está apuntando con la cámara y lleva el pelo tieso de tanta gomina.

—Hola, Sam, os estaba oyendo. Qué lástima.

Asiento con la cabeza, pero tengo que morderme el labio para contener el llanto. Arjun mira a Anita.

—Vale, hermanita, tenemos que irnos.

—Buena suerte, chicos —digo con voz entrecortada, y me despido con la mano mientras la pantalla del ordenador se oscurece.

Una vez que nuestro videochat ha terminado, cierro de golpe la tapa del portátil. Me pongo el pijama, me meto en la cama de un salto y enciendo el armatoste de televisión que tengo sobre la cómoda, en la esquina de mi cuarto. Allí está, delante de mí, la cara radiante de Evelyn mostrando sus dientes blancos como perlas en una sonrisa perfecta.

«EVELYN CANCELA SU FIESTA DE CUMPLEAÑOS POR RAZONES HASTA EL MOMENTO DESCONOCIDAS», se lee en el rótulo inferior. De modo que todavía no ha saltado la noticia a los medios de comunicación…

Siento una punzada de culpa. ¿Qué llevaría a Evelyn a elaborar una poción amorosa cuando las consecuencias podrían haber sido…, bueno, supongo que no mucho peores de lo que ya son? Pero también siento algo más: una chispa de admiración. Ha elaborado la poción por su cuenta, ha descubierto la fórmula que muchos intentan llevar a cabo sin éxito. Alguien la curará.

Sólo que no seré yo.

Empieza un programa recopilatorio sobre la princesa y Zain. «¿SERÁ POR UNA DISCUSIÓN CON UN AMIGO?».

La voz monótona del locutor se oye por encima de las imágenes:

—*Aumentan las especulaciones, ya que vieron a Zain Aster entrando en el castillo pocas horas antes de que la princesa Evelyn cancelara la fiesta de su decimoctavo cumpleaños.*

En las imágenes aparece Zain susurrándole a la princesa algo al oído, con el brazo echado de manera informal sobre los hombros de ella. Se los ve muy cómodos juntos, como cómplices o viejos amigos cuchicheando. Pero en ese momento a Zain algo le llama la atención y retira el brazo de los hombros de Evelyn. Percibo en ella un levísimo estremecimiento y sus ojos se llenan de anhelo cuando le mira. Ella lo amaba de verdad. Apoyo el dedo en el mando a distancia, aunque me siento incapaz de cambiar de canal mientras Zain esté en la pantalla.

La poción era para él. A eso debía de referirse la reina madre. Zain podría haberse convertido de inmediato en miembro de la familia real. Me pregunto por qué no quiso.

Cuesta creer que hace unas pocas horas nos encontráramos juntos en la misma sala. Ahora casi me sonrojo al pensar en él, a pesar de que estoy sola. Hago un gesto de disgusto por mi reacción y acabo cambiando de canal y viendo una comedia sobre un grupo mixto de amigos dotados y corrientes que se reúnen en un bar. En su época fue una serie bastante innovadora y ya he visto mil veces todos los episodios. No me entero de nada, sólo puedo pensar en la poción amorosa. Me pregunto qué ingrediente habría anotado la princesa. Me pregunto adónde habrán ido Anita y Arjun. Estoy enfadada conmigo misma... Necesito olvidar que ha existido el día de hoy.

Varios episodios después, la casa está en silencio. Me meto bajo el edredón, pero apenas cierro los ojos oigo un golpeteo en mi ventana, como si estuvieran tirando piedras. Me siento en la cama, descorro la cortina y me topo de frente con la cara de Kirsty Donovan, la buscadora de la familia Kemi.

10
SAMANTHA

—¡Kirsty! —Levanto la ventana y la ayudo a entrar en la habitación. Tiene que haber trepado hasta mi ventana por la tubería de la fachada. Kirsty nunca hace las cosas de la manera normal—. ¿Qué haces aquí? —le susurro.

Llevo meses sin verla, pero está como siempre: desaliñada y bronceada, con su pelo rubio oscuro recogido a un lado en una trenza práctica y a la vez bonita, con los brazos morenos al aire, que sólo cubre en los meses más oscuros del invierno. Lleva también su uniforme característico: camiseta negra sin mangas, pantalón gris verdoso con multitud de bolsillos, botas altas. Es el prototipo de la buscadora. De pronto me siento increíblemente incómoda con mi pijama amarillo de lunares.

—¡He venido para hablar de la Expedición, por supuesto! —Veo el brillo de sus ojos al reflejarse en ellos la luz de las farolas de la calle.

—¿Te has enterado? ¿Cómo?

Guiña un ojo.

—Tengo amigos en los bajos fondos, supongo. Me ofende un poco que todavía no me hayas pedido que sea vuestra buscadora en la Expedición, pero te perdono. ¿Cuál es el primer ingrediente? Si los sintéticos están de por medio, necesitamos tomar la delantera en la competición.

Me vuelvo a desplomar en la cama.

—No vamos a participar. Mi abuelo no quiere tener nada que ver con la Expedición.

—No seas ridícula —replica Kirsty—. ¿Por qué te crees que he entrado por la ventana? Por supuesto que Ostanes no lo va a permitir; he conocido a dragones menos rencorosos que ese hombre. Pero han convocado a un Kemi para la Expedición. Y podrías ser tú.

—Quieren a mi abuelo, no a mí.

—Pero tú podrías.

—Qué va —digo con desprecio.

—¿Por qué no? No puedes negarlo, tienes el don de los Kemi. Sabes elaborar preparados como cualquier otro.

—Ni de lejos soy tan buena como mi abuelo y sería incapaz de competir contra los sintéticos. Cuando producen esos ingredientes en sus grandes laboratorios…

—Entonces míralo así: eres la aprendiz de los Kemi. Lo cierto es que no lo entiendo, porque es obvio que deberías ir a la universidad de Kingstown para estudiar Síntesis y Pociones, ya que estamos en el siglo XXI…, pero, bueno, eso es cosa tuya. Sin embargo, ahora tienes la oportunidad de sacar el máximo partido a lo que has elegido. Para hacerte un nombre como alquimista y devolver a los Kemi su estatus. Necesitas mi ayuda, por supuesto. Y te la estoy ofreciendo… gratis.

Al oír el discurso de Kirsty parece como si la oportunidad fuera real, tangible, algo que está al alcance de la mano con sólo estirar el brazo. Me sorprende que ofrezca sus servicios gratis. Ella también tiene dificultades con los negocios. En los viejos tiempos, todos los grandes alquimistas contaban con su propio buscador. Si eras el maestro Kemi, tenías un equipo de personas de confianza que se adentraban en las Tierras Salvajes y recolectaban ingredientes. Fácil, ¿verdad? Bueno, si sólo puedes recolectar una hoja determinada en la tercera luna llena del año y pierdes la oportunidad, tienes que esperar otros doce meses para que se te presente de nuevo. O si has de seguir el rastro de un león de dientes de sable por las montañas Aluptianas y te ataca, te arriesgas a morir. Además, los buscadores poseen unos conocimientos especializados: tienen que saber qué equipamiento llevar y cómo sobrevivir en las Tierras Salvajes, así como reconocer los ingredientes a simple vista. A los mejores buscadores les haces un encargo y regresan con un millón de cosas que no les pediste, pero que pronto descubres que te hacían falta.

Los sintéticos no necesitan buscadores, pues son capaces de crear esos mismos compuestos en el laboratorio. En contra de su voluntad, Kirsty se ha visto obligada a convertirse más bien en una empresaria que va vendiendo baratijas bonitas aunque inútiles a los turistas ávidos de colgantes de amatista y ojos de pez gaviota.

Durante un tiempo, incluso tuvo un puesto en Royal Lane, pero a Kirsty no se le da bien estarse quieta en un sitio, y ella lo sabe.

—He oído que Emilia estuvo en el palacio —comenta.

Asiento lentamente. La idea de ese cuerpo contaminado por pociones oscuras me sigue helando la sangre.

—Dice que ahora es una maestra alquimista.

—No ha perdido ni un momento durante su exilio. Yo también he oído historias sobre ella. —Kirsty duda—. Además de su aprendizaje alquímico, ha pasado tres años explorando las Tierras Salvajes. Oí decir a un guardabosques que no había mejor buscadora en el mundo. Puede que ya haya tomado la delantera en la Expedición.

Abro los ojos como platos.

—¿Alquimista y buscadora a la vez?

—Va a ser una oponente extraordinaria. Aunque no pretenda encontrar el remedio, sabrá perfectamente cómo detenernos.

Trago saliva. No había considerado la posibilidad de que alguien no quisiera curar a la princesa. Pero si la princesa muere…, la siguiente reina será Emilia. Y la vida en Nova no volverá a ser la misma.

No estoy segura de que esto sea lo mío. Participar en la Expedición significaría salir ahí fuera…, a las Tierras Salvajes, es decir, a los territorios indómitos que hay en las afueras de las ciudades y pueblos más importantes. Las Tierras Salvajes son santuarios de la naturaleza cuidadosamente protegidos, donde los flujos de magia corren sin restricciones. El acceso está muy controlado. Mi abuelo cree que no es para tanto: antaño, todo el mundo era Tierras Salvajes, claro, pero las ciudades y pueblos se han ido propagando como hongos hasta que sólo han quedado pequeños reductos de territorio silvestre, en comparación con lo que había antes. Hay varias razones para que esto haya ocurrido, como es obvio: estamos en un mundo moderno. En las Tierras Salvajes, la magia es inestable, lo que hace de las ciudades lugares mucho más seguros para los dotados. Eso tiene que ver con el flujo de magia, que se vuelve más estable y más fuerte cuanta más gente se abastezca de él. Como una soga formada por muchas cuerdas entrelazadas. Fuera, en las Tierras Salvajes, esos filamentos de magia se difuminan en todas las direcciones y es más probable que se desbaraten o incluso que se rompan… con consecuencias violentas. La magia ahí es demasiado poderosa para que la mayoría de los dotados puedan controlarla.

Por supuesto, esos territorios también son peligrosos para los corrientes como nosotros, porque están llenos de animales —y plantas— deseosos de arrancarte la cabeza de un bocado.

Las Tierras Salvajes son para los aventureros del mundo, como Kirsty. No son para la gente que prefiere vivir sus aventuras a través de los personajes de los libros. No, gracias; a mí me gusta quedarme en casa, donde sé que siempre voy a poder encontrar un enchufe para mi portátil, donde nunca estoy a más de diez pasos de un hervidor para hacer té y donde puedo acostarme envuelta cómodamente en mi edredón.

«El sitio de los alquimistas es el laboratorio», dice mi abuelo. Él sólo abandona este edificio para jugar a la petanca con otros ancianos. Aparte de eso, todo lo que necesita está aquí.

A veces somos más parecidos de lo que me gusta admitir.

«Tienes el don de los Kemi». Las palabras de Kirsty resuenan en mis oídos. Quizá sea verdad. Y no puedo seguir aferrándome a estos sueños sin al menos intentar hacerlos realidad.

Salto de la cama, sintiéndome más segura de lo normal para alguien en pijama. La adrenalina inunda mi cuerpo: es impulsivo, es imprudente, pero si sigo pensándolo acabaré abandonando la idea.

—Vale, lo haré. Empezaremos mañana por la mañana —le digo a Kirsty.

—No, ahora —replica—. Necesitamos hacer planes para el primer ingrediente.

El reloj de mi mesilla de noche marca las 23.09 h.

—Es tarde… —farfullo, pero entonces pienso que la familia real no estará durmiendo—. Vale, dame un momento.

—No voy a mover ni un músculo —contesta ella con una sonrisa.

Salgo de puntillas al pasillo. La casa está silenciosa como una tumba. Cuando era pequeña, mi abuelo solía elaborar preparados hasta altas horas de la noche, pero ahora se toma una pócima para dormir a las diez en punto, así que estoy segura de que no se despertará.

Cuando llego a la tienda, inspiro profundamente. Tiene un aspecto inquietante por la noche, con la luz tenue de la calle reflejándose en los numerosos frascos que se alinean en la pared del fondo. El ambiente es tranquilo. En la esquina hay una pantalla oscura: nuestro convocador. Coloco la palma de la mano en el cristal, que está frío al tacto. Nunca he hecho esto antes, así que espero que funcione.

—Renel Landry —le digo al cristal.

La cara de Renel aparece bajo mi mano y tengo que morderme la lengua para no gritar por el susto.

—Llegas por los pelos, Samantha Kemi.

Estira la mano a través del cristal, yo se la agarro y me preparo. Tira fuerte de mí y, en un abrir y cerrar de ojos, llego al palacio. No ha sido ni por asomo tan difícil como la última vez.

Mi rostro debe de reflejar sorpresa, pues Renel chasca la lengua en señal de desaprobación.

—Una vez que has visitado un lugar, es mucho más fácil volver a transportarte hasta él, ya que dejas tu rastro a lo largo de los flujos mágicos. —Se dirige con brío hacia el Cuerno de Auden, que parece estar respirando con la luz titilante de las velas que hay en la sala—. Ya sabes lo que hay que hacer.

Doy un paso al frente y coloco el dedo en la pantalla. Igual que con Zol y Zain, empieza a salir humo de la boca del Cuerno, como si estuviera ardiendo. Siento calor en la cara.

—Yo voy a participar…, pero mi abuelo no.

Renel enarca una ceja.

—¿Ostanes no? Tengo que hablar de esto con la familia. —Por un momento, pienso que se van a negar a que participe por mi cuenta. Pero entonces se mete la mano en el bolsillo y saca un pergamino—. El salvoconducto para las Tierras Salvajes y el primer ingrediente —anuncia.

Súbitamente me hace girar y me caigo de costado sobre la pared que hay detrás de mí. La pared se curva, se quiebra y, de pronto, estoy otra vez en el suelo de la tienda, derrapando sobre las losas de piedra, casi sin aliento. El convocador se oscurece.

Respiro profundamente varias veces. Luego, deslizo el dedo por debajo del borde del pergamino para romper el sello. Mi corazón se detiene.

Puede que ya esté todo perdido.

11
SAMANTHA

—Al menos no hemos esperado hasta mañana. —Kirsty mira el pergamino—. Supongo que quienes necesiten pensarse mucho si participan o no en la Expedición se van a quedar fuera irremediablemente. Es imposible comprar este ingrediente.

—¿Es demasiado tarde?

Su reloj es un complicado aparato con varias esferas interconectadas que muestran las zonas horarias, las fases lunares y las mareas.

—Podríamos conseguirlo… si salimos ahora.

—¿Qué pasa aquí?

Mi madre se halla en la puerta de mi habitación con su vestido de noche púrpura. Mi padre está detrás de ella con un libro destartalado en la mano. La verdad es que no fui precisamente discreta al subir corriendo por las escaleras desde la tienda. Con mi zapateo hubiera despertado incluso a la Esfinge.

Por la forma en que nos miran a Kirsty y a mí, ya sé que se han enterado de todo. Pero, para alivio mío, no parecen molestos. Sólo cansados.

—Ay, cariño —dice mi madre.

—Lo siento, pero quiero hacerlo. Necesito hacerlo. Es mi oportunidad para… —Me quedo sin palabras.

Mi padre interviene:

—Es tu elección, Sam. Pero nosotros no podemos ayudarte económicamente, ni en los honorarios de Kirsty ni en la transportación para que llegues a las Tierras Salvajes ni en ninguna de las cosas que necesitarás por el camino… En nada.

—Kirsty me echará una mano. Nos echará una mano.

Por suerte, parecen estar de acuerdo.

—Tendrás que contárselo al abuelo mañana por la mañana.

—Puede que no me dé tiempo a eso. —Les entrego el pergamino.

Mi padre lee el nombre del ingrediente y respira hondo.

—Cielo santo.

—¿De qué se trata? —inquiere mi madre.

—Persirela de ostra en plenilunio. Triturada. 30 g —recito de memoria.

—¿Tenemos persirela entre las existencias? —pregunta mi padre.

Sacudo la cabeza.

—Lo he mirado antes de subir. —Los botes pasan de *Pelo de barba de Merlín* a *Planta de Merrimack*. No hay persirela… No tengo tanta suerte.

—¡Pero el próximo Ascenso es esta noche! —exclama mi madre—. Lo vi en las noticias.

—Lo sé. Lo supe nada más leer el ingrediente.

—Entonces, no tenéis tiempo que perder —dice mi padre, devolviéndome el pergamino—. Kirsty…, cuida de ella.

—Lo haré, John. —Coge del suelo mi mochila y me la lanza—. Nos vemos fuera en cinco minutos.

Asiento con la cabeza mientras sonrío y recorro la habitación como un torbellino para meter en la mochila todo lo que encuentro, sin apenas detenerme a pensar en adónde voy. ¿Qué hay que llevar para pescar persirelas? Me pongo el atuendo más parecido al de un buscador: pantalón de camuflaje, camiseta negra y una sudadera con capucha. Meto en la mochila mi impermeable y una linterna. A continuación, guardo el objeto más importante para mí: mi diario de pociones. Se trata de un grueso cuaderno cosido con una cuerda, cuya robusta cubierta es de piel marrón. Es, con mucho, mi posesión más preciada. Aquí están todas mis recetas, todas mis notas sobre ingredientes, todos mis sueños sobre mezclas nuevas y distintas. Es mi cerebro hecho papel.

En nuestra biblioteca tenemos diarios de pociones pertenecientes a casi todos los miembros de la familia Kemi desde hace quinientos años. Faltan unos cuantos fundamentales: el de mi bisabuela Cleo, por ejemplo, y el de Thomas Kemi, el fundador de la tienda. Pero los diarios restantes constituyen el gran archivo del conocimiento de los Kemi y ese es, con creces, nuestro mayor patrimonio.

Introduzco el mío en el bolsillo delantero de la mochila.

Le doy un beso de despedida a mis padres, echo a correr escaleras abajo y salgo por la puerta lateral. Arrojo la mochila al suelo del todoterreno de Kirsty y me subo delante.

—¿Lista? —dice.

Me muerdo el labio y respondo que sí con la cabeza. Tenemos dos horas para recorrer un camino de dos horas y media y encontrar un barco dispuesto a llevarnos al Ascenso en el último minuto. Siento que la situación no pinta muy bien, pero ¿qué otra cosa podemos hacer?

Antes de que me dé tiempo a cambiar de idea, Kirsty pisa a fondo el acelerador y pulsa un botón del salpicadero, que lanza una ráfaga de música heavy metal en medio de la noche. Si alguien abriera una ventana para quejarse, no nos íbamos a enterar, porque ya hemos doblado la esquina y vamos a todo trapo por las tortuosas calles laterales en dirección a la autopista que conduce al sur, a las Tierras Salvajes de Nova.

Estoy tan nerviosa que me muerdo los dedos, y los graves de los altavoces de Kirsty tampoco me ayudan a tranquilizarme.

Algunas zonas de las Tierras Salvajes son más accesibles que otras, como el sitio al que vamos: Syrene Beach. Es el Ascenso más cercano a Kingstown y el único en Nova. A nadie le daría tiempo a ir a otro lugar. Para entrar hace falta un salvoconducto, pero es uno de los más fáciles de conseguir. Syrene Beach siempre aparece en las guías y en los folletos turísticos de Nova: «¡Ven al único Ascenso visible desde la orilla!», «¡Observa la belleza de Aphroditas y su clan de sirenas!», «¡A lo loco en las Tierras Salvajes! ¡La fiesta más animada de Nova!».

No se sabe muy bien por qué las sirenas ascienden en mitad de la noche cuando hay luna llena. Guardan muchas similitudes físicas con los humanos, pero los investigadores no han sido capaces de comunicarse con ellas de una forma precisa que nos proporcione algún conocimiento sobre sus tradiciones. A las sirenas les gusta llamar la atención, eso es obvio. Emergen del mar y muestran con orgullo las hermosas perlas que han cultivado durante el último mes. También son competitivas, y se pasan el mes entero preparándose para el Ascenso, que cuenta con toda la pomposidad de un concurso de belleza en el que ellas actúan para el público que acude a la playa.

La sirena más hermosa se llama Aphroditas. Si mis suposiciones son ciertas y hay más equipos de la Expedición en el Ascenso, aquel que consiga la perla de Aphroditas tendrá el ingrediente más potente. Ese es el riesgo que correremos los distintos equipos: deberemos competir por la atención de Aphroditas para optar a la perla más poderosa. Pero, si la jugada nos sale mal, puede que no consigamos ninguna perla.

Las persirelas son las joyas más populares en los anillos de compromiso, más incluso que los diamantes o los zafiros. De hecho, la princesa Evelyn tiene una tiara de persirelas, el no va más del derroche. De improviso, me viene a la mente la imagen de ella desguazando su tiara para conseguir uno de los ingredientes de la poción amorosa.

—Quizá deberíamos haber traído a mi padre.

—¿Qué quieres decir? —pregunta Kirsty.

—¿Las sirenas no responden mejor a las voces masculinas?

—¿Y eso cómo lo sabes?

—Leo… mucho.

—Repelente.

Le doy un puñetazo en el brazo y se echa a reír.

—No pasa nada, ya lo arreglaremos. Si hace falta, puedo enseñarte varios trucos para cambiar el timbre de voz.

—¿Y eso funciona?

Asiente con la cabeza.

—Regla número uno de los buscadores: trabajas con lo que tienes. Nunca te descartes a ti misma.

Kirsty apenas levanta el pie del acelerador y, como la autopista está desierta —y no parece que haya policía—, llegamos a buena hora. Con unos cuantos minutos de sobra, nos detenemos en la frontera de las Tierras Salvajes, donde se alzan unas pequeñas casetas en medio de la carretera que funcionan como garitas de vigilancia. Me pregunto cuánta gente habrá en la playa. Lo más probable es que esté abarrotada para el Ascenso.

Miro hacia abajo y veo la nítida línea de texto impreso en el papel que llevo en la mano. «Persirela de ostra en plenilunio. Triturada. 30 g».

El guarda revisa nuestros papeles y hojea mi nuevo y reluciente salvoconducto. El de Kirsty está viejo y maltrecho, a pesar de que tiene que renovarlo cada año mientras continúe siendo buscadora.

—Llegáis tarde —dice con una sonrisilla.

—Entonces, no nos entretengas más —espeta Kirsty.

—Tal vez tenga que revisar de nuevo estos papeles.

Ella se asoma por la ventanilla, agarra al guarda por la camisa y tira de él.

—Déjanos pasar.

Trago saliva, sobresaltada por su insolencia, pero el guarda se ríe y me lanza los salvoconductos por la ventana.

Su «hasta luego» desaparece con el viento mientras Kirsty pisa de nuevo el acelerador y nos adentramos en la noche.

—Es Duke. En su día salimos juntos —explica—. Pero me di cuenta de que era un pringado y lo dejamos. —Nunca la había visto así, en su ambiente. Su mirada está llena de determinación; su gesto, decidido. Me pilla observándola y esboza una gran sonrisa—. ¿Te diviertes?

Cambia de marcha y acelera todavía más. Me agarro al borde del asiento con los puños apretados.

Una gran señal luminosa aparece frente a nosotras: Syrene Beach, 5 km. Aunque no necesitamos ninguna señal para saber que nos estamos acercando. Unas luces blancas se extienden y bailan en el cielo nocturno. De vez en cuando, alguna cambia de color y, al volverse magenta brillante o azul eléctrico, tiñe las estrellas de un tono poco natural.

Me recorre un escalofrío. Las Tierras Salvajes siempre me provocan esta sensación. Inclino la cabeza a un lado para mirar por la ventanilla. Desde la playa han encendido un haz de luz que apunta hacia el cielo, proyectando la cara enorme de un oso que gruñe. Es la mascota de la Universidad de Kingstown: la Osa Mayor.

Kirsty toma la salida de la autovía y disminuye la velocidad a medida que la carretera que conduce a la playa se llena de baches. El coche vibra con el eco grave de unos altavoces que bombardean con música dance a los felices asistentes. A lo lejos, el horizonte se mece, y entonces capto un olor profundo, salado y fresco. El mar. Hemos llegado.

Dejamos el coche en una de las áreas de estacionamiento más alejadas del mar —no por elección propia, claro—. El aparcamiento se encuentra abarrotado, en su mayoría por autobuses de fiesta cubiertos de grafitis como si alguien les hubiera vomitado colores por encima. Me pongo a deshacer mi mochila, pero Kirsty sacude la cabeza.

—No hay tiempo —dice. Coge una linterna que hay junto a la puerta del coche.

Pasamos a toda prisa entre estudiantes que beben espumosas cervezas de un color dorado claro en jarras de un metro, las más baratas que se pueden conseguir. Aún más impactantes son sus hechizos: llevan tatuajes que brillan en la oscuridad sobre su piel morena y, en el caso de los dotados, luces incrustadas en el pelo y a lo largo de los brazos, de modo que cuando bailan en la arena parece que las estrellas estén bailando con ellos.

—Deja el embobamiento para después —exclama Kirsty mientras tira de mí.

Dirige la vista a la playa. Al seguir su mirada, me doy cuenta de que ya vamos tarde. Emergiendo de la oscuridad, hay una flotilla de luces apiñadas como focas en una tormenta, que se elevan y descienden con el oleaje. De repente, el cielo se ilumina alrededor de las embarcaciones. Un enorme foco apunta hacia las olas desde uno de los barcos, en medio del mar. «Barco» no es la palabra más adecuada para denominarlo; «yate» sería más preciso, o quizá mejor «palacio flotante». No es una sorpresa ver las grandes letras que adornan la proa: *ZA*. ZoroAster ya está aquí.

El foco ilumina las demás embarcaciones que abarrotan la misma zona: hay más yates, aunque también pequeños barcos de pesca e incluso, creo, una moto acuática.

Ahora vamos corriendo por la playa, hacia el embarcadero. Aunque la luz de los barcos apenas llega hasta aquí, veo que en el extremo del muelle se está formando jaleo. Una chica chilla de impotencia y en ese momento me da un vuelco el corazón. Reconocería ese sonido en cualquier lugar.

—¡Anita! —le grito.

Kirsty y yo hemos llegado al muelle y de la arena hemos pasado a unos bastos tablones de madera unidos con clavos de forma chapucera.

—¡Arjun, mira quién está aquí! —grita Anita, volviendo al vista. Al final del muelle aparece la cabeza de su hermano. Tiene la cara tensa, pero se relaja cuando me ve. La espuma de las olas al romper enmarcan su pelo castaño con una corona blanca.

Arjun está dentro, en un bote desvencijado en el que, por la manera en que se inclina, estoy segura de que le entra agua. En el bote también está un hombre mayor con una camisa blanca harapienta, pantalones impermeables y una chaqueta negra. Una cicatriz zigzagueante recorre su rostro; me pregunto qué animal de las Tierras Salvajes le habrá hecho esa herida. Es pescador. Los permisos para pescar en las aguas de las Tierras Salvajes son muy escasos, así que lo más probable es que sea un cazador furtivo. Eso quiere decir que es peligroso.

El bote se sacude contra el muelle mientras una ola rompe por debajo de donde estamos y hace que el agua se filtre por los ojales de mis botas.

Las botas de Kirsty se detienen cerca de las mías con un paso firme y seguro. Estoy convencida de que sus zapatos son impermeables, ya que no emiten este sonido de dedos chapoteando.

—Edgar —dice, dirigiéndose al anciano con los brazos en jarras—, ¿qué está pasando?

El hombre juguetea con el cuello de su abrigo manchado de sal.

—Bueno, señorita Donovan, he estado intentando negociar con estos críos para llevarlos al Ascenso.

—¡¿Negociar?! —estalla Arjun—. Timar, robar, estafar tal vez.

Una sonrisilla de superioridad aparece en el rostro del viejo.

—Yo también he oído los rumores, ¿sabes? No se trata de una excursión normal para ir a ver a las desbrozalmejas esas.

Anita, Arjun y yo nos achantamos. Nunca había oído nada tan ofensivo como el flagrante insulto que acaba de proferir en referencia a las criaturas marinas. Pero con eso lo único que ha conseguido es azuzar a Kirsty, que se agacha, lo agarra por debajo de los brazos y lo levanta del bote. En ese instante, como si el mar estuviera de nuestra parte por un momento, llega una ola que lo eleva aún más, de modo que Kirsty lo arrastra hasta el muelle y lo deja caer como una piedra.

Anita y yo nos metemos deprisa en el bote antes de que Edgar se ponga de pie.

—Sé de buena tinta que este bote no es tuyo, Ed; perdiste el permiso de navegación cuando intentaste atrapar aquel narval. Así que vete a estafar a otro buscador. —Mientras habla, Kirsty desata la cuerda que sujeta el bote al muelle. Da un empujón con la bota para impulsar la barca y salta dentro antes de que se aleje demasiado—. ¡Coged los remos! —grita.

Anita y yo nos ponemos a gatas para aferrarlos y le paso uno a Arjun, que está boquiabierto. Kirsty coge el remo que tiene Anita y grita: «¡Rema! ¡Rema!» hasta que ella y Arjun consiguen un ritmo rápido.

Y aquellas luces siguen pareciendo tan lejanas en el mar…

—No vamos a conseguirlo —murmura Anita a mi lado.

—¿Qué quieres decir? —pregunto.

—¡Escuchad! ¿No lo oís? El Ascenso está empezando.

12
SAMANTHA

Al principio, lo único que oigo es el sonido de los remos subiendo y bajando en el agua, pero entonces percibo las primeras notas. Llegan de la zona donde están apiñadas las otras embarcaciones. Luego se produce un ruido fuerte y el foco del enorme yate parpadea y se apaga.

Como las demás embarcaciones también apagan las luces, me cuesta acostumbrar la vista a la penumbra. La luna llena parece escandalosamente grande sin el halo de las otras luces restándole brillo.

Es entonces cuando se eleva la primera concha. A primera vista parece una ola más encrespándose en el mar, pero después me doy cuenta de que se trata del borde ondulado de la concha de una sirena, tan ancha como la longitud de nuestra barca. Todos los demás ruidos se han aplacado y el mar se asemeja a un plato. Eso facilita que Kirsty y Arjun nos sigan impulsando por el agua. Sin embargo, Anita y yo estamos inmóviles por la inclinación de la barca, paralizadas por la idea de que, aunque hemos llegado hasta aquí, seguimos estando demasiado lejos.

La luz de la luna provoca destellos en el borde perlado de la concha, que desaparecen entre sus numerosos pliegues para volver a relucir con el oleaje. A pocos metros de allí se eleva otra concha más rosada que la primera. Entonces es como si se multiplicaran, mientras van cubriendo todos los matices de un arcoíris oscuro: desde el morado intenso al gris plata y al casi bronce. Me vienen a la cabeza los innumerables remedios que pueden obtenerse a partir del delicado revestimiento exterior de las conchas.

Concha de ostra: para la reducción de las rojeces; alivia la piel irritada. También para el fortalecimiento de los huesos: puede ayudar en la aparición temprana de osteoporosis.

Anita mira por unos prismáticos de campo de visión amplio con cara de impaciencia.

—¿Todavía no ha ascendido Aphroditas? —pregunta Kirsty, echando un vistazo atrás con la voz quebrada por el esfuerzo de remar.

Anita sacude la cabeza.

—Creo que no... Espera...

Entorno los ojos para intentar ver mejor y doy un grito de emoción cuando dirijo la vista hacia donde mira Anita. Está ascendiendo una concha blanca, brillante, de un blanco puro más luminoso que el de las demás. Y también es más grande que las otras: parece que la mismísima luna emergiera del mar. Pese a que el agua está tranquila, las embarcaciones se dispersan, alejándose de esta última concha como muestra de respeto.

Y entonces la concha empieza a abrirse.

Su mano es de un blanco fantasmal y también resplandece, como si su piel irradiara la luz de la luna llena. Sus dedos son demasiado largos, semejantes a ramas en vez de a carne, unidos entre sí por unas redes traslúcidas. Con un ligero movimiento, abre de golpe la tapa de la concha y aparece en todo su esplendor. Su pelo dejaría verde de envidia hasta a la más hermosa supermodelo de Nova: se mueve con vida propia como si siguiera bajo el agua, flotando y ondulándose con corrientes invisibles. Bajo la luz de la luna brillan unos hilos rosas y blancos, que caen alrededor de su torso desnudo y se le enrollan en la cintura, donde la piel se encuentra con las escamas. Su belleza me deja atónita, sin respiración. Aunque lo más impresionante es su singularidad: está tan cerca de lo humano y a la vez tan lejos... Sus ojos son blanquecinos, como si estuviera ciega, pero contemplan fijamente la flota de barcos, examinándonos. Lo único que puede desviar la atención de quien la mira es la joya que rodea su cuello: una perla tan perfectamente redonda y brillante que cualquier piedra preciosa palidecería en comparación.

—Aphroditas —susurra Anita, tan alucinada como yo.

Aphroditas es la reina de las sirenas y, al igual que la luna llena de esta noche, por más que la mires no deja de cautivarte.

Ahora navegamos a la deriva. Arjun y Kirsty han dejado de remar, pero la corriente nos sigue llevando hacia el círculo de embarcaciones. Allí hay un hueco para nosotros. Después de todo, puede que lo consigamos.

Y menos mal, porque los siguientes segundos son frenéticos. Hay conchas abriéndose por todas partes, siguiendo el ejemplo de Aphroditas, y aparecen sirenas y perlas tan rápido que no damos abasto. Las sirenas llenan el círculo de carcajadas mientras se salpican unas a otras, se ríen y, en general, nos ignoran.

Inmediatamente, los demás equipos tratan de captar la atención de las sirenas. Justo enfrente de nosotros, en primera posición delante de Aphroditas, se encuentra el barco ZA, en cuya proa hay alguien con los brazos extendidos. Enseguida lo reconozco y agarro la mano de Anita.

—¿Qué pasa? —pregunta.

—Rápido, ¿me prestas los prismáticos un momento?

—Claro. —Se los descuelga del cuello y me los da.

Los dirijo hacia el yate y enfoco. Veo a un hombre que lleva un elegante traje de tres piezas y el pelo engominado hacia atrás, a la última moda. Está sujetando una varita mágica salpicada de diamantes cuyo extremo apunta hacia su garganta. Entonces abre la boca y empieza a cantar.

Ahora le toca a Anita coger los prismáticos.

—¡Dios mío! —suelta, incapaz de contener el asombro—. ¿Es quien creo que es? ¿De verdad han traído a Damian aquí?

—Era de esperar que Zol iría a por todas —murmura Kirsty por detrás—. Así, Aphroditas ya es suya.

Veo a qué se refiere: Aphroditas se dirige al barco, intrigada por la dulce exquisitez de la voz. Damian es el cantante de música pop más atractivo de Nova y este va a ser su público más fervoroso. Es el mayor escenario que Damian podría desear.

—Muy bien, nos toca. Arjun, ¿estás listo?

Él asiente con gravedad.

—No estoy a su nivel, chicas. Y si oigo la más mínima risita, os tiro por la borda.

Anita y yo nos apartamos para dejarle espacio en la parte delantera de nuestro pequeño bote. Abre la boca, pero al principio no sale nada. Se vuelve para mirar a Kirsty, con la frente empapada de sudor.

—¿Qué canto?

—Empieza por lo básico —contesta—. Algo fácil. Una canción de cuna o algo así.

Se gira de nuevo hacia un pequeño grupo de sirenas cuya atención no ha sido aún captada. Por fin emite las primeras notas de una canción infantil sobre el mar:

Desde la playa, hacia las olas, sobre la arena.
Colas de sirena, todos de la mano, castillos de arena.

Tiene la voz dulce, incluso melodiosa, pero no puede compararse con Damian, que ha hechizado su propia voz, profunda y melosa, para proyectarla por encima del agua. Las tres nos quedamos esperando con el alma en vilo mientras Arjun canta. Al final, después de que empiece con una vieja canción folk ligeramente más marchosa, una de las sirenas inclina la cabeza en nuestra dirección.

—Eso es, Arjun, continúa —susurra Kirsty en tono alentador.

Es evidente que Arjun también la ha visto y dirige la voz hacia esa sirena para que parezca que está cantando sólo para ella. La sirena comienza a dar coletazos con un movimiento elegante, como un pétalo en la brisa. Sus dedos largos y violáceos acarician la perla que lleva en el cuello mientras escucha. Kirsty me da un codazo.

—Arjun lo está haciendo bien. ¿Ves la perla? Será perfecta. Y habrá suficiente esencia para los dos equipos.

Equipos. Kirsty lo acaba de mencionar, pero yo ni lo había pensado. Estoy en un equipo rival al de Arjun y Anita. Aunque nos podremos ayudar durante la competición, sólo un equipo ganará la Expedición.

La sirena de Arjun se está acercando. Estamos tan absortos por los acontecimientos, tan ensimismados, que no nos damos cuenta de que el superyate ZA también está avanzando lentamente hacia nosotros. Kirsty, la más avispada de los cuatro, se pone a gritar y a remar para apartar el bote de la dirección del yate. Al mismo tiempo que Damian canta a Aphroditas, el yate va a interponerse entre nuestra barca y el Ascenso.

—¡Eh! —grita Kirsty, que deja caer los remos y se levanta. El agua golpea con fuerza el bote y el casco se inunda—. ¡Eso es ilegal! ¡Apartaos de nuestro camino!

El yate sigue acercándose. Casi me da la risa. ¿A quién nos vamos a quejar si nos impiden conseguir la perla? A nadie le importará. Es una Expedición Salvaje. Todas las normas, salvo las de la Expedición, son papel mojado.

Aquí, fuera del círculo, todo está mucho más oscuro. Contemplamos llenos de consternación cómo las olas golpean nuestro bote y nos van alejando del núcleo, de la congregación de sirenas.

La voz de Arjun se detiene.

—No dejes de cantar —le pide Kirsty con voz afligida.

Su mirada se dirige más allá de las embarcaciones, hacia lo que parece ser un parche oscuro en el océano. Sigo la dirección de sus ojos y me esfuerzo en distinguir algo que no sea el ir y venir de las olas cuando… ¡Un momento! Hay una onda minúscula en la superficie.

—Allí hay otra —susurra Anita a mi lado.

¿Otra sirena? Me siento ilusionada y asustada al mismo tiempo. Una sirena fuera del corro del Ascenso es algo prácticamente insólito. Pero en el océano también hay otras criaturas mucho menos agradables de encontrar. Una cola aparece en la superficie y, aunque sólo la veo un segundo, mi miedo se mitiga: sí, es una sirena. Pero la aleta tiene una profunda incisión, como si la hubieran atacado hace poco, así que espero que sea lo bastante fuerte como para producir una perla.

Reaparece a unos pocos metros del bote. Tengo que hacer un esfuerzo para no caerme de espaldas: su cara se halla sembrada de arrugas y las gruesas cintas de su pelo están hechas jirones. Debe de ser vieja, pero, si es como las demás sirenas, también será vanidosa. Si detecta sorpresa o rechazo en nuestros rostros, seguro que huirá.

Se aproxima al bote esbozando una sonrisa…, pero esa sonrisa es un horror: tiene los dientes puntiagudos, más propios de un tiburón que de un humano. Peor aún es el hedor a pescado putrefacto y descompuesto. Anita y yo contenemos la respiración, pero por suerte ella está fijando su atención en Arjun. Él se halla pálido como la cera, pero mantiene el tipo mientras la mano de Kirsty en su hombro le aporta seguridad y coraje.

Empieza a cantar sin apenas titubeos. Nunca me hubiera imaginado que Arjun fuera capaz de algo así, pero, al mirarle a los ojos, veo que está sumido en una especie de trance con la sirena.

Kirsty agarra con más fuerza su hombro.

—¿Puedes hacer algo para ayudarle? —le pregunto a Kirsty.

—Lo está haciendo todo bien. Sólo tiene que seguir un poco más…

Las otras embarcaciones se retiran y sus motores empiezan a rugir. Si su marcha interrumpe el trance o, más probable aún, si siguen jugando sucio e intentan interrumpirlo aposta, perderemos para siempre la perla. El hecho de que aún no la hayamos visto es bastante mala señal.

La voz de Arjun adquiere un tono más insistente, pero la si... —bueno, sirena no parece el término apropiado; sería más adecuado llamarla «bruja marina»— no se apresura. Despacio, despacísimo, mete la mano en la concha y saca la perla más pequeña que jamás he visto, apenas una semilla.

Arjun extiende la mano y ella estira el brazo para alcanzarle. Pero entonces el yate ZA pone en funcionamiento la bocina para intentar dispersar a cualquier sirena que siga por aquí.

Incluida la nuestra. Sin embargo, pese a sobresaltarse, su mirada denota un atisbo de malicia... y agarra a Arjun del brazo.

De golpe, el bote se inclina, el trance se interrumpe y la bruja marina se sumerge. Anita y yo nos apresuramos a sujetarle, cada una por una pierna.

—¡Agarradle! —grita Kirsty mientras hurga en su mochila.

Anita y yo tenemos más fuerza que la criatura marina, que vuelve a emerger siseando y escupiendo entre los dientes. Entones, impulsada por la fuerza de la cola, curva el cuerpo y muerde en el brazo a Arjun, cuyos gritos me retumban en los oídos. Me pongo a dar puñetazos a la bruja marina sin dejar de sujetarle con todas mis fuerzas.

—¡Sam, tira de él!

Lo rodeo con el otro brazo mientras Kirsty lanza un puñado de polvo a la cara de la bruja. Ahora es ella quien grita y, al frotarse el rostro con las manos, suelta por fin a Arjun. Se vuelve a sumergir. Con un último tirón, arrastramos a Arjun hacia el centro del bote y acabamos todos cayéndonos unos encima de otros.

—Álcali —dice Kirsty—. Reacciona con la sal que tienen en la piel y las abrasa.

—A esta le está bien empleado —gime Arjun, retorciéndose de dolor mientras Anita le limpia la mordedura con un analgésico natural.

Aelgi, para las heridas del mar. Ayuda a la coagulación de la sangre para prevenir cicatrices.

—¿Y esto…? —Abre la mano y en el centro hay una perlita.

A Anita y a mí se nos escapa un «¡vivaaa!» de alegría. ¡El primer ingrediente es nuestro!

Busco la mirada de Kirsty, que ya está dando la primera palada para volver a la orilla. Me mira y sacude la cabeza.

—Oye, Arjun, ¿me dejas que le eche un vistazo? —pregunto.

Me pone la perla en la mano. Al sujetarla, parece como si desapareciera entre las yemas de mis dedos. Se la paso a Anita.

Es demasiado pequeña para que los dos equipos la compartamos. Menos de veinticuatro horas en la Expedición y la familia Kemi ya está eliminada.

13
SAMANTHA

Kirsty me deja en casa en silencio. Hemos estado calladas casi todo el camino. Anita y Arjun se ofrecieron a traerme de vuelta en su coche, pero yo no iba a poder afrontar su entusiasmada conversación. Por otro lado, tampoco quería darles pena; tienen cosas más importantes de las que preocuparse, como averiguar el siguiente ingrediente.

Olvido o amnesia permanente: mezclar cuatro hebras de tentáculo de medusa con dos vasos de agua del Leteo. Calentar hasta que esté tibia y beber en la taza favorita.

Eso es lo que necesito ahora. Algo para olvidar que he decepcionado a Kirsty, deshonrado a mis padres, desobedecido a mi abuelo y fracasado a la primera de cambio.

Me quedo un momento en el callejón con la espalda apoyada en la pared. Cierro los ojos y respiro… Cualquier cosa con tal de no llorar. Los primeros signos de luz se perfilan en el horizonte: amanece un nuevo día. Fue una idiotez intentarlo. ¿Quién me creo que soy, saliendo a las Tierras Salvajes con Kirsty y sin un plan? Es mi primer sorbo de aventura, pero resulta bastante amargo.

Por lo menos, ya puedo quitarme los zapatos mojados.

Hago de tripas corazón y me dirijo hacia la puerta lateral para entrar en la cocina. Toda la familia —excepto mi abuelo— está sentada a la mesa, esperándome. No levantan la vista de inmediato, así que por una milésima de segundo me pregunto si es que no se han enterado todavía de las noticias. Pero mi madre se levanta y saca del horno un plato lleno de tortitas, mi comida favorita. Hay sirope de arce de verdad en la mesa, del caro. Y ahí es cuando me doy cuenta de que lo saben. Claro que lo saben.

De repente, no puedo evitar que se me llenen los ojos de lágrimas. Mi madre viene hacia mí como un rayo y caigo entre sus brazos.

—Ya está, cariño —murmura, acariciándome la cabeza como si volviera a tener la edad de Molly—. Lo has intentado.

Asiento con la cabeza apoyada en su hombro y al final me libero de sus brazos.

—Es que pensé que…

Mi padre y Molly están detrás de ella. Mi padre me mira con una mezcla de preocupación y de te-lo-dije, mientras que Molly está consternada por ver a su hermana mayor llorando a moco tendido. Pensé que de verdad teníamos una oportunidad para cambiar las cosas. Ahora debo volver a guardar mis esperanzas en el cajón.

Me seco las mejillas, mi madre me acompaña a la mesa y me sienta empujándome con suavidad.

—Come, jovencita. Ha sido una noche larga…

Vierto el sirope de arce, rojizo y dorado *(arce: para el consuelo y la apatía, para templar la sangre)*, y hundo el cuchillo en la montaña de tortitas.

Pero entonces me doy cuenta de algo inusual. Además del traqueteo de los cubiertos sobre los platos, no se oye ruido de fondo. La tele que hay sobre la encimera de la cocina está apagada.

Mis padres siempre ven los programas matinales, por muy temprano que sea. Es un ritual diario: el primero que llega a la cocina enciende la tele y comprueba el tiempo, las noticias y el tráfico de ese día. Intento que mi voz parezca natural:

—¿Podemos encender ya la tele?

Mis padres dudan. Agarro el mando y mis peores pesadillas se materializan en la pantalla.

Es el escudo familiar. El único recordatorio de que los Kemi fueron una gran familia ahora tiene encima una X gigante. Empieza a sonar una voz en *off*:

—*Después del impactante anuncio sobre el estado de la princesa, anoche se convocó una Expedición Salvaje. De los doce alquimistas participantes, la primera eliminada es Samantha Kemi, representante de la familia Kemi, en otros tiempos ilustre, que ha sido incapaz de conseguir el primer ingrediente. Para el resto de los equipos, la Expedición continúa y la competición por la cura de la princesa se vuelve cada vez más apremiante…*

Mi madre coloca el dedo sobre el mío para pulsar el botón del mando. La pantalla se apaga.

—¿Por qué no descansas un poco y luego por la tarde te vienes con nosotros a la ceremonia de entrega de objetos de Molly?

Y así es como mi día pasa de ser una locura a ser normal.

—Vale. Pero antes tengo que hacer una cosa.

Con pocas ganas, empujo la pesada puerta de madera que comunica la cocina con el laboratorio, lista para enfrentarme a la ira de mi abuelo.

El laboratorio se mantiene en una oscuridad semipermanente, ya que las viejas ventanas están demasiado manchadas por el humo de antiguos experimentos y es imposible limpiarlas. El olor a lámpara de queroseno, a materia vegetal hervida y a fluido conservante invade mis fosas nasales, un olor tranquilizador y repulsivo. Me lleva unos segundos localizarle, porque está encorvado sobre la mesa, tan inmóvil que no parece respirar.

A medida que me acerco a él, su imagen se distorsiona a través del cristal de un enorme matraz redondo; su nariz bulbosa se hace más protuberante a causa de la refracción de la luz y, de pronto, un ojo se vuelve gigante y verde por la parte convexa.

—Sam, ven. Dime qué estoy destilando. —Su voz es amable, no hay rastro alguno de enfado.

Me acerco y casi me caigo de espaldas por los gases nocivos que emanan de la mezcla burbujeante. La sustancia es de color magenta intenso. Reprimo las náuseas y apoyo las manos en la vieja y nudosa mesa de roble. Mi abuelo siempre me recuerda que los pequeños detalles son los más importantes. Como, por ejemplo, mezclar las pociones sobre una superficie orgánica para que los ingredientes naturales mantengan sus propiedades. Intentamos aferrarnos a los materiales naturales, a pesar de que no siempre sea posible ni práctico. Al otro lado de la mesa, vierte desde un vial dos gotas de un líquido dorado y brillante. Un laberinto de delicados tubos de cristal bombea el líquido, que da vueltas y más vueltas con intervalos de aire antes de caer en la poción del matraz.

Aguanto la respiración y me inclino un poco más para mirarlo de nuevo.

—Hmmm, parece... ¿algún tipo de poción para el dolor de cabeza?

Él chasca la lengua.

—¿Y por qué iba a añadir vara de oro a una poción para el dolor de cabeza?

Vara de oro: para el dolor de garganta y las carteras vacías.

Tiene razón, claro. No es para el dolor de cabeza.

—¡Concéntrate, Sam!

Pero no voy a dar con la solución. He estado despierta toda la noche y me caigo de sueño. Mi abuelo suspira.

—La Expedición es una tarea de tontos, Sam. No puedes pretender recuperar la prosperidad de los alquimistas mediante una simple excursión. Mientras los ingredientes sintéticos sigan predominando, no hay sitio para nosotros.

Las conversaciones de este tipo son las que me provocan una vieja frustración que me revuelve el estómago.

—Pero ¿por qué, abuelo? Si actualizamos unos cuantos sistemas de negocio, reponemos algunos de los ingredientes y le damos un poco de publicidad… Hay gente que recuerda el nombre de los Kemi. Gente que volvería a comprar aquí si supiera que hemos vuelto a la acción.

Sacude la cabeza.

—No. Lo único que podemos hacer es seguir estudiando nuestro oficio para que, cuando el mundo recupere por fin la cordura, no desaparezca nuestro conocimiento.

—Pero la princesa…

—No voy a ayudar a la familia real. Este lío se lo han buscado ellos solos. ¿Y cómo vas a confiar en gente que exilia a su familia?

—Te refieres a Emilia.

Asiente con la cabeza.

—Les asusta que el poder de la princesa se transfiera a ella. Yo estuve en una Expedición Salvaje, Sam. Ya lo sabes. Y deja que te diga que las «normas» de las Expediciones Salvajes no significan nada para la familia real, siempre y cuando consigan su remedio. Fui aprendiz de tu bisabuela y ella tenía que haber ganado aquella Expedición, sin lugar a dudas. Zoro Aster le robó la poción y la presentó como si fuera suya. El Cuerno de Auden la aceptó. Después, Zoro Aster le contó a todo el mundo que la poción estaba elaborada con sintéticos, lo cual legitimó su empresa para siempre.

—¡Pero alguien debería contarle eso a la familia real!

—¿Y crees que no lo intentamos? Pero tu bisabuela perdió su diario de pociones, donde se detallaba la fórmula. Sin el diario, era nuestra palabra contra la de ellos. Y como la condenada familia real ya había conseguido el remedio que necesitaba, ¿qué más daba? No tuvieron inconveniente en quitarnos nuestros encargos y dárselos a Zoro Aster y su nueva compañía de sintéticos. Siglos de servicio leal olvidados como si nada… Tu bisabuela nunca volvió a ser la misma. Por eso nunca debes fiarte de la familia real ni de los sintéticos.

Tengo muchas más preguntas, pero estoy demasiado cansada para plantearlas. Además, él ha vuelto a concentrarse en su poción.

—Voy a descansar un poco —digo.

En vez de ir directa a la planta de arriba, me detengo en la biblioteca, mi lugar favorito. Quizás aquí encuentre alguna pista sobre lo que sucedió en esa época. Rodeada de libros, mi mente se desvía de nuevo hacia la poción amorosa. En algún lugar de esta sala podría estar la solución. Anita y Arjun siguen necesitando la receta adecuada; ellos todavía no están eliminados de la Expedición. Tal vez pueda ayudarles.

Recorro con los dedos la caligrafía dorada y tortuosa de los lomos de los libros. Después de tantos años de abandono, los títulos son casi indescifrables. Casi todos son libros de recetas, algunos obviamente escritos por magos locos que no tenían ni idea de cómo elaborar una poción.

Observo el gran muro de libros que hay frente a mí. No hay ninguno titulado *LA MEJOR RECETA PARA POCIONES AMOROSAS ESTÁ AQUÍ*, pero en alguno de ellos tiene que haber una pista. Saco de la estantería tres tomos que podrían ser buenos candidatos y cargo con ellos hasta la mesa.

El título del primero está casi borrado, pero, al abrir las crujientes tapas, soplo una nube de polvo y leo: *Quatro cientos empleos del hálito del pricolici.*

Genial. Cuatrocientos usos del aliento de un animal que se extinguió hace trescientos años.

Pero las cosas como son: yo vivo para esto. Si no es por las palabras obsoletas y los consejos antiguos de su interior, será por el crujir del pergamino cuando paso cada página y la separo con delicadeza de la siguiente. Las letras se adhieren entre sí como amantes, tinta que el tiempo convierte en pegamento.

Hojeo con cuidado el resto del libro. Nada. Pero para mí eso es lo emocionante: la investigación, el tamizado de las palabras como si buscara diamantes entre granos de arena. En la cuarta pila de libros es donde encuentro el primer destello de una piedra preciosa. Se trata de la palabra *filtro*: el término antiguo que hace referencia a una poción amorosa. Pero la emoción se disipa igual de rápido cuando percibo el rastro de la purga que tuvo lugar hace más de un siglo, cuando las pociones amorosas fueron declaradas ilegales. Las dos primeras frases siguen intactas, con letra fina, negra y cursiva, como puntos oscuros sobre la página: «Un filtro es una de las pociones más peligrosas conocidas por la humanidad, tanto para quien lo prepara como para quien lo recibe. Proceda con la máxima precaución». Después, las letras se amontonan en un batiburrillo negro, como si intentaran evitar un hechizo que fuera a hacerlas desaparecer. En el amasijo de letras distingo un par de palabras antiguas —*indicum* y *eluvium*—, pero no sé si son importantes o sólo forman parte del galimatías. He oído que cuanto más antigua es una receta, más cuesta destruirla totalmente. Y la prueba de ello está en esta página, delante de mis narices.

Tal vez necesite libros todavía más viejos… y sé dónde encontrarlos.

Este era antes uno de nuestros rituales semanales, un secreto especial entre mi abuelo y yo. No sé si alguna vez habrá llevado allí a Molly, tampoco se lo he preguntado nunca. Me gusta creer que él compartía su amor por los libros conmigo y sólo conmigo. Regreso a la entrada de la biblioteca y cojo la llave que cuelga fuera, junto a la puerta. Siempre me ha extrañado que mi abuelo tenga la llave allí, al alcance de cualquiera. Entonces sus palabras me resuenan en los oídos. «Hace falta algo más que una llave para abrir una puerta, pequeña. También tienes que saber dónde está la cerradura».

Y yo lo sé.

Sólo he estado en esa sala en compañía de mi abuelo y al tocar la llave siento un escalofrío que me recorre la espalda. Nunca me han prohibido de forma expresa que entre allí sola, pero tampoco he tenido jamás una razón para hacerlo: la mayoría de los libros son viejísimos y están escritos en una lengua antigua que no entiendo.

La frialdad de la llave hace que me quede paralizada un instante. Contengo la respiración hasta que los pulmones me queman y el corazón me late en los tímpanos. No sé por qué estoy aguzando el oído, si no se oye más que el sutil zumbido de una bombilla y el débil repiqueteo de las sartenes mientras mi padre lava los platos. Dejo salir el aire con una gran exhalación, sacudo los brazos y las piernas y me dirijo al lado opuesto de la biblioteca.

Tengo que agacharme para alcanzar la estantería exacta, y sonrío al pensar que ya soy mucho más alta que mi abuelo. Siempre me pareció una especie de gigante, pero ahora, con mi casi un metro ochenta que sigue en aumento, le saco la cabeza a él y a la mayoría de las chicas —y a algunos chicos— de mi clase. A veces siento rechazo hacia mi figura desgarbada de pies demasiado grandes para mi edad y brazos y piernas demasiado largos para mi cuerpo. En una ocasión, en la boda de la hermana mayor de Anita, los Patel intentaron vestirme con su ropa tradicional —un precioso *shalwar kameez* azul y dorado—, y me sentí como una princesa, salvo por el hecho de que los pantalones me quedaban muy por encima de los tobillos y parecía una giganta disfrazada.

El libro rojo resalta tanto que parece estar llamándome, aunque sé que otros pasarían por delante como si nada. Lo saco y justo detrás, oculta entre las sombras, está la cerradura. Introduzco la llave, la giro un cuarto de vuelta y siento que toda la librería cobra vida y se vuelve hacia mí.

14
SAMANTHA

—¡Sam, es hora de irse! —grita mi madre hacia la planta de arriba, sin darse cuenta de que estoy en la biblioteca. Echo un vistazo a mi reloj y me quedo boquiabierta. Llevo casi cuatro horas sin parar de estudiar estos libros.

Paso por el laboratorio y voy a la cocina.

Ella pone mala cara.

—Pensaba que estabas descansando en tu habitación.

—Me he distraído… un poquito.

El cansancio me aplasta como un tren de mercancías. Hace un minuto estaba bien, pero ahora me noto agotada. No cabe duda de cuál es la poción que necesito.

Cafeína: para espabilarse y rejuvenecer.

Queda un poco de café del desayuno en el fondo de la jarra. Al tragarlo, frío y amargo, hago un gesto de asco. Mejor eso que nada.

—Estoy bien, mamá.

Me lanza una sonrisa irónica mientras me mira de arriba abajo.

—¿Quieres que esperemos diez minutos para que te duches y te cambies?

Me miro y veo a lo que se refiere: sigo llevando la misma ropa del Ascenso; los bajos de mis pantalones están pringados de sal por la espuma del mar y arrugo la nariz cuando me doy cuenta de que huelo más a molusco que a adolescente.

—Buena idea —farfullo antes de subir corriendo las escaleras.

Pocas horas después, nos encontramos inmersos en una ovación apoteósica frente a los veinte alumnos de la clase de Molly, que dan un paso al frente y saludan al público. Molly lleva un bonito par de guantes de seda —su objeto— cuya tela iridiscente refleja la luz del escenario y hace que parezca que le brillan las manos.

Quizá le brillen de verdad. Sin duda, el resto de su cuerpo está resplandeciente. Tiene una sonrisa de oreja a oreja e irradia felicidad. Al lado de los demás estudiantes, es como un foco. Pero una vez más estoy siendo parcial.

Por supuesto, su objeto es un par de guantes. Para mi dulce y preciosa hermana sería inútil un objeto agresivo como una varita mágica o un báculo. Ella va a ser sanadora, maestra. Su magia será pacífica.

Pero va a necesitar un par de guantes propios, y los guantes son caros. Tienen que estar hechos de un material que crezca con ella y que se amolde a sus manos como una segunda piel. El material idóneo sería cuero de cambalache —supermaleable, aunque casi imposible de conseguir hoy en día, porque los cambalaches están en peligro de extinción—. Los guantes de seda, como los que la escuela le ha prestado, serían más prácticos —hay unos gusanos en las cuevas del sur cuya seda se adapta a cualquier forma—. Los venden en uno de los centros comerciales de las afueras de Kingstown.

Molly salta del escenario y viene corriendo hacia nosotros entre el público. Mientras ella charla con mis padres, yo me siento incómoda. Hay varias personas mirándome de reojo y se tapan la boca para cuchichear. Casi todo el mundo está hablando de la Expedición, aunque no se refieran directamente a nuestra familia. Hay entusiasmo, pero también miedo por la princesa. Nadie sabe qué ocurrirá si la Expedición no llega a buen fin.

Mi madre se dirige a mí:

—¿Puedes quedarte y estar pendiente de Molly un rato hasta que termine y volváis a casa?

Mi hermana se pone en jarras.

—Ya no necesito que nadie esté pendiente de mí, mamá. Puedo regresar sola a casa.

Mi madre sonríe y le acaricia la cabeza, pero sigue mirándome.

—Volved a la hora de la cena, ¿vale? No quiero que ninguna de las dos caiga exhausta.

—Claro. —Me encojo de hombros.

Nuestros padres se marchan y Molly sale disparada para reunirse con sus amigos dotados. Me desplomo en una silla de plástico naranja y observo cómo intercambian impresiones sobre sus nuevos objetos. La mejor amiga de Molly, Alex, ha recibido un anillo. Los anillos, aunque bastante inusuales, son potentes conductores de magia. Es probable que Alex se dedique a la política o a los negocios, a algo que requiera una combinación de poder y sutileza. A partir de ahora, ninguno de ellos tendrá que preocuparse por su futuro; en todos los sectores hay una gran demanda de personas altamente dotadas.

—¿Sam? —La voz tranquila de mi hermana me saca de mis ensoñaciones—. Estoy lista para irnos —dice. Tira de uno de sus guantes.

—¿Ya?

—Sí, estoy algo cansada.

—¿Va todo bien? —Me levanto para irnos mientras me cuelgo el bolso—. ¿Te molestan los guantes?

—Todavía no estoy acostumbrada a ellos. —Salimos del sofocante auditorio hacia la cálida brisa veraniega. El aire se levanta mientras paseamos de vuelta a casa.

—Es lógico… Pero qué emocionante, ¿no?

—Supongo que sí.

Pongo cara de extrañeza. Esta no es la Molly de hace un rato, que sonreía y se reía a carcajadas.

—Bueno, en serio, ¿qué te pasa?

Encoge los hombros.

—Creí que el abuelo vendría.

Me quedo callada un instante.

—Me parece que tenía que terminar unos preparados. —Vuelve a encogerse de hombros y decido cambiar de tema—: ¿Te permiten mostrarme las cosas que puedes hacer con esos guantes?

Sus ojos azules brillan cuando levanta la vista para mirarme.

—¿De verdad? ¿Quieres verlo?

—¡Pues claro!

Echa una ojeada a ambos lados de la calle y comprueba que no hay nadie más aparte de nosotras. Estira el brazo hacia un magnolio de floración estival que está apoyado en la valla de un jardín, cuyas largas ramas cuelgan sobre nuestro camino. Busca un capullo que aún no haya florecido y lo rodea con las manos enguantadas. Cierra los ojos y susurra un conjuro. Muy despacio, el capullo empieza a crecer y a abrirse formando una deslumbrante flor blanca.

Me quedo alucinada.

—¡Dios mío, Molly! ¡Es impresionante!

—Gracias —dice sonriendo—. Espero sacar suficiente nota para poder entrar en la facultad de Medicina.

Me echo a reír.

—Faltan muchos años para eso. No debes preocuparte todavía por esas cosas.

Molly arruga la frente.

—Claro que me preocupo. Es decir, yo no tengo el don de los Kemi, como tú. No sé qué se me da bien.

—Un don que es inútil —murmuro mientras observo la magnolia que acaba de abrir—. Tú vas a ser más rica de lo que sueñas y vas a tener una carrera fabulosa.

—Y si no lo consigo…, todo el dinero que mamá y papá han invertido en mí se habrá desperdiciado.

La flor comienza a arder.

Empezamos a gritar. Ella suelta la rama, retrocede y echa a correr. Cojo la rama para arrancarla antes de que las llamas se extiendan por el resto del árbol. Después de varios tirones, consigo romperla y pisoteo las brasas de la flor.

—¡Molly! —grito.

Pero ya se ha ido.

15
SAMANTHA

Unas luces parpadeantes azules y rojas resplandecen sobre la calle Kemi y el corazón se me pone en un puño. Enseguida me viene Molly a la cabeza. Paso a toda prisa por delante de unos furgones policiales y de unos camiones de bomberos que están subidos a la acera y entro como un rayo por la puerta principal de la tienda.

Dentro, la escena es desoladora. Sobre el oscuro suelo de madera hay papeles esparcidos por todas partes. Un hombre con uniforme azul oscuro que lleva una caja de herramientas me aparta de su camino de un empujón. Forense. Hay más hombres trajeados detrás de la caja registradora. Todavía no he visto a mi familia.

—¡Gracias a Dios que ya estás aquí! —chilla mi madre saliendo de la biblioteca.

Se ve obligada a empujar la puerta con fuerza para apartar los escombros y poder abrirla. Respiro por fin cuando descubro que Molly está detrás de ella, con la boca abierta. Y no es para menos. Si pensaba que el suelo de la tienda estaba hecho un desastre, la biblioteca se encuentra aún peor. Hay páginas por los aires y tapas de libros hechas pedazos y desparramadas por toda la sala. Ninguna estantería se ha librado de la masacre: sin importar lo antiguo que fuera el libro o lo exquisitos que fueran sus contenidos, todo está hecho un auténtico caos. Nos abrimos paso hacia lo que era la colección más preciada de mi abuelo, donde un equipo de forenses está arremolinado alrededor de una estantería abierta. La puerta que abrí antes de la ceremonia de Molly.

La puerta que no estoy segura de haber vuelto a cerrar después.

Esta antiquísima habitación, por contra, no está destrozada —al menos han tenido un poco de sentido común—. Pero hay huecos en las estanterías, como si fuera una boca mellada, y marcas negras de chamusquina en las paredes. Entonces un olor me sacude. Es acre, metálico. Retrocedo para salir de la vieja biblioteca y alejarme de ese hedor.

—¿Quién ha hecho esto? —susurro. Se trata del universo de mi abuelo, que ha sido ultrajado. Y es culpa mía.

Uno de los detectives se acerca a mí.

—¿Eres Samantha?

Afirmo con la cabeza, pero mis gestos parecen independientes de mi mente, como si estuviera desconectada.

—Sé que es duro, pero tienes que ayudarnos. Quienquiera que haya sido el que ha entrado para robar vuestros libros ha intentado también incendiar la tienda. Por suerte, cuenta con un sistema de seguridad incorporado para apagar el fuego.

¿Un sistema de seguridad? No sabía que tuviéramos nada, aparte de una cerradura anticuada en la puerta principal.

—¿Samantha?

Estoy divagando. Intento prestar atención al detective.

—Hmmm, esta mañana estuve en la biblioteca pensando en investigar un poco acerca de pociones amorosas… —Miro de reojo a mi madre con culpabilidad.

—Pero ya no estás en la Expedición —dice el detective conforme va tomando notas—. Ya sabes que las pociones amorosas fueron prohibidas hace más de cien años. En caso de que tu familia estuviera escondiendo algo, las consecuencias serían serias…

Me sube el calor a las mejillas.

—¡No estábamos escondiendo nada! A veces esos hechizos censores se desintegran con el tiempo. Era improbable, pero quería asegurarme. Entonces pensé que el libro que buscaba estaría en la vieja biblioteca, pero tuve que irme… —Se me llenan los ojos de lágrimas—. ¡Lo siento mucho, mamá! —Me tapo la cara con las manos.

—No es culpa tuya, cariño. —Su voz se endurece cuando se dirige al detective—. Ya tiene las respuestas que necesitaba de mi hija; ahora céntrese en averiguar quién ha hecho esto.

—Sí, señora. Ha habido delincuentes merodeando por esta zona. Creemos que pudieron pensar que esta tienda era un blanco fácil.

—¿Delincuentes que sólo roban libros?

—Todavía no sabemos qué libros faltan, lo que dificultará su localización. Don Ostanes está siendo… poco colaborativo. —Garabatea unas cuantas notas—. En fin, creemos que, quienquiera que fuese, les vio salir a todos de casa.

—Entonces, ¿piensa que ha sido premeditado? —grita mi madre.

El detective se apresura a tranquilizarla:

—Aún no hay nada seguro. Estamos barajando varias teorías. De momento, vamos a tener que cerrar su tienda durante algunas horas, tomar huellas, llevar a cabo una rigurosa investigación…

—¡De eso, nada! —Mi abuelo aparece por la puerta—. Fuera, fuera. No quiero a sus dotados metomentodo en mi casa. Ya les avisaremos si les necesitamos.

El detective alza las manos.

—De todos modos, me parece que ya casi hemos terminado. Si no quieren que hagamos nada más…

—Ya han hecho suficiente, gracias.

El detective se queda mirándolo fijamente unos segundos y después inclina la cabeza. No hay mucha gente lo bastante valiente como para discutir con mi abuelo cuando está de este humor, y el detective no es una excepción. Avisa a su equipo con un chasquido de dedos y salen todos por la puerta principal arrastrando los pies. Luego él se gira para decir algo, pero mi abuelo le da con la puerta en las narices.

—Papá, ¿nos vas a decir qué está pasando? —le pregunta mi padre.

—No. Y no necesitamos a ninguno de esos incordios de policías porque yo sé exactamente quién ha hecho esto. John, Katie, necesito que cojáis a Molly y que os vayáis —les pide.

—¿Por qué? —exclama mi madre, estupefacta.

—¡Papá, sé razonable! ¡Esta también es nuestra casa, aunque la hayan atacado!

—No. Este es un asunto de alquimistas y mi aprendiz es la única que puede quedarse. ¡Así que marchaos todos!

Cuando mi abuelo se pone así, es terrible. Los demás obedecen sus órdenes, a pesar de todo. Me gustaría ir tras ellos, pedirles que se queden, pero, si se trata de un asunto importante para los Kemi, soy consciente de que tengo que obedecer.

—¿Hueles eso? —me pregunta él una vez que se han ido. Se le ensanchan las fosas nasales—. Siempre que un dotado hace magia deja un olor característico, un rastro. Suele ser inapreciable, pero no en este caso. No en nuestra tienda.

—¿Ha sido un dotado? —Alarmada, abro los ojos de par en par.

—¿No reconoces el olor?

Me concentro. Me lleva un par de intentos, pero al final mi memoria acaba fusionándose con mis sentidos. Sí que lo reconozco. Es el mismo olor metálico y nauseabundo que me asaltó en el palacio.

—No… ¿Emilia? ¿Qué iba a querer ella de nuestra biblioteca?

Mi abuelo asiente. Alarga el brazo para tocar el polvo negro que ha tiznado la pared. No son manchas de chamusquina.

—Lo más probable es que quisiera lo mismo que tú esperabas encontrar. Como no consiguió lo que pretendía, intentó prender fuego a todos esos libros antiguos. Pero este polvo neutraliza los hechizos.

—¿Cómo es posible?

—Porque el conocimiento que se encierra en estas paredes vale más que cualquiera de nuestras vidas. Todos los Kemi lo han sabido siempre. Y cuando Thomas Kemi ganó la primera Expedición Salvaje, gastó todo el importe del premio en construir esta tienda y equiparla con diversas medidas especiales de protección, que se fueron reforzando desde entonces con cada nueva victoria. De ese modo, ningún Kemi tendría que preocuparse jamás de las intromisiones de gente como Emilia Thoth.

—¿Y los libros que faltan?

—Los cogí yo para que la policía lo considerase un robo y no le diera más vueltas al asunto. Pero nadie podrá llevarse nada de esta tienda mientras haya un maestro Kemi al mando. Nada.

16
SAMANTHA

Al día siguiente, suena el despertador y me maldigo por no apagarlo. Siento que podría estar acurrucada en la cama cien años. En vez de eso, me pongo a mirar las pegatinas fluorescentes del techo, retrasando lo inevitable. Las pegué después de asistir a una fiesta en casa de Ella, una de las pocas fiestas de dotados en las que he estado.

Su casa era una de las gigantescas mansiones que hay en la parte baja de Kingstown Hill y yo fui en bici, pedaleando por delante de una cola de limusinas que esperaban para acceder al camino de entrada semicircular y dejar allí a sus elegantes pasajeros. Como me habían dicho que la fiesta era en una casa, me había puesto, sin pensarlo, mi camiseta favorita, unos vaqueros oscuros y unos botines llenos de rozaduras. Resultó que ese no era el atuendo adecuado. Cuando Wilhelmina salió con un vestido de gala brillante de escote palabra de honor, por poco me doy media vuelta. Pero Anita me había visto de lejos y ella iba tan informal como yo.

—No irás a dejar que me enfrente a todos yo sola —me advirtió, y la acompañé a regañadientes a través de los amplios portones de doble hoja, aunque sintiéndome más fuerte por tenerla a mi lado.

Por raro que parezca, apenas recuerdo los detalles de aquella fiesta: mis nervios borraron el principio y el resto quedó eclipsado por un único detalle: la habitación de Ella. Sus padres habían abierto la casa entera para los invitados y Anita y yo fuimos a explorarla. En varias ocasiones interrumpimos sin querer a alguna pareja que estaba enrollándose en un armario, aunque la mayoría de las veces llegábamos a estancias que eran aún más espléndidas y maravillosas que las anteriores. Pero la habitación de Ella… jamás la olvidaré. Nada más abrir la puerta, se me cortó la respiración: el techo estaba completamente hechizado, imitando el cielo nocturno. No era un cielo nocturno como el que verías una noche normal en Kingstown —un fondo nublado y grisáceo con estrellas atenuadas por la contaminación lumínica y las nubes—, sino uno de esos cielos que sólo pueden verse desde la cima de una montaña, oscuro como boca de lobo, salpicado por montones de estrellas, con galaxias de un blanco lechoso atravesadas por nebulosas turbulentas, moradas y profundas.

Aquella noche regresé a casa y cubrí mi habitación de estrellas. El efecto no es que fuera exactamente el mismo, pero era lo más parecido que podía conseguir.

Ahora cierro con fuerza los ojos e intento convencerme de que lo de ayer fue sólo un sueño, un breve incidente que puedo borrar de mi memoria de un plumazo. Bueno, salvo por el hecho de que sé que, cuando baje a desayunar, no podré ver las noticias: esa rutina no se reinstaurará en mucho tiempo. Pero quizá, volviendo a trabajar en la tienda y ayudando a restaurar un poco el orden después del caos del asalto de Emilia, llegue a sentirme normal de nuevo.

Paso las primeras horas de la mañana en una maravillosa soledad. Arreglo la campana que hay sobre la puerta y empiezo a limpiar el desastre. Me viene a la cabeza la idea aterradora de que quizá los medios de comunicación acudan a la tienda, con sus *flashes* y grabadoras, para retransmitir las miserias de la familia Kemi. Pero es obvio que ni siquiera nuestra salida precoz de la Expedición es suficiente noticia para que ocurra algo así. Nos han olvidado tan rápido como a los antiguos pretendientes de la princesa Evelyn.

Una vez que he amontonado los fragmentos de papel desperdigados, me recojo el pelo, que está lleno de polvo, y me siento con las piernas cruzadas en el suelo para intentar unirlos como si fuera un enorme rompecabezas. Una línea de texto de una esquina rota me llama la atención; juraría que corresponde a un trozo de papel que he visto antes. Sin fijarme demasiado, sujeto entre los labios el primer fragmento mientras busco el otro por el suelo.

Da la casualidad de que en ese momento suena el timbre por primera vez en el día. Me quito el papel de la boca y grito:

—¡Perdone el desorden, pero estamos arreglando esto después de…!

Me quedo sin palabras cuando veo quién acaba de entrar por la puerta. Zain Aster. Automáticamente me sonrojo y, al mismo tiempo, me enfado conmigo misma pensando que, de forma errónea, se va a creer que me gusta. Así que, por si acaso, le pongo cara de enfado.

Él retrocede, lo cual dice mucho en su favor.

—Hola, Sam.

Me sitúo detrás del mostrador para interponer un objeto grande y sólido entre nosotros. Lleva una camiseta negra y unos vaqueros, muy diferentes del uniforme escolar con el que estaba acostumbrada a verlo antes de que se graduara. Decidida a evitar el contacto visual hasta el último momento, capto de refilón los tatuajes hechizados que se mueven alrededor de su bíceps. Si se tratara de otra persona, le diría que son geniales, pero no suelto una palabra.

Al final, le miro.

—¿Puedo ayudarte en algo?

—Bonita tienda. Quiero decir… Siento lo de los ladrones, ya me he enterado. ¿Se llevaron algo importante?

—No —respondo tajante.

Zain se embute las manos en los bolsillos y se inclina hacia atrás apoyándose en los talones. Su ademán muestra tanto azoramiento que me doy cuenta de que debe de estar nervioso. Casi me echo a reír, pero rápidamente reprimo la sonrisa, no vaya a ser que se crea que me río con él y no de él.

—Verás, he venido para pedir disculpas por lo ocurrido en el Acenso. No fue… muy caballeroso por nuestra parte.

—Sí, normalmente no se considera «caballeroso» jugar sucio. —¿De qué siglo se cree que es?—. Pero mira, ya lo habéis conseguido, estoy eliminada. Aunque no sé muy bien por qué te has molestado en venir desde tan lejos para recordármelo.

Espero a que se dé la vuelta y se marche, ahora que ha terminado con sus disculpas, pero sigue acercándose. Incluso se atreve a agacharse y recoger algo del suelo. Si el mostrador no estuviera en medio, se lo arrebataría de las manos.

—No toques nada —le suelto.

—Sólo intento ayudar.

—No necesito tu ayuda. Además, está todo organizado según el lugar donde se destrozó cada libro y no quiero que se mezclen los trozos. —No sé por qué le estoy diciendo esto; quiero que se vaya, pero no consigo cerrar el pico.

—Mira, me siento mal por lo que pasó. ¿Puedo compensarte de algún modo?

—¿No deberías estar ahora en la Expedición?

Hay un destello de enfado en su rostro. Empiezo a sentir que debería haber sido menos severa.

—Sí, pero tenemos a nuestros investigadores intentando averiguar cuál es el ingrediente que va después de la persirela. Quería que supieras que intenté que nuestro equipo dejara de bloquearos en el Ascenso.

—¿Y se supone que debo agradecértelo?

—Vale, buf… —Levanta las manos—. No lo comprendes. Mi padre quiere que ZoroAster cure a la princesa, cueste lo que cueste. Pero yo quiero que se cure, y me da igual quien lo haga. Todos deberíamos tener las mismas oportunidades. Por eso he venido aquí, para decirte que siento que estés expulsada. Y para pedirte ayuda.

—Bueno, la respuesta a eso es no.

—¿No me vas a dejar que termine?

—No. ¿Por qué ibas a querer mi ayuda? ¿No tienes ya a tus investigadores trabajando?

Se inclina sobre el mostrador y me lanza una sonrisa de complicidad.

—Ellos son buenos, pero creo que tú eres mejor.

Enarco una ceja y me alejo un poco de él. Sus ojos azules rebosan picardía y está demasiado cerca.

—¿Eso crees? ¿Y por qué?

Se echa a reír.

—¡Venga ya! ¡Tú eres una leyenda!

—No, mi familia es una leyenda. Yo soy sólo una aprendiz.

—No lo niegues. Vi el preparado para activar la concentración que elaboraste para la competición. Me pasé por el colegio un par de días antes de la evaluación para ver cómo iban los participantes. Eres buena. No sé por qué perdiste adrede en la exhibición de pociones, pero sí sé que eres buena. Mira, entiendo que ayudarnos sería demasiado. Pero déjame compensarte por lo que sucedió en el Ascenso. Puedo enseñarte el laboratorio principal de ZA, si quieres.

Muy a mi pesar, me interesa. Una vuelta por uno de los laboratorios de ZA sería una experiencia increíble. Sintéticos o no, daría cualquier cosa por ver a esos mezcladores trabajando. Además, es muy difícil conseguir que te inviten; los laboratorios suelen estar cerrados al público y a la compañía le gusta que sea así.

Pero entonces me obligo a volver a la realidad:

—Gracias, pero no. Te lo agradezco. No voy a trabajar para los sintéticos. —De pronto me siento cohibida aquí, en esta tienda ruinosa que no deja de recordarme que esto es en lo que se convertirá mi vida.

—A veces me gustaría poder trabajar más con ingredientes naturales.

—¿En serio?

—Sí; es decir, mi padre es alquimista, pero rechaza todos los métodos tradicionales en favor de los sintéticos. También odia que tengamos que ir a las Tierras Salvajes. Si pudiera quedarse en su oficina y pagar a alguien para que fuera en su lugar, lo haría. Y no se fía de que yo vaya solo. —Por un momento, su rostro revela un atisbo de desaprobación—. Además, la magia funciona de forma diferente allí fuera.

Me estremezco sin querer.

—Supongo que, cuando estás tan acostumbrado a la magia, te olvidas de lo básico para sobrevivir.

—Algo así.

Su atención vuelve a centrarse en un trozo de papel arrugado que hay en el mostrador. Soy consciente de que se ha ido acercando cada vez más desde que empezamos a hablar. Podría extender la mano y acariciar el contorno de su fuerte mandíbula si quisiera. Por supuesto que no quiero, pero me siento casi tan incómoda como cuando conocí a la reina madre. Ya en el colegio Zain me daba la impresión de ser más intangible que la familia real. Pero no es tan perfecto como yo creía. Tiene las manos callosas y un dedo destrozado por una desagradable quemadura química.

Avellano de bruja: para reducir las cicatrices. Mezclar con polvo de anémona machacada para reparar la piel.

—¡Vaya! ¿Pelo de barba de Merlín? No sabía que todavía alguien tuviera ese ingrediente.

Levanto la vista de sus manos y constato que está examinando el inventario que hice antes de que empezara la Expedición Salvaje. Ahora sí que está lo bastante cerca como para quitarle la lista de delante.

—Nosotros tampoco lo tenemos. Estoy haciendo una lista de cosas que faltan.

Sin embargo, apenas me escucha, porque se ha puesto a mirar hacia arriba y una expresión de asombro se ha instalado en su rostro. Está fijándose en las estanterías y más estanterías llenas de botellas, tarros e ingredientes que se pierden de vista en las alturas. Me doy la vuelta para observarlas yo también mientras intento imaginar qué se sentirá al verlas por primera vez.

—¿Puedo? —pregunta, y señala la parte de atrás del mostrador con la intención de venir a echar un vistazo desde aquí.

Hago un gesto afirmativo, porque ver a Zain con esa cara de asombro me provoca un arrebato de orgullo que no puedo evitar… y quiero que lo vea todo de cerca para que lo comprenda de verdad.

—¿Y nada está clasificado de forma mágica o digital?

Sacudo la cabeza.

—No, todo se hace a mano.

—¿Quién se ocupa del mantenimiento? —inquiere tras soltar un silbido de sorpresa.

—Yo. —Me encojo de hombros.

—Espera, ¿en serio? ¡Estaba de broma! Pensé que era imposible…

—Tengo mucho tiempo libre. —Sonrío.

—Salta a la vista.

Le lanzo otra mirada fulminante, pero me relajo al ver que está sonriendo.

—Es duro —aclaro con reticencia—. Pero, como trabajo en la tienda los fines de semana, mi objetivo ha sido revisar las estanterías para realizar un inventario de todo. De ahí el papel.

—Ah, pues pareces haber llegado lejos.

Niego con la cabeza.

—No…, bueno, aún me quedan bastantes letras.

—Vale, te ayudaré entonces. Empezaré por la Z y tú puedes seguir desde donde lo dejaste.

Su ofrecimiento parece sincero, pero sigo desconfiando.

—¿Y tu padre no se estará preguntando dónde estás? Con la Expedición y todo eso…

—Sí, pero él sabe cómo localizarme. Además, cree que estoy visitando a Evie.

Me quedo pensando un segundo hasta que caigo en el nombre.

—Espera, ¿Evie es la princesa Evelyn? —No puedo imaginarme tan unida a un miembro de la familia real como para que se me escape su apodo en una conversación normal.

Él hace una mueca.

—Sí. Lo primero que hice esta mañana fue ir a verla, pero no quiere hablar conmigo. De momento está ahí sentada, mirándose al espejo. Es tan raro…

—Lo siento, sé que erais muy amigos. ¿Estabas delante cuando…?

Afirma con un gesto.

Me pica muchísimo la curiosidad, pero dejo de molestarle con preguntas. Me hago un moño y sostengo el pelo con el boli que tengo en la mano.

—Está bien; mira las etiquetas, anota el contenido y, si el bote está vacío, pon el nombre en una lista aparte para la siguiente búsqueda de ingredientes.

Empiezo a buscar por el escritorio otro papel para él, pero ya ha comenzado a apuntar cosas en una sofisticada tableta que he visto anunciada en la tele y que no espero poder comprar jamás.

—Cuando hayamos terminado, te lo mando todo por correo electrónico en un momento —dice sin darse la vuelta.

—Vale, gracias —contesto.

Me obligo a ponerme en marcha para no quedarme mirándole la nuca. Anita sacaría todo tipo de conclusiones precipitadas si estuviera aquí viendo cómo me ayuda con el inventario como si tal cosa. Y mi abuelo me mataría —y es probable que también matara a Zain— si se lo encontrara en la tienda. Pero me doy cuenta de que no me importa. Ya ha cogido el primer tarro. Sospecharía de su interés por las existencias del almacén de la familia Kemi si no percibiera en él una atención y un cuidado tan meticulosos y científicos como los míos.

Establecemos un ritmo de trabajo agradable, en el que Zain revisa las existencias mientras yo regreso al suelo con mi libro hecho trizas. De vez en cuando menciona algo interesante que ha encontrado o algo que falta. También me habla de los almacenes de las megafarmacias y, cuanto más segura me voy sintiendo, más preguntas le hago sobre ZoroAster.

—Espero trabajar en Investigación y Desarrollo cuando acabe la carrera —comenta después de que le pregunte por los diferentes departamentos—. Investigar nuevos tipos de fármacos, nuevas fórmulas… Hay muchos lugares en las Tierras Salvajes que ni siquiera los buscadores se han atrevido a explorar jamás. Con magia y tecnología nuevas y más avanzadas, seguro que seríamos capaces de encontrar remedios todavía mejores: medicamentos más potentes, más rápidos y más baratos para todos. Y quién sabe qué enfermedades nuevas habrá en el futuro. ¿Has oído hablar del supervirus que hay en la provincia de Jung?

Estoy a punto de darle la razón, pero de pronto me da vergüenza y me niego a hacerlo. Seguimos trabajando en nuestras estanterías hasta que su risita me interrumpe. Lo fulmino con la mirada. Él me ve y empieza otra vez a reírse.

—Perdona —dice aguantando la risa—. No sabía que cantabas tan bien. De modo que una gran fan de Damian, ¿eh?

Me entran ganas de escabullirme bajo los trozos de papel que tengo en las manos. Entonces, sin poder remediarlo, yo también me echo a reír.

—Ay, ¡nunca me doy cuenta de que estoy cantando para mí misma! Ya me callo.

—Por mí no pares. Si te da corte, yo empiezo y tú me sigues. —Se pone a cantar otra canción pop, y no sólo es guapo y listo, también tiene buena voz. Es un poquito odioso, la verdad.

Después de un buen rato en el suelo, me entran unas ganas terribles de estirar las piernas. Cojo el cuaderno y me acerco a las estanterías. Las escaleras siguen estando en el mismo sitio donde las dejé la última vez que las usé, así que Emilia no se ha interesado por las existencias, sólo por los libros. Subo un momento al lugar donde estaba el pelo de barba de Merlín y continúo desde ahí. El estribillo de la canción me ronda la cabeza, pero, en cuanto abro la boca para ponerme a cantar, me doy cuenta de que hay algo raro en la estantería: un círculo libre de polvo. Han colocado dos tarros juntos para disimular el hueco, pero entre esos tarros y los siguientes hay demasiado espacio. Vuelvo a colocarlos en su lugar y me quedo pensando.

Pelo de barba de Merlín
Planta de Merrimack

¿Qué habría entre ellos? Entonces se me ocurre: persirela. La persirela que hace dos días no estaba en la estantería. La persirela que no pude conseguir en el Ascenso. La persirela que siempre tuvimos y que alguien escondió para que no pudiéramos continuar en la Expedición. Y no es difícil adivinar quién es el culpable.

Bajo las escaleras, con la mente nublada por el enfado, y me sitúo al lado de Zain. Él sigue cantando, aunque se calla cuando me ve la cara. Abre la boca, pero, antes de que diga nada, hablo yo:

—¿Sigue en pie la oferta de dar una vuelta por el laboratorio?

—Claro.

—¿Podríamos ir ahora?

—Sí, supongo.

—Entonces, vamos.

Con mucho cuidado, vuelve a colocar en su sitio el tarro que tiene en la mano y me sigue para salir de la tienda. Me detengo a girar el letrero, de Abierto a Cerrado, y doy un portazo tras de mí.

17
PRINCESA EVELYN

Sintió cómo el corazón le palpitaba en el pecho, pero esta vez la sensación era de pura agonía.

¿Por qué Lyn no había respondido aún a sus insinuaciones? ¿Por qué seguía distante? ¿Acaso no se daba cuenta del daño que le estaba causando? ¿Era tan desalmada y mezquina como para no ver que la estaba destrozando cada vez que se separaban?

Eve había dispuesto una hermosa cena para dos con su mejor cubertería de plata y la vajilla china de bordes dorados decorada delicadamente a mano. Ella misma había enviado la invitación, escrita con su excelente caligrafía en un grueso papel color crema y lacrada con su sello.

Pero la silla de enfrente seguía vacía.

En el sitio de Lyn había una cajita. Dentro estaba el anillo de persirela favorito de Eve. Pero si Lyn no aparecía, nunca podría pedirle que se casaran. ¿Cómo podía rechazarla? Era una crueldad, simple y llanamente.

Un dolor intenso le atravesó las palmas de las manos. Al bajar la vista, vio que había estado apretando los puños con tanta fuerza que se había clavado las uñas y se había hecho unas heriditas en forma de media luna.

Habría sido fácil encontrar a alguien que se casara con ella y que llevara la corona. Durante toda su vida supo que un día la magia sería excesiva para ella y que tendría que buscar a alguien con quien compartir esa responsabilidad. Sus padres se habían encargado de que no lo olvidara. Y, cuando cumplió los dieciséis, ellos empezaron la selección: más de un millar de jóvenes se apuntaron a las pruebas para ser su futuro marido. Los medios de comunicación se volvieron locos con el proceso. La revista *Crown* incluso publicaba un gráfico semanal, «El termómetro del seductor», que clasificaba a los últimos candidatos.

Ella postergó la idea porque le parecía un juego estúpido, hasta que la magia la desbordó por primera vez. En ese momento descubrió lo que supondría perder el control por completo. De pronto, la presión se volvió real, intensa, como si estuviera atrapada en un reloj de arena que la iba sepultando a toda velocidad.

Por eso tenía que ser Zain.

Él era su mejor amigo y creyó, como una tonta, que era su única posibilidad. Incluso se lo pidió en una ocasión. Por entonces tenían diecisiete años y estaban sentados en las torretas de la Torre Occidental, un ala del castillo que su madre odiaba porque, por más tapices que colgaran en las paredes y más radiadores mágicos que encendieran, las corrientes de aire siempre lograban colarse entre las rendijas y hacían tintinear la porcelana en las vitrinas. Sin embargo, a Evelyn y Zain les encantaba esa zona, porque el viento parecía perseguirles por lugares recónditos, abriendo puertas secretas detrás de los tapices y silbando por huecos de escaleras cubiertos de telarañas. De ese modo encontraron una escalera que conducía a la parte más alta de la torre del palacio. Aquellas torretas, desde donde se divisaba toda la ciudad de Kingstown, eran uno de sus lugares favoritos.

En ocasiones, Evelyn deseaba poder formar parte del mundo de abajo, como Zain. Él le contaba cómo era su vida en un colegio normal, aunque a menudo ella se descubría deseando que Zain también asistiera a su academia de élite. Evelyn respetaba su voluntad de no aprovecharse de su posición de altamente dotado. También solía meterse con él porque estaba obsesionado con la historia. Zain tenía todas las comodidades modernas que quería y, sin embargo, insistía en estudiar las técnicas antiguas, casi siempre a espaldas de su padre. Esa era otra de las razones por las que ambos exploraban el ala vieja del castillo. Zain quería ver si allí se escondían libros antiguos o grimorios que pudieran resultarle útiles y que no tuvieran nada que ver con su padre.

Ella le complacía en todo; quizá por eso creyó haberse enamorado de él, porque era su único amigo y le desesperaba la idea de perderle. Ahora que había conocido a Lyn, sabía que aquello fue una idea falsa, por supuesto. Ella no amaba a Zain, tan sólo había sentido miedo ante la posibilidad de pasarse toda la vida junto a alguien insoportable si se casaba con otra persona. Al menos sabía que Zain le agradaba.

Arriba, en las torretas, con la cabeza apoyada en el muro de piedra aún cálido por el sol, reunió el coraje para preguntárselo:

—Si te lo pidiera, ¿aceptarías?

—¿Pedirme qué?

—Que te casaras conmigo.

Zain se echó a reír, cosa que en ese momento a ella le pareció una crueldad.

—Algún chico te robará el corazón y te olvidarás por completo de mí.

—¿Y si eso no pasa?

Él debió de percibir algo raro en su tono, porque le agarró la mano.

—Eh, tranquila. La situación no va a llegar hasta ese punto. No me lo volverás a preguntar porque tendrás a un millón de chicos que desearán darte el sí... —La miró fijamente con el ceño fruncido—. Y porque sabes que yo no lo deseo.

En ese instante, a Evelyn le dio un vuelco el corazón, a pesar de que sabía la respuesta de antemano. Él ya soportaba el peso de cientos de obligaciones por parte de su padre; no podía obligarle, además, a un matrimonio que él no deseaba. La cuestión era que los pretendientes tenían la posibilidad de elegir, pero ella no.

Casarse o que te casen. «Pero estamos en el siglo XXI», pensó enfadada. Por eso creó la poción amorosa. Quería recuperar el control de su destino.

Sin embargo, parecía que el destino tenía otros planes.

Se levantó de la mesa para acercarse a la ventana. Vio que Lyn estaba allí, justo al otro lado del cristal. Le hizo un gesto con la mano para llamarla, pero ella sólo le devolvió el gesto. Eve dio un zapatazo. Deseaba que la otra chica dejara de ser tan cabezota y viniera con ella a cenar.

Entonces entró Renel. Llevaba una manta, la favorita de Eve, tejida con una lana suavísima y con adornos de seda.

—Vamos, Evelyn. Llevas horas aquí, debes de estar helada —dijo.

Sí que tenía frío. Tenía las uñas amoratadas y los brazos con la piel de gallina. Tal vez por eso Lyn no le respondía. Quizá le causaba repulsión...

—Sí, Renel, rápido, tráeme la manta, por favor. De hecho, ¿por qué has dejado que pase tanto frío, insensato? ¿No deberías haberte dado cuenta antes de mi malestar?

Renel dejó atrás su habitual actitud comedida y la remplazó por una sonrisa de alivio. Por algún motivo, eso la enfadó todavía más.

—¿Estás seguro de haber entregado la invitación a Lyn? ¿Por qué está ahí fuera esperando?

—Yo… No lo sé, alteza.

—Y tráeme un poco de ungüento, hombre. Mira lo que me he hecho. —Levantó las manos, que ya sangraban profusamente—. Apenas tengo fuerzas para curarme las heridas. Me siento como si llevara días sin comer ni beber. Quizá podamos convencer a Lyn con una degustación de delicias. Sírvelas ahora.

—Enseguida, alteza —asintió Renel, recuperando su expresión neutra. Chascó los dedos e inmediatamente aparecieron en la mesa una jarra de vino y un amplio surtido de frutas relucientes. Luego avanzó para colocarle la manta sobre los hombros. Al hacerlo, se situó justo delante de la ventana. Eve chilló y le lanzó la manta a la cara.

—¿Cómo te atreves a taparme la vista de Lyn? Eres un grosero y un maleducado. ¿No has aprendido nada desde que estás aquí, esclavo vil y vulgar? ¡MUÉVETE, idiota!

Pero, como él seguía obstruyendo su preciosa vista, Eve movió mentalmente uno de los vasos hasta su mano, para demostrarle que iba en serio, y se lo lanzó a la cabeza con todas sus fuerzas. Renel lo esquivó, y el vaso se hizo añicos contra la pared que había detrás. En ese momento volvió a vislumbrar a Lyn y percibió la angustia de su rostro. Se apresuró a ir junto a ella y, con las prisas, empujó al hombre, que cayó al suelo. Intentó abrazar la ventana que la separaba de su adorado amor y se sintió aliviada al ver que Lyn por fin se había decidido a ir con ella. Extendió una mano para tocarla a través del cristal y Lyn copió sus movimientos, imitándola.

Eve cerró los ojos para no mostrar a Lyn la magnitud de su tristeza. Aun así, no pudo reprimir las lágrimas que le brotaban pese a sus esfuerzos.

—Lo siento mucho, querida Lyn. Nunca pensé que Renel haría algo así. Creí que podía confiar en él, pero nunca más cometeré ese error. No podría soportar estar separada de ti.

18
SAMANTHA

Zain podría ir a alguno de los enlaces de transportación que conducen al laboratorio, pero opta por coger el tranvía conmigo. Lo que me molesta es que yo, la chica corriente y pobre, tenga que pagarle al chico rico y dotado el billete de tranvía, porque no tiene las luces de llevar algo de efectivo y no puede pagar un solo billete con su lujosa tarjeta de crédito.

Hacemos tres transbordos para atravesar la ciudad hasta el centro del distrito sintético, donde se encuentran los laboratorios. En contraste con los viejos edificios de piedra de Kingstown Hill, aquí el paisaje está dominado por los rascacielos de vidrio y metal, con siluetas afiladas que resplandecen bajo el sol. La mayoría de las grandes compañías sintéticas tienen sus laboratorios en este distrito y compiten entre ellas por tener la torre más alta o la arquitectura más imponente, aunque ninguna puede compararse con ZA. Si los demás edificios son grandes, las oficinas centrales de ZA son inmensas, y en su parte más alta tienen una Z gigante que se mantiene en equilibrio sobre la construcción mediante magia. Dicen que dentro de esa Z se encuentra la oficina de Zol y, por un momento, me pregunto cómo será tener una oficina más grande que la mayoría de las casas de la gente corriente.

Zantium: para reducir el ego y adoptar una perspectiva normal del mundo. Para la empatía.

Se me escapa una risita al pensar en ese remedio —la letra Z y la ausencia de ego no suelen ir juntas— y Zain se queda mirándome con una ceja enarcada. Yo me encojo de hombros y contemplo de nuevo las vistas.

El tranvía nos lleva directamente al interior del edificio, donde hay varias personas pululando con batas de laboratorio, tal vez en su descanso para el almuerzo. Los trabajadores que vienen en tranvía deben de ser corrientes. ¿Por qué iban a tomar el transporte público si no? Me dan ganas de preguntarle a Zain cuánta gente corriente trabaja en la compañía, pero tampoco quiero demostrar demasiado interés.

Salimos al andén, que reluce tanto que casi tengo que protegerme los ojos. Me fijo en un hombre que va vestido con un mono verde oscuro y empuja una máquina abrillantadora. Eso significa que por lo menos hay un puesto de trabajo para los corrientes.

Zain usa la varita mágica para abrir la puerta de acceso. Me pregunto si le molestará que su objeto sea una varita, ya que es el más común de todos y tiene fama de poco sutil, de agresiva. Un objeto demasiado básico para alguien de sangre tan dotada. El objeto de Zol es un anillo de piedra. En la tele siempre aparece con el anillo colgado del cuello en vez de llevarlo en el dedo.

Una vez leí acerca de un experimento que ZA había llevado a cabo para sustituir las varitas mágicas naturales por otras sintéticas, fabricadas con una especie de plástico. Aquello no funcionó porque la magia sólo se transporta a través de sustancias orgánicas, como la madera. Eso me sigue alegrando, aunque también me entristece un poco pensar que, si ocurriera lo mismo con las pociones, la familia Kemi tendría tanto éxito como ZA.

—Entonces, ¿esta es la entrada del hijo del presidente?

Zain hace una mueca.

—Es la entrada de los becarios no remunerados.

Me quedo boquiabierta, pero en ese momento la puerta se abre y me libra de tener que responder.

Aunque sea una entrada de becarios, es impresionante. El logo de ZA, fabricado con una combinación de cristal y acero inoxidable pulido, deslumbra por todas partes. Zain se dirige hacia un ascensor, así que le sigo. De refilón capto mi reflejo distorsionado, con el moño medio deshecho y la ropa de trabajo desaliñada y cubierta de mugre. Recupero el aliento cuando caigo en la cuenta de que hay gente que pagaría una fortuna por ver lo que yo estoy a punto de ver… y, en cambio, aquí estoy yo tan campante, con el hijo del dueño, como si nada.

Al bajar —no subimos— me doy cuenta de que el laboratorio es más grande —mucho más grande— de lo que imaginaba. El ascensor emite un pitido y da las gracias a Zain por utilizarlo, llamándolo por su nombre, lo cual me incomoda un poco.

—Esta es la planta de I+D —dice—. He pensado que es el área que más podría interesarte.

Lo es, aunque creo que eso no era muy difícil de adivinar. Si la tienda de pociones de los Kemi tuviera nuevos clientes, invertiría tanto tiempo en investigar nuevos remedios como ahora en preparar mezclas para los clientes antiguos. Mi diario es lo más parecido a eso:

un grimorio personal de fórmulas y preparados que voy anotando según mi experiencia con cada ingrediente.

Miro de soslayo a Zain, que está tecleando algo en la pequeña tableta que le he visto usar antes en la tienda. Es la versión para ricos de mi diario cutre. No me da ninguna envidia.

Llegamos a una especie de pasarela por encima de los laboratorios con una panorámica de casi 360 grados sobre los puestos de trabajo. Me alegro de venir en vaqueros. Creo que, si yo fuera uno de esos científicos de ahí abajo, me pondría un tanto nerviosa que un puñado de becarios observara mi trabajo desde lo alto, pero es probable que el cristal esté hechizado para ocultar a los espectadores.

Uno de los científicos tiene una serie de botes delante, todos ellos bien etiquetados. Los coloca en una máquina que doy por hecho que será algún tipo de centrifugadora. Entorno los ojos para descifrar a través del cristal lo que pone en las etiquetas y, así, poder deducir qué está haciendo.

Zain me apoya la mano en la espalda y se me contraen los músculos.

—¿No has pensado en mandarnos tu currículum?

Me hago a un lado deprisa para separarme de su mano.

—¿Mandar el currículum? ¿Para qué?

Frunce el ceño.

—Para hacer prácticas aquí.

—No —digo con mofa—. Como si mis padres me dejaran…

—¿Se lo has preguntado?

—¿De qué serviría?

—¡Pero eres muy buena! —Se queda callado un instante—. De hecho, eres la mejor mezcladora que conozco.

Ahora soy yo la que frunce el ceño.

—¿Y eso cómo lo sabes? La única vez que tú y yo hemos hablado fue durante esa exhibición de pociones del colegio. Y allí metí la pata a propósito.

Zain comprueba que no hay nadie más en el pasillo.

—Ya te lo he dicho: fui a tu clase antes de la exhibición y vi tu proyecto. Pero hay algo más: probé tu remedio. Para ser sincero, creo que sin él no habría aprobado los exámenes finales.

No sé si soy yo o es la pasarela la que se mueve bajo mis pies.

—¿Probaste mi remedio?

—Shhh... Baja la voz. —Se acerca—. Sí. Y habría seguido tomándolo si hubieras elaborado más. Ahora lo necesito más que nunca, pero ninguna de mis fórmulas funciona la mitad de bien. Y eso que soy yo el que está estudiando la carrera de Pociones. —Se ruboriza, aunque no creo que esté avergonzado por mí—. Venga ya, Sam. ¡Soy el hijo del gran Zol! ¿Crees que él espera de mí algo que no sea perfecto? Con esa mezcla podría mantener un alto nivel de concentración sin aparentar estar esforzándome mucho.

Suspiro hondo.

—Así que Zain Aster probó mi remedio...

—Supongo que estaba desesperado. —Arruga la frente—. Te habría pagado por ello, dicho sea de paso. Pero cambiaste de poción.

—Sí, porque me preocupaba que hubiera gente como tú. —Pretendo ser desdeñosa, ya que básicamente me está confesando que ha aprobado los exámenes de forma ilícita, aunque sé cómo se siente. Yo también he vivido esa desesperación, esa presión por hacer las cosas bien. A lo mejor Zain está en lo cierto: tenemos más en común de lo que creía—. Y yo que pensaba que tu vida era tan fácil...

Zain suspira.

—Es fácil, comparada con la de la mayoría. Pero no quiero acabar como mi padre.

—¿A qué te refieres?

Se encoge de hombros.

—Da igual.

Seguimos andando y los laboratorios de abajo comienzan a llenarse de científicos que regresan a sus puestos. Llegamos al final de la pasarela, donde hay varias batas blancas y gafas colgadas de la pared.

—Ponte esto —dice mientras me da una bata y unas gafas. Me pongo la bata sobre el jersey y me coloco las gafas.

—Vaya, qué favorecedoras —comento al ver mis enormes ojos de mosca reflejados en las gafas de Zain.

—Te quedan bien. —Esboza una sonrisa mientras sus ojos azules brillan, y no suena sarcástico, como yo. El corazón se me detiene. Sin embargo, hago una mueca y se echa a reír.

Bajamos por una escalerilla de caracol metálica, cuyos escalones dentados se clavan en mis bailarinas. Supongo que en un laboratorio como este debería llevar botas por si se derrama algún producto químico. Los técnicos de laboratorio nos ignoran mientras caminamos junto a sus puestos de trabajo. Uno de ellos sostiene un vial a contraluz y lo mueve hacia los lados.

—¿Quieres ver algo fascinante? —me pregunta Zain, y yo asiento con la cabeza. Se dirige hacia lo que parece ser una pequeña probeta y agita su varita—. Dime un ingrediente.

Lo primero que se me viene a la cabeza es algo extraño:

—Hiedra eluviana.

Hiedra eluviana: para sueros de la verdad y pociones vinculantes.

Se queda mirándome un momento para verme la cara. Abre la boca como si fuera a preguntar algo, pero luego se contiene. Apunta hacia el fondo de la probeta, musita varias palabras y, un segundo más tarde, tiene en la mano un frasco de cristal lleno de unos polvos verdes. En el lateral está escrito «Hiedra eluviana». Me lo pasa y lo cojo.

—Impresionante, ¿verdad?

Qué eficiencia. Pero este polvo no se parece en nada a las brillantes hojas de color verde oscuro con zarcillos delgados y retorcidos que yo conozco como hiedra eluviana. Al mirarlo, se me hace un nudo en la garganta.

—Oye, ¿estás bien?

Sacudo la cabeza mientras me alejo despacio de su lado.

—No, esto está mal. Soy una Kemi. No pinto nada en un sitio como este.

—No sólo eres una Kemi. También eres una gran alquimista. Tienes cerebro de mezcladora, podrías trabajar aquí con nosotros y tener todos estos medios al alcance de tu mano. No tienes por qué elegir uno u otro, puedes ser mezcladora sin traicionar tus raíces Kemi.

—Si piensas eso, no sabes nada de lo que supone ser alguien como yo.

Me asalta una especie de quemazón en las palmas de las manos que amenaza con extenderse por todo mi cuerpo. Necesito salir de aquí.

Recorro con la mirada todo el laboratorio hasta que diviso un cartel rojo donde pone Salida y me voy directa hacia él. Tropiezo con uno de los mezcladores, que se pone a gritarme, pero lo aparto de un empujón. La barra de la puerta se me escurre, pero aun así la aprieto para abrir y huyo al exterior.

Aunque saltan las alarmas en todo el edificio, las ignoro y sigo caminando mientras me quito la bata y las gafas.

—¡Sam! ¡Espera! —grita Zain. Sale corriendo detrás de mí y me agarra del brazo.

Intento zafarme de él, pero me obliga a darme la vuelta. Ahora que me he quitado la bata y estoy fuera del laboratorio, el ritmo de los latidos de mi corazón disminuye.

—Necesito irme a casa, necesito… —Miro hacia abajo. No me había dado cuenta de que sigo teniendo el frasco en la mano.

—Oye, no pasa nada. No te preocupes. Sólo has activado el sistema de alarma… y robado uno de nuestros ingredientes… y es probable que la policía esté viniendo en estos instantes. Pero da igual. —Me está sonriendo, intentando aliviar la tensión.

—Lo sé, lo siento… No debería haber venido. Ah, gracias por invitarme.

Como un acto reflejo, le tiendo la mano y en ese mismo instante me siento idiota. Su sonrisa pasa de la diversión a la perplejidad, pero me estrecha la mano y la sacude. Una vez pasada la humillación, me doy la vuelta hacia la estación de tranvía. Cuanto antes me largue de aquí, mejor.

Él corre para alcanzarme y casi me pongo a chillar de la frustración.

—Sam, oye, ¿podemos volver a quedar otro día?

—Tal vez —digo, pero es mentira. No quiero volver a verlo nunca más. Lo único que quiero es irme a casa, estar con mi familia y hacer como si este día no hubiera existido. Zain es sólo un recordatorio de la vida que no podré tener jamás.

Esta vez no me detiene cuando me marcho.

19
SAMANTHA

Cuando vuelvo a la tienda, todo parece estar como lo dejé, y es obvio que el resto de la familia todavía no ha regresado. Mejor para mí. Dejo puesto el cartel de Cerrado —de todas formas, sólo quedan diez minutos para la hora de cierre— y recojo rápidamente las hojas esparcidas por el suelo sin basarme en mi sistema de clasificación.

En cuanto la tienda está más o menos presentable —como si me hubiera pasado todo el día limpiando en vez de escaqueándome por ahí con Zain... Aunque ¿es que eso ha sucedido realmente?—, saco del bolso el frasco de hiedra eluviana sintética, lo pongo en el mostrador y me quedo mirándolo como si fuera radioactivo. Soy una rebelde por traerlo a la tienda. Me siento observada, como si la tienda me estuviera juzgando por mancillarla con la presencia de un sintético.

Lo que he experimentado no ha sido un ataque de pánico, sino la sensación de ser una traidora.

Pero a mí también me han traicionado. Si mi vida está atada a la tienda y ni siquiera puedo pensar en hacer algo diferente sin que me asalte la angustia, necesito realizar este trabajo por mi cuenta. La

Expedición es mi oportunidad. Algún día seré la maestra de la Tienda de Pociones Kemi y no voy a darme por vencida sin luchar.

Pienso en la persirela y soy consciente de lo que tengo que hacer ahora. Tengo que elaborar una poción. Puede ser peligrosa si la dosis no es la adecuada, así que debo tener muchísimo cuidado. Saco mi diario del bolso, busco la página que necesito y leo la lista de ingredientes varias veces antes de empezar.

Voy hacia las estanterías y las examino con los brazos en jarras mientras me muerdo el labio inferior. Hay diversas variables que debo tener en cuenta:

1. El destinatario es fuerte y su mente opondrá resistencia a los efectos de la poción.

2. Está acostumbrado a las pociones y, si la mía tiene algún defecto, se dará cuenta de inmediato.

3. Es indudable que no puedo equivocarme de fórmula.

No. Las consecuencias de todo esto no es que me estremezcan, es que me provocan náuseas. Pero, si lo hago bien, todo podría ser distinto.

Reúno los ingredientes enseguida —ya sé que hay existencias de todo lo que necesito, lo cual es un alivio— y me voy a la sala de atrás cargada de botes. Una vez allí, empiezo a separar la cantidad exacta de cada ingrediente, midiéndola con precisión en cuencos de madera. Después, regreso a la tienda para volver a colocar los botes en su sitio y que así nadie se dé cuenta a simple vista de que los he tocado.

Vuelvo al laboratorio y empiezo con la mezcla.

Todas las pociones tienen una fórmula base que funciona con todo el mundo, excepto con los que son inmunes a ella por naturaleza. Yo tengo inmunidad natural al suero del sueño: la mezcla normal de lavanda, camomila y pelo de perezoso no me hace mucho efecto. Pero si le añades una pizca de miel de abeja dulcinea…, ¡entonces sí! El dulzor me activa las células del cerebro, estas reaccionan y, ¡zas!, me quedo dormida.

No creo que mi destinatario tenga inmunidad natural a la poción que estoy elaborando, pero hay bastantes posibilidades de que haya desarrollado resistencia hacia ella.

Ya he terminado la poción base, que burbujea sobre un pequeño hornillo de llamas azules. El líquido es totalmente incoloro, tanto que si no hubiera burbujas me costaría distinguir si hay algo ahí dentro. Eso está bien: es justo como debería ser.

Pero falta algo, y caigo en la cuenta de inmediato. Vuelvo a las estanterías casi corriendo y me agacho hasta abajo del todo para coger media cucharadita de un polvo blanco y fino.

La nueva campana que hay sobre la puerta de la tienda se pone a sonar, parece que más fuerte que nunca, como una alarma que me hace estallar la cabeza. Oigo la voz de mi madre antes que ninguna otra cosa, encantada de ver que la tienda ha vuelto a la normalidad, seguida de los tonos graves de mi padre, el arrastrar de pies de mi abuelo y la risita de Molly. Me levanto despacio, con cuidado de que no se me caiga el polvo.

—¡Ay, hola, Sam!

—Hola, mamá. ¿Ha ido bien el día de compras?

Hace un gesto afirmativo con la cabeza mientras se quita la bufanda y la suelta en el perchero que hay junto a la puerta.

—Sí, creo que ya tenemos todo lo que necesitamos. ¿Quién tiene hambre? Voy a preparar la cena.

—¡Yo, yo, yo! —Molly acompaña cada grito con un saltito y sigue a mi madre hasta la cocina.

—¿Qué tienes tú ahí? —me pregunta mi abuelo, señalando con la cabeza la cucharada de polvo que tengo en la mano.

—Ah, es esencia de glicinia… Estoy elaborando una poción para una persona joven y he pensado que así la digerirá mejor.

—Vale, pero no olvides añadir una gota de aceite de rosas para que la esencia se mezcle bien; si no, corres el riesgo de fastidiar la fórmula.

—Claro, abuelo —asiento con una sonrisa, aunque me maldigo para mis adentros por olvidarme de ese paso tan crucial. A lo mejor me hubiera dado cuenta al añadir la esencia, o eso quiero creer—. Termino con esto y ahora voy a cenar.

—Muy bien, pero no tardes, cielo —dice mi padre.

Añado la esencia de glicinia, así como la gota de aceite de rosas. Retiro la poción del fuego y vierto pequeñas cantidades de líquido en varios viales hasta que se acaba. Sólo voy a necesitar uno de ellos para mi experimento, pero no tiene sentido desperdiciar una mezcla tan buena.

Suspiro profundamente y voy hacia la cocina. Me pregunto si alguien se percatará de lo mucho que estoy temblando.

—Molly, ¿puedes ponerle zumo al abuelo y llevárselo a la mesa? —pregunta mi madre.

—¿Tengo que hacerlo yo? —se lamenta.

—Déjalo, yo me ocupo —digo. Molly no podría haber elegido un momento mejor.

Me acerco a la licuadora, donde está, recién exprimida, la dosis diaria de vitaminas de mi abuelo: espinacas, lechuga, zumo de limón y una ramita de pasto de trigo del alféizar. Nunca empieza a comer sin tomarla, porque dice que le ayuda a conservar la agilidad mental.

Vierto el zumo verde que contiene la jarra en un vaso de fondo grueso y, en el último momento, añado el suero. Casi se me cae el vial vacío, pero consigo conservar la calma para metérmelo en el bolsillo dc los vaqueros con un movimiento rápido. Llevo el vaso a la mesa, lo coloco delante de mi abuelo, que me da las gracias con un gruñido, y me acomodo en mi sitio, en la otra punta. Mi madre me pone un plato de lasaña por delante y, aunque normalmente el olor a queso fundido me vuelve loca, hoy tengo la boca reseca. Hasta que mi abuelo da un sorbo y… no pasa nada. No ha notado nada raro en su bebida.

—¿Todo bien, Sam? —me pregunta ella. Los demás están ya devorando sus platos, pero yo ni he tocado los cubiertos.

—Ah, perdón —murmuro mientras meto el tenedor en la comida—. Estaba pensando.

—Bueno, pues come o se te va a enfriar.

Tomo unos cuantos bocados y está delicioso.

—¿Ha pasado algo hoy en la tienda? —inquiere mi padre.

—Pues sí, ha venido Zain.

—¿Zain? —Mi padre parece desconcertado.

Yo tomo otro trozo de comida y sigo masticando.

—¿Zain? ¿Zain Aster? —dice mi madre.

Asiento con la cabeza y reprimo una carcajada al ver la cara de estupefacción de mi padre.

—Maldito sintético inútil —se oye desde la cabecera de la mesa.

—¡Abuelo! —le regaña mi madre—. ¡Estamos comiendo!

—¿Qué quería? —En la voz de mi padre también hay un atisbo de reserva, aunque me importa más el arrebato de mi abuelo.

—Supongo que quería ver qué estaba haciendo después de salir de la Expedición —contesto, encogiéndome de hombros—. Nos conocemos del colegio.

—Uy, esto tengo que contárselo a Sarah —interviene Molly mientras saca su móvil y abre DotaChat—. Se quedó con las ganas de verlo en el concierto.

—Nada de móviles en la mesa —le reprende mi madre, y Molly aparta el teléfono con un mohín. Luego mi madre me mira enarcando una ceja—. Qué amable ha sido al venir… Nunca habías hablado de él. Supongo que ahora los de ZoroAster son los favoritos de la Expedición.

—Zol y su panda de secuaces no podrían elaborar una poción amorosa de verdad ni aunque tuvieran la receta danzando delante de las narices —exclama mi abuelo.

—Pero nosotros sí podríamos, ¿verdad, abuelo? —pregunto, incapaz de mirarlo a los ojos.

—Pues claro que podríamos.

—Basta de Expedición, ¿de acuerdo? —dice mi madre, y chasca la lengua. Si pudiera darle una patada al abuelo por debajo de la mesa, lo haría. Y si yo no intuyera lo que va a suceder dentro de nada, estaría perdiendo los nervios con esta conversación. Pero, como lo intuyo, me mantengo serena. Ella me agarra la mano y me la aprieta—. Hiciste cuanto pudiste con el primer ingrediente, Sam, pero ahora debes volver a centrarte en la tienda. Habías avanzado mucho con el inventario, ¿no?

Le sonrío, agradeciendo de todo corazón que sea tan protectora con mi salud mental. Pero entonces retiro la mano y dirijo la mirada al fondo de la mesa.

—Pensábamos que no teníamos el primer ingrediente, pero sí que lo teníamos, ¿verdad, abuelo?

Mi madre pronuncia mi nombre con ese tono de «qué diablos estás haciendo, Sam» y mi padre da una palmada en la mesa con tanta fuerza que hace saltar los cubiertos.

—¡Tu madre ha dicho que ya basta!

En medio del tumulto, casi se me pasa por alto la respuesta de mi abuelo:

—Claro que sí, está en el laboratorio, debajo del fregadero.

No puedo desviar la vista a mis padres —a pesar de que ambos han enmudecido, procesando las palabras de mi abuelo— porque la mirada fija de mi abuelo me tiene paralizada. Tiene el ceño fruncido y los labios apretados como si intentara recuperar el control de su boca. Me está escrutando con una intensidad que me resulta insoportable, aunque yo tampoco puedo apartar la vista. Parece enfadadísimo. Pero hay algo más. Algo que me hace albergar la esperanza de que no me va a matar. O quizá sólo sea una ilusión.

—Molly —dice sin dejar de mirarme ni un instante—, tráeme un vaso de agua. —Ella salta de la mesa, tan rápido que casi vuelca la silla sobre el suelo de linóleo, y corre hacia el fregadero—. No, del grifo no, de la jarra que hay en mi despacho.

Molly sale de inmediato. Esperamos hasta que vuelve. Mis padres parecen perplejos por la revelación que acaba de hacer mi abuelo y no terminan de estar seguros de cuál es mi implicación en este asunto.

—Papá —lo llama mi padre—, durante todo este tiempo sabías...

Mi abuelo levanta una mano para que se calle y espera a que Molly le traiga el vaso de agua. Lo apura, se seca la boca y da un gran suspiro.

—Creí que era inmune a los sueros de la verdad, Samantha.

Mi madre emite un gritito ahogado y me pongo colorada.

—Pero de algún modo has creado una mezcla a la que no soy inmune. —Para mi sorpresa, le da otro sorbo al zumo y lo paladea con detenimiento—. Mmm… ¿Qué es? Has modificado la fórmula base… La has fortalecido. —Sólo puedo asentir, todavía prudente—. Y, claro, la esencia de glicinia no era para un niño, sino para un anciano. Es… extraordinario. Sabía que se te daba bien mezclar, pero no tanto. Algún día serás una gran maestra de la alquimia.

Me pongo roja como un tomate, pero no puedo olvidar cuál ha sido el origen de todo este lío.

—Entonces, ¿me ayudarás con la Expedición? No podemos dejar que ganen los sintéticos.

—Yo hace mucho tiempo que dejé que ganaran los sintéticos, Sam. —Parece triste, cansado—. Pero tú eres la alquimista que debe completar la Expedición Salvaje.

Esto es más de lo que esperaba. De un salto, salgo corriendo alrededor de la mesa para besarle en la frente, cuyos cabellos blancos y finos me hacen cosquillas en la nariz.

—Pero estamos eliminados, Sam —interviene mi padre, rascándose la barbilla—. Ya lo anunciaron.

—Además, es muy peligroso —añade mi madre—. Ya nos han robado, ¡por todos los dones mágicos! ZA os saboteó durante el Ascenso… ¡A saber qué harían si estuvierais a punto de ganar!

—Puede ser un punto a favor que todos piensen que estamos eliminados —reflexiono—. Puedo hacerlo, mamá. Tendré cuidado.

—¿Sam? —Me doy la vuelta y Molly está detrás de mí. Me tiende una hucha de cerámica con forma de cerdito—. No es mucho, pero algo puede ayudar.

—Mols, ¡no tienes que hacer eso!

—Pero quiero. Sé que puedes ganar a cualquiera en la Expedición. —Deja la hucha en la mesa y me da un abrazo.

—Molly tiene razón —afirma mi padre—. Ayudaremos en lo que podamos. Es tu sueño y nosotros lo apoyaremos.

Se me llenan los ojos de lágrimas. Mi madre me da una palmadita en la mano.

—Come primero. Termínate la cena. Después podrás empezar a elaborar la poción más deseada del mundo, ¿de acuerdo, cariño?

Sonrío. Su entusiasmo casi iguala al mío.

—Pero, Sam… Como vuelvas a suministrar una poción al abuelo, estarás castigada de por vida, ¿te enteras?

Eso no voy a discutirlo.

*

Me zampo el resto de la cena y, acto seguido, me voy al laboratorio de mi abuelo. Justo debajo del fregadero, tal y como él acaba de desvelar, hay un bote de persirela en polvo. Todavía irradia una ligera luminiscencia, un brillo rosáceo. Agito el bote describiendo pequeños círculos y veo que, en lugar de comportarse como un polvo normal, se mueve como un líquido. De hecho, en vez de removerse como si estuviera compuesto por granos sueltos, me recuerda a las olas chocando contra el cristal.

—Qué bonito es. —La voz de mi padre me pilla por sorpresa.

Agito el bote de nuevo y lo vuelvo a observar.

—Esto no es polvo de persirela normal, ¿verdad? Es de Aphroditas. Cuando estuvimos en el barco, la observé. Estos eran sus colores.

—Me fijo bien en la etiqueta: «Recolectada en noche de plenilunio, 1942»—. Y muy potente; aunque no esté fresca, será eficaz.

—Hubo un tiempo en que la Tienda de Pociones Kemi sólo tenía los mejores ingredientes —dice.

—Ojalá viviera en esa época —murmuro, incapaz de retirar la vista de la persirela.

—A lo mejor vuelves a vivirla. ¿Sabes?, tu abuelo tiene buenas intenciones. Él presenció el surgimiento de los sintéticos, vio cómo Zoro jugó sucio para que tu bisabuela no ganara. Por aquel entonces, Zoro intentaba establecer la legitimidad de los sintéticos. Ahora Zol intenta mantenerla. Y con Emilia, que aparece de la nada…, es muy peligroso, Sam. Me gustaría ir contigo para protegerte. —Sonríe con pesadumbre—. Pero tú eres la participante, así que, aunque quiera, no puedo acompañarte.

A mí me asaltan esos mismos miedos, pero, si me dejo llevar por ellos, nunca llegaré a hacer nada.

—Kirsty estará conmigo. Y llamaré a Anita y Arjun para contarles que vuelvo a la Expedición. Si colaboramos, tal vez consigamos que uno de nosotros sea el primero en elaborar la poción.

Asiente.

—¿Y ahora qué? ¿Has pensado en cuál será el siguiente ingrediente?

Hago un gesto dubitativo.

—He pensado en algo, pero es sólo una corazonada. Y si estoy en lo cierto… creo que voy a necesitar un billete de avión.

20
SAMANTHA

—¡Vuelves a la Expedición! —chilla Anita al otro lado del teléfono.

—¡Sí! Mi abuelo tenía un poco de persirela guardada en el laboratorio. ¿No es increíble? —La línea se entrecorta y hay interferencias, así que no entiendo lo que dice a continuación—. Anita, casi no te oigo… ¿Recibiste mi correo?

—Perdona, guapa… Las llamadas de larga distancia son caras… Recibí tu correo… ¡Guarda bien la persirela! Hay rumores de que anoche se la robaron a alguien. ¡Es preferible colaborar entre nosotras a dejar que ganen los Z! Nos vemos pronto por aquí.

—¡Espera! ¿Dónde nos vemos? —pregunto, pero ya ha colgado.

El teléfono vuelve a sonar.

—¿Anita?

Pero no es ella.

—Sam, soy Kirsty. Te recojo en un momento, voy de camino. Tu padre me ha transferido dinero para que saque los billetes de avión; llevo ropa para ti, sólo tienes que coger el cepillo de dientes y nos vamos.

—Vale, pero…

Me cuelga antes de que termine la frase. ¿Qué le pasa hoy a la gente, que todo el mundo me cuelga el teléfono?

Me siento en la cama y agarro la esquina del edredón. Estoy a punto de recorrer medio mundo desde Nova a Bharata, un país con una de las mayores extensiones de Tierras Salvajes inexploradas. El terreno de Bharata abarca zonas desérticas, bosques tropicales, montañas y varias de las ciudades más habitadas del mundo. La población de Loga, la capital, es diez veces más numerosa que la de Kingstown.

No sólo va a ser la primera vez que use mi pasaporte, sino que además voy a ir al país que mayor impacto cultural podría provocarme. Es como tirarse de cabeza a la aventura, desde lo más alto y sin salvavidas.

Y todo para encontrar hiedra eluviana auténtica. Desde que vi la palabra *eluvium* en aquel libro antiguo y luego percibí la reacción de Zain cuando se la pedí en el laboratorio, tengo la corazonada de que es uno de los ingredientes de la poción. Es lógico que esta vez esté segura de que no tenemos hiedra eluviana: es escasa, además de extremadamente volátil, y ha de guardarse en unos recipientes de madera especiales, así que no merece la pena tenerla almacenada. Por otro lado, es peligrosa para los buscadores, porque su hábitat son los bosques tropicales más recónditos y oscuros de la península bharatesa.

Calculo que dispongo de al menos diez minutos antes de que aparezca Kirsty, aunque se salte todos los semáforos en rojo y todas las medianas. Voy corriendo por la casa como una loca, pero, antes de cerrar el portátil, me conecto a Connect, la red social más popular de Nova. Para mi sorpresa, me topo con que un montón de personas quieren añadirme como amiga. Con muchas de ellas apenas he hablado en alguna ocasión; el resto —alrededor del doble— son completos desconocidos para mí. Nunca he sido muy fan de Connect, simplemente porque me parece un sitio más donde se reúnen los dotados y me excluyen en la red. Por eso mi perfil está establecido como «privado» y contiene la mínima información personal posible.

Me desplazo a toda prisa por la lista de solicitudes, para rechazarlas sobre la marcha, cuando de repente un nombre hace que se me quede el dedo atascado en el botón de «eliminar». Zain Aster. Otra vez.

Dudo durante unos instantes, pero luego, antes de convencerme a mí misma de lo contrario, pulso «conectar».

Su perfil aparece de inmediato en la pantalla. Hay una sucesión de fotos, entre las que me llaman la atención las más recientes, porque es obvio que se tomaron en el Ascenso. Zain está junto a su padre, Zol, en el yate mientras este sostiene la perla.

Mi padre me llama desde la entrada:

—¡Kirsty está a punto de llegar! ¿Estás lista?

Me fijo en su estado, la última actualización de Zain:

Zain Aster está a punto de transportarse a Bharata. Demencial. @SalaTransportaciónKT.

Sólo de pensarlo se me revuelve el estómago, por mucho que eso corrobore mi corazonada. Es un país muy grande, me digo. Las probabilidades de toparme con él en los bosques tropicales deben de ser escasas.

*

Una hora más tarde, estoy en la terminal del Aeropuerto Internacional de Kingstown, esperando a que Kirsty compre unas revistas y algo de comer para el viaje. A diferencia de Zain y su padre, nosotras jamás podríamos ir a la Terminal de Transportación de Kingstown; eso es demasiado caro.

Abro mi diario y aliso las páginas sobre mi regazo. Echo un vistazo a las recetas, escritas con mi pulcra caligrafía. Llego a una página en blanco y escribo en su parte superior:

Poción amorosa

** Persirela de ostra en plenilunio. Triturada. 30 g*

** Hiedra eluviana*

A mis espaldas oigo el chasquido delator de una cámara y cierro de golpe el diario. Me giro y veo a una chica, no mucho mayor que Molly, que me apunta con su móvil.

—¡Eh! ¿Qué haces? —pregunto.

—Eres la chica de la tele, ¿verdad? —dice—. Mis amigos no se lo van a creer. Participas en la Expedición. ¿Me firmas un autógrafo?

Me quedo dudando un momento.

—Claro, si me enseñas primero la foto.

Se encoge de hombros y me pasa el teléfono. Amplío la imagen y respiro aliviada al comprobar que los ingredientes son ilegibles.

—Espera, ¿podemos mejor hacernos un *selfie* juntas? —pregunta.

—Bueno, yo no…

Antes de que termine de hablar, hace la foto. Si esto se va a convertir en algo habitual, más me vale ensayar mi pose. La chica me da las gracias deprisa y se marcha con sus padres.

—¿De qué va todo esto? —Kirsty se acerca y suelta su pesado equipaje de mano en el asiento que hay entre las dos.

—¿Se cree que soy famosa, quizá?

Kirsty aprieta los labios.

—Vamos a tener que ser más prudentes. No sólo debemos estar atentas a los medios de comunicación, también hay que tener cuidado con todo aquel que vaya con un móvil. En cualquier caso, creo que no vas a ser un secreto durante mucho tiempo.

—¿Y qué vamos a hacer?

—Tengo una idea. Voy a enviar un mensaje a mis contactos en Bharata. Hasta que lleguemos, estate en alerta permanente. Todavía no sabemos qué vamos a buscar después de… —baja la voz— la hiedra. Y eso no puede ser. —Señala hacia su bolsa—. Así que saca un libro y ponte manos a la obra. Tenemos mucho que investigar.

—Pero ¿qué busco?

—Veamos… Crees que la hiedra es uno de los ingredientes, pero no estás segura. Voy a confiar en tu corazonada, aunque con una corazonada no basta; no si queremos derrotar a ZA y al resto. Ellos pueden permitirse la transportación, lo que les concede horas de ventaja respecto a nosotras. Y el contratiempo de las perlas nos pone a la cola de los equipos corrientes, incluido el de tus amigos los Patel. Por debajo…, pero seguimos ahí. —Se inclina hacia mí como si conspirásemos—. Aunque tenemos una ventaja.

—¿Cuál?

Me pone el dedo en la frente.

—Esto. —Luego señala la suya—. Y esto. Tu habilidad para hacer pociones. Mi olfato para encontrar ingredientes. Vamos hacia las Tierras Salvajes, Sam. Si averiguamos qué elementos puede llevar una poción amorosa y nos adelantamos al siguiente ingrediente, podríamos tener posibilidades.

El altavoz que hay encima de nosotras emite una serie de pitidos; estamos listas para partir.

—Vamos. Tenemos por delante un vuelo de nueve horas. Hagamos que también sea productivo.

21
SAMANTHA

El calor de Bharata me golpea nada más bajar del avión y me quito el jersey. La camiseta celeste que llevo se me pega a la piel. La humedad y el calor son tan extraños en el clima de Kingstown que casi me siento como si hubiéramos volado a otro planeta.

—Espera aquí —me dice Kirsty justo antes de pasar el control de seguridad para recoger nuestro equipaje. Cuando vuelve, trae en la mano dos chales plateados—. Ponte uno en la cabeza.

—¿Por qué? ¿Es una costumbre de Bharata? —pregunto mientras me envuelvo la cabeza con el chal.

—Te servirá para mezclarte con la gente y, lo que es mejor, sirve de maravilla para eludir a los *paparazzi* que andan por aquí. Haz la prueba conmigo.

Saco mi móvil y le hago una foto con *flash*. En la foto hay un destello blanco que oculta por completo su rostro.

—¡Es genial! —exclamo.

Ella sonríe.

—Venga, vámonos.

Kirsty sale disparada entre la multitud de la zona de llegadas como si fuera una flecha, tan rápido que me cuesta seguirla. Estoy pendiente de las cámaras, pero hay tal marea de gente que resulta imposible saber quién viene y quién va.

Durante el vuelo hemos estado leyendo con atención los libros que ha traído, pero ahora estoy bloqueada mentalmente. Espero que mi cerebro siga procesando la información, aunque en este momento necesito los cinco sentidos para asimilar las imágenes, los sonidos y los olores de Bharata.

—¡Por aquí! —nos chilla Anita, que luego pasa por debajo de la barrera y me echa el brazo sobre el hombro—. ¡Por fin! Arjun está esperando en la furgoneta. Vamos, salimos ya. —Sus ojos brillan con picardía—. Vamos a un lugar que ningún otro participante conoce, uno de esos sitios que sólo encuentras si dominas la zona.

Kirsty asiente.

—¡Pues adelante! Arjun es uno de los mejores aprendices de buscador que he visto en años, así que me fío de su instinto.

Anita se sonroja, orgullosa de su hermano.

Una vez fuera, tengo que detenerme un instante para recuperar el aliento. Por todas partes hay un maremágnum de colores y olores. Ruidos de cuernas, gritos y una música bharatesa que resuena desde un anticuado radiocasete atado a la parte trasera de una motocicleta. Retrocedo justo antes de que me atropelle un bicitaxi empujado por un hombre delgadísimo pero fuerte, que lleva a una niña vestida con un hermoso traje de flores y una ostentosa sombrilla.

—¡Cuidado! —advierte Anita, que me agarra de la mano y nos guía para cruzar la calle. Creo que nunca en mi vida me he arriesgado tanto al cruzar. No sólo tengo que esquivar bicitaxis, también hay todoterrenos con las ventanillas oscuras, motocicletas y porteadores empujando enormes baúles con la marca de algún diseñador de lujo.

La furgoneta donde nos lleva Anita tiene uno de los pilotos traseros reventado y el parachoques parece sujeto con cinta adhesiva y mucha fe. Kirsty y yo nos montamos detrás, mientras que Anita se apretuja contra su hermano en el asiento delantero de tres plazas. Pero no es Arjun quien conduce.

—Sam, Kirsty, os presento a nuestro primo Vijay —dice Arjun.

Vijay sonríe y luego se da la vuelta para agarrar una pequeña estatuilla de un dios que cuelga del espejo retrovisor, como el ambientador del coche de Kirsty. Murmura una breve oración y arranca en medio del caos.

No me extraña que necesitara rezar. Los nudillos se me han puesto blancos de agarrarme al sillón —¿he mencionado que no hay cinturones de seguridad?—, aunque Vijay parece gozar de una especie de sentido mágico que le guía a través del tráfico.

Incluso Kirsty parece preocupada, así que me agarro aún más fuerte y me concentro en mantener en su sitio el contenido de mi estómago. No nos dirigimos a Loga, la capital, lo que me decepciona un poco. Todo este camino hasta Bharata y ni siquiera voy a poder ver los principales lugares de interés que aparecen en las postales: el palacio de ladrillo rojo donde antiguamente se alojaba la familia real bharatesa o la enorme estatua bañada en oro del dios elefante de múltiples cabezas. De todos modos, una vez que salimos de la ciudad, las carreteras se despejan. Kirsty se relaja y yo sigo su ejemplo. Es entonces cuando me percato de lo cansada que estoy. Me siento como si llevara días sin dormir.

—Bueno, chicos, ¿qué sabéis hasta el momento? —pregunta Kirsty.

Arjun y Anita se dan la vuelta para que podamos vernos.

—Sabemos de buena tinta que hay otros equipos buscando jazmín dorado: dicen que es el siguiente ingrediente —explica Arjun—. Uno de los equipos se puso en contacto con nuestros parientes que viven en las Tierras Salvajes para conseguir un guía.

Jazmín. Flor que se encuentra en la península de Bharata, en las montañas Kang y más adelante, en el interior de la provincia de Shan. Casi me llevo las manos a la cabeza. Estaba más claro que el agua.

—¡Por supuesto! Tiene sentido. Es el ingrediente perfecto para una poción amorosa.

La flor del jazmín blanco es bastante común y está disponible en la mayoría de los almacenes de pociones, incluso en Kingstown. Yo lo he usado en numerosas pociones, con frecuencia a regañadientes, ya que casi siempre se usa para..., ejem..., aumentar la virilidad. Sí, cuando el viejo señor Waters de la tienda de comestibles de la esquina vino a preguntar por una poción para la virilidad, me entraron escalofríos sólo de imaginármelo. Incluso me planteé la posibilidad de no añadir la cantidad correcta de jazmín, de manera que no funcionase. Pero obviamente eso no iba a ayudarnos a recuperar nuestra ya maltrecha reputación, así que cumplí con mi cometido. Cuando la nueva señora Waters vino a pedirme personalmente que empezara a adulterar la receta, me alegré de ayudarla. De todos modos, ese no es el único uso del jazmín. Se trata de una planta versátil que puede estimular cualquier cosa, desde la confianza en uno mismo hasta la simple felicidad. La variedad dorada es más rara, pero, mezclada con agua hirviendo, intensifica su potencia.

—¿Estás de acuerdo, entonces? Estupendo. Cuando escribiste en tu correo acerca de esa corazonada sobre la hiedra eluviana fue como cosa del karma. En el sitio adonde vamos podemos recolectar ambos ingredientes.

—¿Y qué sitio es ese? —pregunta Kirsty.

Vijay decide unirse a la conversación y también se gira:

—¡Mi pueblo! Dijimos que no a los otros participantes. ¿Por qué íbamos a ayudarlos? La Expedición Salvaje es una tradición novaniana; como ya no somos colonia de Nova, no nos apetece ayudar a vuestros alquimistas y buscadores a saquear nuestras Tierras Salvajes. Pero vosotros… vosotros sois nuestra familia.

—Eh…, Vijay, quizá sería mejor que no perdieras de vista la carretera —le sugiere Arjun, que ahora está agarrando el volante y conduciendo desde el asiento del copiloto.

Para mi tranquilidad, Vijay vuelve a poner las manos en el volante y se concentra de nuevo en la conducción. Echo un vistazo por encima de su hombro y veo que el velocímetro señala 15 km/h. Sí, definitivamente está roto.

—Nuestro pueblo es importante porque, según cuentan, es el lugar de reposo de la diosa Daharama —aclara—. La diosa del amor.

Al oírlo, abro los ojos como platos.

—¡Hala!

—La leyenda de Daharama afirma que todo aquel que la mira se enamora profundamente de ella. Al final, Daharama decidió irse a vivir a un pueblo recóndito, lejos del resto de la humanidad, para reducir al mínimo el número de personas enamoradas de ella. Y ese pueblo es el nuestro.

—¿De verdad? Conozco bastante bien las leyendas bharatesas y creo recordar que hay cientos de pueblos que afirman ser el hogar de Daharama —tercia Kirsty.

Vijay escupe por la ventana.

—Esas reivindicaciones son heréticas. La nuestra es la verdadera.

Su entusiasmo se ha disipado un poco y me molesta que Kirsty haya estropeado la historia.

—Bueno, yo no estoy tan familiarizada con esa leyenda bharatesa. ¿Puedes seguir? Quizá la historia contenga alguna pista que nos ayude a elaborar la poción amorosa.

Kirsty hace un gesto de indiferencia y Vijay continúa:

—La gente seguía viniendo a visitarla, por supuesto, incluyendo parejas de jóvenes que querían su bendición para tener una vida llena de amor y felicidad. Atendía a todos los que acudían desde lejos, pero siempre se aseguraba de que hubiera una gruesa cortina de seda tapándola para que nadie pudiera mirarla. Como señal de respeto y gratitud, los peregrinos depositaban a sus pies guirnaldas de jazmines.

»Daharama vivió mucho tiempo así de tranquila, pero no se puede ser la diosa del amor sin provocar celos. E incluso odio. La leyenda de nuestro pueblo dice que un día Daharama no tuvo visitantes. Como estaba muy cansada, ya que no había tenido un solo día libre en muchos años, decidió despejarse paseando por la selva, donde podía obtener comida y leña, y liberar así de sus obligaciones a sus voluntariosos sirvientes.

»Sin embargo, la responsable de que no tuviera visitantes era la diosa Lakishi, su envidiosa hermana, que competía con ella en todo. Lakishi había distraído a los peregrinos para poder encontrarse a solas con Daharama. Así pues, cuando Daharama estaba paseando por la selva, su hermana la abordó acompañada de un enorme tigre blanco llamado Gar. Pero, justo en ese momento, Daharama se había quitado el velo para contemplar una hermosa flor de jazmín que crecía en un árbol. Al ver a Daharama, el odio de Lakishi se transformó en un amor incondicional.

»El problema fue que el tigre también se enamoró de ella y consideró que Lakishi era su rival en la lucha por el afecto de Daharama. Le enseñó los dientes a Lakishi, rugiendo con todas sus fuerzas, pero ella, en su ensimismamiento, no se dio cuenta. Y, cuando fue a darle un abrazo cálido y amoroso a su hermana, Gar se abalanzó sobre ellas. Debido a su corpulencia, las dos hermanas cayeron al suelo y Daharama se golpeó la cabeza con el mismo árbol que había estado admirando un momento antes.

»Al percatarse de que estaba muerta, Lakishi le rogó a Gar que la matara también a ella, y así lo hizo. Luego, Gar se adentró en la selva y se murió con el corazón roto.

»La sangre de Daharama se filtró por la tierra donde la habían asesinado. Las raíces de aquel jazmín absorbieron su sangre y por eso ahora los pétalos están teñidos de rosa. Creemos que la flor rosa que crece allí es un regalo de la diosa que debemos proteger.

—Es la flor de jazmín más escasa y potente que existe, mucho más que la dorada —dice Arjun.

—Jazmín rosa. Estoy impresionada. En el mercado negro vale una fortuna —comentó Kirsty—. ¿Y nos lo vas a dar así, sin más?

—Llevamos muchas generaciones protegiendo esas flores, pero os dejaremos que cojáis dos, ya que son para la familia y para la princesa. Anita y Arjun han dicho que vosotros sois como familia para ellos, así que también lo sois para nosotros.

—Es un inmenso honor. —Kirsty estira el brazo por encima del asiento y apoya la mano en el hombro de Vijay.

—Muchísimas gracias —musito casi sin aliento por su generosidad—. Entonces, ¿vamos a recoger el jazmín rosa y luego la hiedra eluviana? —pregunto, aunque en realidad no es una pregunta. Ya siento cómo la poción cobra forma en mi cabeza, cómo las piezas del rompecabezas giran y giran hasta que acaban encajando. Saco el diario y añado «jazmín rosa» a la lista de ingredientes.

Kirsty sigue interrogando a Vijay acerca de otros ingredientes autóctonos de Bharata, pero con los baches de la carretera se me cierran los párpados. Apenas logro despertarme cuando Kirsty entrega nuestros salvoconductos en la frontera.

Al espabilarme, dolorida por el traqueteo, abro poco a poco los ojos y observo a mi alrededor. Más allá de mi ventanilla se extiende una auténtica vorágine verde, una selva exuberante que de vez en cuando roza sigilosa el cristal como un dedo largo y verde. La carretera es puro barro, nada que ver con la autopista de antes. Me cuesta trabajo creer que este sea el acceso principal al pueblo de los Patel. Pero qué sé yo.

Un poco más adelante, la selva desaparece de forma abrupta y surgen las primeras señales de civilización: unas banderolas que cuelgan de un árbol, un cubo de madera abandonado bocabajo y cubierto de musgo —como si la jungla quisiera adueñarse de él—, y un rostro que de buenas a primeras emerge entre la maleza y me hace dar un respingo, aunque se trata sólo de la mirada curiosa de una niña.

Vijay pisa de golpe el freno y salgo disparada hacia su reposacabezas.

—Ya estamos aquí.

22
SAMANTHA

Nada más bajar de la furgoneta nos rodean unos niños descalzos y sonrientes. Una de las niñas me agarra de la muñeca y me pone una pulsera de la amistad. Kirsty se hurga en el bolsillo y encuentra un caramelito con un brillante envoltorio dorado. La niña da un grito de alegría y se aleja brincando tras desenvolver y meterse en la boca la preciada golosina.

—Puede que necesites más de estos mientras estemos aquí —dice Kirsty, pasando con disimulo una bolsa de caramelos de su mochila a la mía. Sonrío agradecida; ojalá hubiera tenido más tiempo para preparar mi primer viaje fuera de Nova.

Dos niños me agarran de las manos y, acompañados por Arjun, nos sumamos de repente al juego de «una, dos y… ¡tres!». Kirsty se echa a reír y nos cuenta que a todos los niños del mundo les gusta que los columpien cogidos de las manos.

Tomamos un camino de tierra que atraviesa la selva, apenas lo bastante ancho como para que quepamos tres personas juntas, y menos aún si vamos jugando; pero, bueno, nos las arreglamos. El camino está oscuro y levanto la cabeza para contemplar la espesura que se extiende sobre nosotros: ramas tupidas como el techo afilado de una catedral, reacias a que la fuerte luz del sol de Bharata penetre hasta el suelo de la selva. Aunque en los árboles se oyen crujidos provocados por criaturas invisibles, el ambiente es de una paz absoluta.

El pueblo y la selva se funden con tanta delicadeza que no me doy cuenta de que hemos llegado hasta que los niños me sueltan la mano y se dispersan por detrás de las esquinas y las cortinas de las tiendas.

—Seguidme —dice Vijay, haciéndonos una señal con la mano.

Nos lleva hasta una casa construida sobre pilotes cuyo primer piso está elevado del suelo. Aunque no veo coches —sólo una motocicleta oxidada fuera de una cabaña—, distingo una señal inequívoca de civilización: una enorme antena parabólica que sobresale del segundo piso de la casa como una especie de hongo. Es obvio que hay alguien por aquí que no quiere perderse ni un solo programa televisivo.

La puerta de la casa se abre cuando subimos el primer escalón. Un hombre grande de barba afilada, con turbante y una túnica naranja chillón, sale y extiende los brazos.

—¡Bienvenida, joven Kemi! —exclama—. Soy Nalesh Patel, el padre de Vijay.

—Me llamo Sam —murmuro, y sonrío.

Pero él sigue hablando sin hacerme caso:

—Pensábamos que estabais eliminados definitivamente de la competición. No puedo creer que dejarais que ZoroAster os hiciera esa jugarreta en el barco.

Me avergüenzo al pensar que el mundo entero debe de haber visto ese momento.

—¿Están emitiendo muchas cosas sobre la Expedición?

—Todo lo que pueden. Ahora todos los equipos están aquí, en Bharata. Pero me parece que aún no han dicho que has vuelto a participar.

—Genial, nos gustaría que siguiera sin saberse —interviene Kirsty—. La Expedición Salvaje es la noticia del momento y el mundo entero tiene los ojos puestos en ella. Por eso es tan importante que vayamos un paso por delante de nuestros competidores.

—Y si todos los equipos están aquí, lo estamos consiguiendo —murmuro.

—No todos. ¿No dijo Anita que le habían robado un ingrediente a alguien? Como mínimo hay un equipo que no está en la Expedición. —Kirsty eleva la voz—. ¿Y dónde dices que está ese jazmín rosa, Vijay?

—Mañana a primera hora os llevaré hasta él.

Kirsty y yo cruzamos las miradas.

—¿No vamos a ir ahora? —pregunto.

—Pronto anochecerá —dice Vijay—. Hay demasiados felinos enormes y serpientes todavía más grandes como para pasar la noche en la selva. La senda hacia el jazmín seguirá estando aquí por la mañana.

No hay nada que desee más que descansar después de este viaje tan largo, así que le lanzo una mirada suplicante a Kirsty. Ella mira hacia el bosque, que cada segundo que pasa está más oscuro y ominoso pese a que el sol todavía no se ha puesto. Me da pavor meterme ahí dentro, aunque noto que Kirsty está ansiosa por partir. Puede que los buscadores siempre estén levantados, listos para la aventura, pero yo soy alquimista. Yo necesito dormir.

Kirsty se da por vencida. Cuando entramos en la casa, están proyectando la programación de la tele en una sábana blanca colgada de la pared de enfrente. La pantalla está dividida en cuatro partes, cada una de las cuales muestra imágenes de un equipo distinto. Zain está en una esquina, llegando a la terminal de transportación, con unas gafas de sol de aviador con montura dorada y una chaqueta de cuero negra; su aspecto es desenfadado y fascinante.

Anita y yo soltamos un «¡buf!» simultáneo y nos da un ataque de risa. Luego, ella se acerca a mí y me lleva de la mano a un lugar más apartado.

—Seguro que los Z van a la Expedición con un equipo de estilistas. Están más preocupados por las cámaras que por las pociones.

De pronto, un olor a canela y comino inunda la habitación.

Canela: para la agilidad mental, la disolución de coágulos, el alivio de los resfriados y la gripe.

Comino: para facilitar la digestión, para purificar la piel.

La expectativa de comer hace que me suenen las tripas. Vijay me pone un cuenco de arroz entre las manos y yo se lo paso a la señora Patel —la tía de Arjun y Anita, quien viste un impresionante sari verde oscuro—, que lo llena de curry caliente.

Con el primer bocado casi me estalla la cabeza: mi paladar novaniano no está acostumbrado ni de lejos a tanto picante. Los Patel de Bharata se ríen de mí, hasta que la señora Patel se compadece y me pasa una reconfortante bebida de yogur. Me tranquiliza ver que Arjun y Anita tampoco parecen disfrutar mucho con la comida, aunque Kirsty sí está devorando su plato.

Lo siguiente que nos ofrecen es un cuenco lleno de frutas exóticas, que viene acompañado por una de las niñas que me dieron antes la mano. La niña trae un palo sin corteza tallado burdamente. Vijay le da una palmadita alentadora en la espalda.

—Vamos, Pari —le dice—. Enséñales lo que has estado practicando.

Ella vacila unos instantes antes de coger una de las frutas más extravagantes del cuenco: un objeto ovalado de color rosa cubierto por unas hojas verdes cuyos bordes forman una especie de estrellas. La niña lo coloca en la mesa con suavidad hasta que consigue que se quede de pie frente a nosotros. Luego levanta el palo, apunta hacia la fruta, cierra los ojos y echa la cabeza hacia atrás.

Y hace algo que no esperaba: magia.

—Es una varita —susurro, constatando lo obvio.

Las hojas se desprenden de la fruta y forman un estampado de estrellas sobre la mesa, a la vez que dejan el centro rosa chillón del fruto desnudo y vulnerable. Después, la corteza rosa se va separando de la pulpa blanca y tierna. Cuando está completamente pelada, abre los ojos y, con un rápido golpe de muñeca, divide la fruta en cuartos, uno para cada uno.

Vuelvo la mirada hacia Vijay mientras estallamos en un fervoroso aplauso.

—Vijay… —digo— es dotada. Y muy potente, a tenor de lo que es capaz de hacer aquí con esa varita. ¿Va a la escuela?

Kirsty me agarra del brazo para hacerme callar, pero Vijay se encoge de hombros.

—Nos echará una mano en el campo, como los demás magos. Ellos nos facilitan mucho el trabajo, por eso son tan valiosos. —La abraza.

—Aquí los dotados son importantes, pero sus familias no pueden permitirse enviarlos a escuelas específicas, como harían en Nova —explica Kirsty.

Me duele saber que, a pesar de que soy corriente, mi vida es mejor que la de los dotados de otros lugares sólo por vivir en Nova. Tal vez si le hablara a Renel de esta niña, o incluso a Zain, podrían ayudarla…

Kirsty percibe la expresión de mi rostro.

—No puedes «salvar» a todos los niños dotados que te vayas encontrando. Además, aquí también los necesitan.

Hago un gesto de frustración.

Ahora que hemos terminado de cenar, Kirsty, Arjun, Anita y yo nos trasladamos al salón, que es un amplio porche abierto al exterior. Hay almohadones de colores, aunque un poco raídos, diseminados por todas partes, y un dosel de lucecitas sobre nosotros. Es mágico. Me hundo con gusto en uno de los almohadones mientras Arjun enciende un farolillo y el aire se impregna del olor especiado del incienso.

Anita se sienta justo enfrente de mí y frunce el ceño.

—Bueno, Sam, desembucha. ¿Cómo es que de repente tienes a Zain Aster en tu lista de contactos de Connect? ¿Desde cuándo sois tan amiguitos?

Con tanto jaleo todavía no he puesto a Anita al corriente de todo. No puedo evitar sonrojarme, si bien trato de aparentar indiferencia.

—Hace un par de días se pasó por la tienda. Dijo que se sentía mal por la jugarreta que me hizo su equipo.

—Ah, qué amable por su parte. —Anita, sorprendida, arquea una ceja.

—Sí, muy amable —replica Arjun, poniendo los ojos en blanco—. Seguro que buscaba una oportunidad para husmear un poco entre las existencias de los Kemi, por si se había olvidado de robar algo.

Sus palabras me causan un dolor inesperado. Le frunzo el ceño.

—ZA no nos robó. Mi abuelo cree que fue Emilia Thoth para evitar que encontráramos la receta.

Anita se estremece.

—Mi padre nos habló de su aparición en el palacio. Parece terrible, aunque seguro que no será tan fuerte como para suponer una verdadera amenaza. ¿No lleva exiliada toda la vida?

—Bueno, no es que parezca que experimenta con pociones prohibidas…, más bien, da la impresión de que se baña en ellas. —Recuerdo las largas mechas de su pelo gris pizarra, el tono pálido de su piel, la horrible forma curvada de sus uñas. Me estremece la idea de que alguien pueda entregarse a tal horror—. Creo que nadie debería subestimarla. Esta es la oportunidad que estaba esperando porque, si le sucede algo a la princesa, ella es la siguiente heredera. Lo más probable es que nos robara ella. ¿Y si robó también la persirela del otro equipo?

—Pero ¿para qué quiere participar en la Expedición? —pregunta Anita, cruzándose de brazos.

—Probablemente para asegurarse de que nadie consigue el remedio —opina Arjun.

—Por eso ha estado preparándose para ser alquimista —asiento—. La Expedición Salvaje le proporciona acceso inmediato al Palacio de Nova e invalida su condición de exiliada. Para ella era un juego a largo plazo, pero parece que le valió la pena esperar.

—Dejemos a Emilia —dice Arjun—. Con suerte, si seguimos pasando desapercibidos, se centrará en otros equipos que le supongan una amenaza mayor.

—Pero ya ha atacado a los Kemi —responde Kirsty—. Debemos tener cuidado, abrir bien los ojos y conservar el sentido común.

—¡Vamos a consultar el perfil de Zain para ver si hay alguna pista! —Anita me guiña el ojo y abre su portátil.

—¿Tienes conexión aquí?

Ella se echa a reír.

—Efectivamente. Que tengamos agua caliente no es tan seguro, pero… ¿señal de televisión y conexión a Internet? Siempre.

Me estiro hacia ella para identificarme en su ordenador pero, al buscar a Zain, resulta que vuelve a tener un perfil privado y que el botón de «conectar» está de nuevo activo. Me ha eliminado de sus amigos. Duele como una picadura.

—Bueno, pues ya está —digo—. En realidad, no me apetecía enterarme de sus #ProblemasDeDotados. —Cierro la tapa del portátil y aspiro hondo—. De todos modos, chicos, creo que tengo una teoría. —Los tres se giran para mirarme, expectantes—. Puedo estar totalmente equivocada, por supuesto, pero… he estado pensando en la persirela y la hiedra eluviana. Ambas tienen propiedades que pueden servir para «construir» amor, como si fueran ladrillos: la persirela para la belleza, la hiedra eluviana para la fidelidad. Y ahora, el jazmín rosa para la pasión. Es una poción de alto nivel donde todo está permitido, ¿verdad? Así que creo que lo siguiente va a ser pelo de abominable.

—¿Para la soledad? —Arjun parpadea—. ¿Y eso cómo encaja?

Noto que me ruborizo.

—Bueno, no lo sé seguro, porque nunca he estado enamorada, pero…

—No, tienes razón —dice Kirsty con un suspiro—. Los abominables son como los pingüinos… Se emparejan de por vida. Y no sólo eso, sino que además son muy obstinados en la búsqueda de su pareja. Deambulan por las montañas para encontrar a su único y verdadero amor sin tener ningún otro contacto hasta que lo encuentran. La soledad es el precio que tienen que pagar. Es una pieza perfecta. Sólo tú podrías haber combinado esos ingredientes, Sam. Es genial.

Anita se inclina hacia delante.

—Entonces, cuando hayamos conseguido el jazmín, buscamos la hiedra eluviana y nos vamos a las montañas.

Kirsty asiente.

—Sí, aunque lo de la hiedra no será fácil. Es peligroso, por no decir otra cosa. —Se queda mirándome fijamente, lo que hace que me revuelva—. Sería mejor que nos dividiéramos para buscar los ingredientes y, así, movernos más deprisa. No creo que tu abuelo tenga guardado ninguno de ellos, ¿verdad?

Hago una mueca.

—Voy a escribir un correo electrónico a mis padres con estas ideas y se lo preguntaré.

Pero, cuando abro mi correo, tengo la bandeja de entrada llena de mensajes de otros buscadores, de proveedores y de oportunistas que pretenden venderme ingredientes a precios desorbitados. Me fijo en que hay varios que ofrecen el polvo de Aphroditas a cambio de cantidades abusivas. Además, a saber qué será verdadero y qué una estafa.

—¿Alguien quiere comprar jazmín dorado por doscientas mil coronas?

—¿Estás de broma? —balbuce Arjun.

—No. Mira aquí…

—Está claro que los vendedores de ingredientes han oído rumores acerca del siguiente ingrediente que estamos todos buscando. ¿Todavía no hay nadie que venda hiedra eluviana a precios disparatados? —pregunta Kirsty.

Hago una búsqueda rápida, pero no da resultados.

—Bien, eso significa que seguimos estando un paso por delante.

Levanto la cabeza de la pantalla y el olor del incienso que flotaba dulcemente en el aire se vuelve acre.

—¿Alguien está demasiado cerca de una vela? Huele como a quemado.

Instintivamente todo el mundo se aparta del farolillo más cercano, pero todo parece en orden. Miro hacia arriba y veo que en el cielo, que está cada vez más oscuro, se eleva una columna de humo.

—Fuego —susurro.

Todos levantan la cabeza y salimos en estampida para ver quién baja antes de la veranda. Arjun es el primero en atravesar la puerta, y tras él van Vijay y el señor Patel, preocupados. Después vamos nosotras. Kirsty, con la mochila en la mano, me da instrucciones para que me ponga las botas, cosa que hago lo más rápido que puedo, y con las prisas casi me resbalo en las escaleras.

—Viene de la selva —dice Vijay con tono de urgencia.

—Vamos, Sam, date prisa. —Kirsty enciende una linterna que llevaba en la mochila y el haz de luz ilumina la espesa maraña verde que tenemos delante, tan densa como un muro.

Me lanza otra linterna y, al intentar atraparla, se me cae al suelo.

—¿Vamos a ir hacia allá con ese fuego? Preferiría ir en dirección contraria.

—Estamos en la selva, Sam, y es la estación húmeda. Los árboles no se ponen a arder solos así como así. —Ella ya está corriendo—. Es la zona del jazmín rosa.

23
SAMANTHA

Mientras corremos, voy iluminando la espalda de Kirsty con mi linterna. Lo último que quiero es apuntar hacia la oscuridad de la selva y ver una araña enorme que me mira fijamente… o los ojos brillantes de algún felino carnívoro.

Lo más inquietante es que cada vez hay más claridad, a pesar de que el humo se vuelve espeso y sofocante. La luz parece provenir de entre los árboles en forma de destellos.

De pronto, una de esas ráfagas aparece justo delante de nosotras, una serpiente de llamas naranja y amarilla que se retuerce entre la maleza. No puedo evitarlo: me pongo a gritar con todas mis fuerzas.

Las llamas se extinguen, se apagan como si alguien hubiera cerrado un grifo de fuego, y Kirsty y yo nos quedamos petrificadas. En ese momento, una voz femenina susurra una palabra y una lluvia de lucecitas azules se extiende a nuestro alrededor. Las luces van descendiendo hacia el suelo e iluminan los árboles circundantes.

Tardo un rato en habituarme a esta nueva luz. Kirsty, en cambio, se acostumbra enseguida.

—Emilia.

—Señorita Donovan, me alegro de verte.

Por fin veo con claridad. Ahí está Emilia, que ha sustituido el vestido largo y la capa gris por un mono satinado, también gris. Ya no parece una alquimista exhausta, sino más bien una buscadora feroz. Me vuelvo hacia Kirsty.

—¿La conoces?

Es Emilia quien responde:

—El mundo de los buscadores es pequeño, ¿no es cierto? Por supuesto que conozco a la famosa Kirsty Donovan, buscadora independiente de los alquimistas más famosos de Nova. Todo un personaje. Cuando decidí que quería aprender a ser buscadora, sabía que debía aprender de los mejores. El hombre que la enseñó a ella me enseñó a mí también.

—Antes de que lo mataras. —Kirsty escupe en el suelo y este chisporrotea—. ¿Cómo nos has encontrado?

—Puede que sepáis borrar vuestro rastro, pero los del otro equipo no son tan listos. Los llevo siguiendo desde que salieron de Kingstown, aunque el asunto se volvió interesante de verdad cuando os recogieron a vosotras. Ahora puedo matar dos pájaros de un tiro. Me encanta ser eficiente. En serio, quién iba a pensar que los amables Patel se guardaban bajo la manga un terreno con jazmín rosa... Es una pena haber tenido que destruirlo por completo.

Su pelo, antes enmarañado, está ahora recogido en una coleta tirante y lleva un lanzallamas de aspecto terrorífico en la espalda. El hollín cae a su alrededor como si fuera una especie de nieve perversa.

—¡No es justo! —grito, incapaz de contenerme. Mi único pensamiento es que se han esfumado el jazmín y nuestras posibilidades.

—No hay nada justo ni en la vida ni en una Expedición Salvaje, cielo. —Emilia da un paso hacia mí, pero Kirsty se adelanta.

—¡No te acerques! Tengo polvo de salamandra y no me da ningún miedo utilizarlo.

Siento un escalofrío.

Polvo de salamandra: un compuesto peligroso que quema los ojos y la piel causando un picor incontenible.

Emilia se detiene.

—Te lo advierto, Kemi: hoy he destruido el ingrediente. Sigue en la Expedición y puede que la próxima vez no sea tan indulgente contigo. —Se saca del cinturón un vial de cristal y lo tira al suelo delante de nosotras.

Kirsty me empuja mientras el humo espeso impregna el ambiente.

Me desplomo en el suelo, que está tan caliente que me quema las rodillas. Se oye un sonido a través del bosque y temo que sea Emilia de nuevo, que regresa para seguir regodeándose. Pero el humo se diluye y percibo un fuerte suspiro de sorpresa de alguien conmocionado por la escena que hay ante nuestros ojos: Anita. Y un alarido del siguiente en llegar: Vijay.

Emilia se ha ido.

Vijay pronuncia una retahíla de palabras cuyo significado se intuye sin que haga falta ser lingüista. Anita se arrodilla junto a mí. Hunde las manos en la ceniza y la revuelve como si buscara algo.

—Bueno, ahora sí que nos ha hecho retroceder —comenta Kirsty.

—Espera, ¿pretendes continuar después de esto? —exclama Anita—. Emilia no va a rendirse.

—Ni nosotros. —Kirsty se tira de la trenza con inquietud, pero se da cuenta de que la estoy mirando y se la recoloca en el hombro—. Vamos, Sam. —Adelanta al grupo como una exhalación y enfila el camino hacia al pueblo.

Me abro paso para seguirla.

—¿Podemos intentar encontrar más jazmín rosa?

—No. Se nos agota el tiempo, así que no cabe otra que conformarnos con el dorado. Lo obtendremos en otro lugar, es el ingrediente más fácil de conseguir de tu lista. No hemos tenido el cuidado suficiente. Esto es una Expedición Salvaje y hemos cometido el error más garrafal de todos: infravalorar a nuestros oponentes.

Una vez en el pueblo, Kirsty se dirige a una choza que tiene una motocicleta fuera. Llama a la puerta y habla con el hombre que acude a abrir mientras señala hacia la moto. Intercambian unas cuantas palabras acaloradas y no paran de gesticular, pero al final llegan a algún tipo de acuerdo. Kirsty coge la moto.

—Recoge tus cosas —me dice—. Tenemos que irnos ya.

—¿Y qué pasa con Anita y Arjun?

—Mira, la Expedición sólo puede ganarla un equipo.

Por un momento, me quedo perpleja.

—Pero ellos nos dieron la información sobre el jazmín rosa.

—Y tú les hablaste de la hiedra. Estáis igualados.

—Si nos dividimos, como tú sugeriste…

—Antes era una posibilidad, pero ahora hay más elementos en juego. Quién sabe a cuántos de los demás participantes habrá detenido Emilia. —Estoy a punto de protestar de nuevo, pero Kirsty continúa—: Sam, nos están ralentizando. Tendríamos que haber ido directamente a por el jazmín rosa esta noche. Emilia nos ha dicho que nos localizó a través de ellos. Además, ahora ya sé dónde encontrar hiedra eluviana, así que vámonos.

—Pero puede que la hiedra eluviana ni siquiera esté en la lista de ingredientes. ¡Es sólo una teoría!

Ella me agarra de los hombros con firmeza y me mira a los ojos.

—Es nuestra teoría y con eso me basta. De cualquier modo, si tu instinto falla, estaremos fuera de la competición. Pero yo confío en ti.

Su fe ciega me provoca orgullo y nerviosismo al mismo tiempo. Pero cuanto más pienso en los ingredientes, más sentido tiene todo: persirela, jazmín, hiedra eluviana, pelo de abominable. Hay algo más en lo que no caigo, pero esos ingredientes me cuadran, las piezas encajan. Siento cómo se mezclarían para formar la poción amorosa, cómo cada uno de los ingredientes realzaría las cualidades de los demás. Es más, puedo visualizar la mezcla y mis dedos están ansiosos por comenzar. Siento que estoy en lo cierto, y Kirsty también lo piensa. Con una sonrisa, hace un gesto afirmativo con la cabeza y pasa por delante de mí para volver a la casa de Vijay, donde ignora las caras de perplejidad de la familia y recoge mi mochila.

Quiero hacerlo. Quiero ganar la Expedición. Sabíamos que nuestra alianza no podría durar siempre, que en algún punto tendríamos que separarnos… si no era ahora, sería más adelante. ¿Qué más da cuándo? Además, parece que si estamos juntos la suerte no nos acompaña lo más mínimo…

Arjun y Anita regresan de la selva justo cuando estamos cargando el equipaje en la moto: la mochila más grande va entre las piernas de Kirsty y la otra, a mi espalda.

—¿Sam? —Arjun pronuncia mi nombre en tono acusatorio; ya se imagina lo que está pasando.

—¿Dónde vas? —farfulla Anita—. Yo…

Arjun la detiene con el brazo para que se quede donde está.

—Se van —dice él—. Deja que se marche.

—Yo… Lo siento, chicos. Kirsty…

Ahora es a mí a quien interrumpe Arjun:

—Tú eres la Kemi, no tienes que hacer lo que ella diga. Juntos somos más fuertes. Creía que era mejor que ganáramos alguno de nosotros antes que cualquier sintético. Y ahora con más razón. Sabemos que Emilia intenta sabotearnos. Si colaboramos…

Mientras coloco las piernas en la parte trasera de la moto, tomo una decisión.

—No hay tiempo y, además, estaremos más seguros por separado. Emilia no puede atrapar a los dos equipos al mismo tiempo.

Duele ver la cara de enfado de Arjun, y más aún la expresión herida de Anita.

—Espera —dice ella, dejando caer lo que quiera que llevara en las manos, y viene corriendo hacia mí. En ese momento, Kirsty enciende el motor y acelera. Anita grita de nuevo y su voz se oye por encima del rugido del motor. Le da tiempo a llegar hasta nosotras y a intentar encaramarse a mi espalda, pero ganamos velocidad y conseguimos dejarla atrás. Al volver la cabeza y verla de rodillas mientras Arjun se acerca a toda prisa para ayudarla, una punzada de culpabilidad me atraviesa el estómago.

Cuando paramos a echar gasolina, me quito la mochila de la espalda. En ella están marcadas, como una bofetada, las huellas de las manos de Anita, con hollín y barro, observándome acusatoriamente.

24
PRINCESA EVELYN

Ah, eso estaba mejor.

Por fin, por fin la habían dejado en una habitación a solas con la preciosa Lyn. De hecho, mirase adonde mirase, la veía reflejada una y otra vez en hermosos espejos de cristal. Era lo que ella había pedido.

—Llévanos al vestidor —le había dicho a Renel—. Así podré enseñarle mi maravillosa ropa.

Pero la verdadera razón para querer llevar allí a Lyn no era la ropa, sino los espejos. De ese modo podría ver a Lyn reflejada con un esplendor de 360 grados.

Ahora que estaban las dos solas, se sentía audaz. Extendió la mano para tocar a Lyn, y Lyn hizo lo mismo. Pero una pequeña chispa de electricidad las mantenía separadas, a una distancia similar al grosor de un cabello.

Lyn se sonrojó. Se sonrojó ante la mera idea de que iba a rozarla. Era tan recatada… Y eso la hacía aún más bella.

Eve se preguntaba si habría sido así antiguamente, cuando una simple mirada podía considerarse inapropiada. Recordó que en una ocasión se echó a reír cuando le contaron que, en otros tiempos, los hombres desfallecían al ver un tobillo desnudo y las mujeres se desmayaban a causa de una mirada persistente.

En este caso, pensó que se trataría de algo así. Una dulce agonía.

Quería intentar algo. Levantó la mano y se miró la palma. Sólo era una mano, nada agresivo u ofensivo. Entonces, se la ofreció a Lyn. Lyn le correspondió. Pero, a medida que se iban acercando, era como si un imán las mantuviera separadas a una pequeñísima distancia una de otra. Sentía la mano de Lyn, pero no en un sentido físico... Sentía la química entre ellas, sólida, como un muro. Aunque apretara, seguiría sin poder acercarse más, una idea que le provocó escalofríos por la espalda, le heló la sangre y luego hizo que le volviera a hervir. ¿De verdad puedes estar enamorado de alguien a quien nunca has podido tocar?

Sí, desde luego que sí.

Retiró la mano y la volvió a colocar recatadamente sobre su regazo.

Ya que no tenía nada, haría cualquier cosa por ver el tobillo de Lyn.

Por una caricia de la palma de su mano.

Por una mirada a sus ojos.

Pero eso sí podía tenerlo. Levantó la vista y, sí..., ahí estaba.

Llamaron a la puerta y entró Renel. Eve lo miró con frialdad.

—Te dije que no quería que me interrumpieran.

—Lo sé, princesa...

—¿Cómo te atreves a desobedecerme después de lo que ocurrió la última vez?

—Lo sé...

—¿Y sigues interrumpiéndome? ¡Largo, desagradable!

Pero él no se marchó.

Eve sintió que la ira la corroía por dentro y vio que el miedo se iba apoderando del rostro de Renel. ¡Estupendo! ¡Que se asustara! Debía temer su cólera, debía obedecerla. No iba a mostrarse débil delante de Lyn.

El espejo que había detrás de la cabeza de Renel se quebró y, con él, una de las imágenes reflejadas de Lyn.

—¡Mira lo que has hecho! —chilló Eve.

Renel no se dio la vuelta para marcharse, como ella esperaba, sino que salió corriendo hacia ella.

—Evelyn, tienes que calmarte.

—¡Suéltame! ¿Qué haces? —La había agarrado por los hombros y le estaba haciendo daño.

—¡Estás perdiendo el control!

—¡De eso nada! ¡Eres tú quien lo está perdiendo!

Todos los espejos de la habitación empezaron a resquebrajarse y un millón de esquirlas cayeron al suelo como una lluvia de cristal y plata sobre las baldosas de piedra. Un calor abrasador se propagaba por su cuerpo y le enviaba oleadas de energía a los dedos. «¿Le gustará a Lyn este numerito? —se preguntó—. ¿Estará impresionada?».

A lo mejor podía llegar más lejos.

Acumuló toda esa sensación de calor en las palmas de las manos. Con una sola palmada podría provocar terremotos que agrietaran el suelo y romper así las barreras que la separaban de Lyn. Pero en ese momento Renel le tapó la boca con un pañuelo y ella se desmayó. Lo último que hizo fue mirar a Lyn a los ojos y pensar: «Te quiero».

25
SAMANTHA

Viajamos en la moto durante casi cuatro horas seguidas y al final nos detenemos en un hotel decrépito a las afueras de una aldea. Según Kirsty, hemos estado dirigiéndonos todo el tiempo hacia el norte, y es indudable que la temperatura aquí es varios grados más fría. Kirsty aporrea la puerta hasta que abre un hombre de apariencia somnolienta. Después de un buen rato, acaba accediendo a alquilarnos una habitación y, cuando nos la enseña, tengo la certeza de que allí no se ha alojado nadie en años. Puede que en décadas. Hay telarañas enormes por todas partes, aunque es probable que las arañas de Bharata sean lo bastante grandes como para tejer telarañas de ese tamaño en una sola noche y sin ningún esfuerzo. Me da un escalofrío sólo de pensarlo.

Aunque, mira, por lo menos funciona el wifi.

Una vez que me he conectado, llamo a mis padres para ponerles al día de los últimos acontecimientos. Kirsty me recuerda que no mencione ningún detalle acerca de nuestra ubicación. Por otra parte, decido omitir lo referente a Emilia, aunque resulta que no hemos sido el único equipo que ha estado en apuros. Kirsty y yo todavía no hemos tenido oportunidad de ver las últimas retransmisiones de la tele, así que mi padre me pone al corriente:

—Todo el mundo sabe que has vuelto a la Expedición. Una chica colgó una foto tuya en DotaChat. Después, en Bharata, siguieron a Anita y Arjun con cámaras y os grabaron cuando salíais del aeropuerto para montaros en el coche, aunque en las imágenes no se os veía bien la cara. Pero os perdieron gracias a vuestra forma de conducir, bastante temeraria. ¿No se suponía que Kirsty iba a cuidar de ti?

Se me encoge el estómago. Kirsty tenía razón: los medios de comunicación han estado siguiendo a Anita y Arjun. Eso significa que para Emilia no ha debido de ser muy difícil dar con nosotros.

—¿Qué dicen de mí?

—De momento… pasas desapercibida.

—Entonces, creen que no tengo ninguna posibilidad. —Me llevo un chasco al pensarlo, aunque sé que no debería: Kirsty diría que eso es positivo. Por otra parte, si Emilia nos persigue es porque nos considera una amenaza, lo que me provoca una extraña satisfacción—. ¿Y qué hay de los otros equipos? —pregunto.

—Dos de los participantes han abandonado —dice mi padre—. Pero ninguno de ellos es ZA —añade, anticipándose a la siguiente pregunta—. A ambos les robaron las reservas de polvo de persirela. Uno de los alquimistas era el presidente de una pequeña marca de sintéticos recién fundada cuyo laboratorio se ha incendiado. Parece que fue provocado.

—Empieza a parecer la firma de Emilia —murmuro.

—¿Qué pasa? —Mi madre pone cara de preocupación—. ¿Te ha hecho algo Emilia? Los rumores apuntan a que ha sido ella quien ha provocado el incendio, pero no hay ninguna prueba.

—No, mamá. Estoy bien —respondo, odiándome por mentir.

—El presidente de la marca de sintéticos reclama una indemnización de la familia real. Su protesta está siendo muy fuerte, pero, según parece, lo ocurrido forma parte de los riesgos de la Expedición.

—Menos mal que tú y los Patel cuidáis unos de otros —dice mi madre—. Quizá fuera mejor que regresarais…

—No puedo, mamá. —La voz se me quiebra cuando les cuento que nos hemos separado de Arjun y Anita, y una duda incómoda comienza a asaltarme.

Es obvio que a ella no le parece bien, pero intenta que sea yo misma la que averigüe cómo resolver mis errores. Me entran unas ganas tan irrefrenables de tenerlos aquí conmigo, en Bharata, que no puedo contener el llanto. El rostro de mi madre vuelve a mostrar preocupación. Me seco las lágrimas con rapidez.

—¿Hay noticias de la princesa? —pregunto para romper el silencio.

—No, pero no dejan que la prensa se acerque a ella. Anoche hubo una tormenta de rayos muy extraña; dicen que la princesa pudo ser el origen. Incluso hay rumores de evacuación del casco antiguo de Kingstown —contesta ella.

—Parece peligroso. Ahora os toca a vosotros tener cuidado.

—Tú céntrate en ti. ¿Qué plan tienes ahora? —inquiere mi padre.

—Mañana vamos a ir a buscar la hiedra eluviana.

—Como máximo, pasaremos una hora en la selva —comenta Kirsty desde el otro extremo de la cama, donde está examinando unos mapas.

De pronto, llaman a la puerta. Kirsty acude a abrir de un salto. Veo que mis padres estiran el cuello, como si de ese modo pudieran ver más allá de los límites de la pantalla.

—Bueno, mamá, papá, tenemos que irnos. Hablaremos en cuanto tengamos la hiedana.

Kirsty se vuelve y me sonríe. Ya estoy hablando como una buscadora: en su jerga, «hiedana» significa hiedra eluviana.

Les lanzo unos cuantos besos al aire, que ellos me devuelven, y cierro la tapa del ordenador. Luego miro a Kirsty con sorpresa, ella se encoge de hombros y abre la puerta.

Se trata de un hombre. Otro huésped, o eso parece. Tiene la cara roja e hinchada por el sudor y el esfuerzo físico.

—¿Sois el equipo Kemi? —Saca de repente un cuaderno y es entonces cuando nos damos cuenta de que es periodista.

—Fuera de aquí —masculla Kirsty, y cierra de un portazo.

Vuelve a llamar, pero lo ignoramos.

—¿Cómo nos ha encontrado? —murmuro.

—Ni idea. —Kirsty agita las manos, desesperada, y el tipo vuelve a llamar, cada vez con más insistencia—. ¡Largo! —le grita.

—¡Por favor! —suplica el hombre desde el otro lado—. Juro que no os he seguido hasta aquí, ha sido casualidad. Esa loca exiliada tendió una emboscada en la selva a mi equipo. Se lo llevó todo: mi dinero, mi material de trabajo, mi documentación...

—¡No es problema nuestro!

—Me dejó inconsciente y, cuando me levanté, estaba solo. Por suerte, no encontró mi furgoneta, porque entonces me habría quedado aislado, pero luego se me acabó la gasolina...

—¡Tampoco es problema nuestro!

—Por favor... ¿Habéis oído lo que se dice de vosotras en la tele? Os están llamando débiles. Tratan de desacreditaros. Pero yo puedo contar vuestra historia.

Kirsty y yo nos miramos.

—Tiene razón —me susurra—. Es mejor tener a alguien de nuestra parte. Necesitamos controlar este circo mediático antes de que él nos domine a nosotras. ¿Para quién trabajas? —dice, elevando la voz para que el periodista pueda oírla.

—Para *El Heraldo de Nova.*

—¿Dotado o corriente?

—¡Corriente!

Kirsty vuelve a abrir la puerta.

—Vale. Mira, nosotras también estamos huyendo de un ataque de Emilia. Seguimos en la Expedición.

El periodista parece aliviado por haber conseguido algún tipo de declaración y, ahora que está más calmado, me doy cuenta de que es mucho más joven de lo que pensaba. Si no resoplara como si acabara de correr una maratón, sería incluso atractivo.

—Ahora que ya tienes tu titular, ¿qué tal una cerveza? *Off the record*, por supuesto —añade Kirsty, que por su tono de voz parece haber llegado a la misma conclusión que yo.

—Parece un buen plan.

—Sam, ¿vienes abajo?

Sacudo la cabeza.

—Me voy al catre… o a la telaraña, mejor dicho.

—¡Claro, no te preocupes! —Kirsty cierra la puerta tras ella y se lleva al periodista. Menos mal.

Cuando apago la luz y estoy a punto de meterme en la cama, mi teléfono se enciende y, con las vibraciones, se desprenden trozos de pintura del techo que me caen en la cabeza. Lo cojo de la mesilla de noche y no reconozco el remitente del mensaje. Me asusto al pensar que tal vez los medios de comunicación hayan averiguado mi número, pero no es un periodista.

Es Zain.

Hola, dice el mensaje.

El corazón se me pone a mil con sólo leer la dichosa palabra. Me parece una respuesta emocional muy patética por mi parte, aunque no puedo controlarla.

Estoy barajando la mejor manera de responder cuando vuelve a vibrar.

¿Estás en Bharata? Te he visto en la tele, estabas en el aeropuerto. Siento haberte eliminado de Connect. Mi padre se enteró y se cabreó bastante.

Las mariposillas en el estómago dejan de revolotear. ¿Sólo me está escribiendo para enterarse de dónde estoy y para contarme que su padre me odia (menuda sorpresa)? Ni siquiera he empezado a teclear cuando vibra una vez más.

Oh, bueno, eso último ha sonado regular... Mi padre se siente amenazado por ti. De hecho, yo también, aunque no por las razones que piensas. ¿Me odias?

No puedo aguantar la risa. No sólo porque parece que Zain me lea el pensamiento, sino porque se le nota nervioso. Sus torpes mensajes son más propios de mí que de él.

Al final, le respondo:

No te odio. Y tu padre se va enterar.

Varios segundos después, vibra.

No me cabe duda.

Me quedo dormida y sueño con chicos de pelo azabache y ojos azules.

26
SAMANTHA

Me despierto y me quedo sentada rígidamente en la cama. Kirsty no está en la habitación. No me extrañaría que se hubiera levantado antes que yo, pero, después de frotarme los ojos, constato que el cuarto está tal y como lo dejé cuando me dormí. Se me revuelven las tripas y me viene a la cabeza la imagen de Emilia secuestrándola. Sería una buena forma de eliminarme de la Expedición.

Vuelvo a ponerme los mismos pantalones de camuflaje y la misma camiseta de ayer. No tengo tiempo de preocuparme por mi aspecto.

Mientras me ato las botas, pienso que ojalá estuviera en el laboratorio. El cansancio amenaza con deteriorar mis facultades mentales, pero no voy a permitir que eso ocurra. De todos modos, la Expedición me está confirmando lo que ya sabía: que soy una rata de laboratorio, una mezcladora de pociones, una investigadora y no una buscadora. La vida de Kirsty —sin ataduras, rebosante de aventuras, plagada de peligros constantes— no es para mí. Me gustaba la idea de la aventura, pero no para todos los días. No a este ritmo. Necesito tiempo para pensar y, con tanto ajetreo, creo que corro el riesgo de pasar por alto algo fundamental.

El teléfono vibra y me da un vuelco el corazón, pero esta vez no es Zain, sino Kirsty. Rezo para que esté bien.

¿Nos vemos abajo para desayunar? Trae el equipaje.

Miro las dos mochilas enormes y emito un gemido.

Kirsty está en una de las mesas de la cafetería del hotel, frente al propietario y al periodista, que se parten de risa con sus chistes. Es asombrosa su capacidad para encandilar a todo el mundo.

—¡Ya estás aquí! Sam, este es Daniel, el escritor que se ha interesado tanto por tu historia. Y este es Raj, nuestro anfitrión. Date prisa, en cuanto acabes de desayunar nos ponemos en marcha. Tenemos que conseguir la hiedra eluviana lo antes posible. Al menos, ahora estamos las dos solas.

Se me cambia la cara cuando recuerdo lo que les hice a Anita y Arjun, pero intento distraerme viendo lo que hay para desayunar. No hay mucho donde elegir, así que cojo un plátano para evitar riesgos. Es un consejo que aprendí de mi padre: en caso de duda, mejor una fruta que se pele. Raj me ofrece café, que acepto con gusto. Pero el café aquí es diferente: espeso, casi viscoso, y está condimentado con canela, comino y otras especias que no logro identificar. Es un poco fuerte para tomarlo nada más levantarte, aunque decido que me gusta.

Me encantaría tomar uno de los cafés con leche de vainilla y triple sirope de la cadena Coffee Magic. Aunque en Kingstown haya un Coffee Magic en cada esquina, es poco probable que encuentre uno aquí, en la selva de Bharata. Una vez me llevé uno de esos cafés al laboratorio para comprobar si llevaba algún tipo de sustancia mágica, pero no. A veces, las pociones más simples son las mejores: sólo deliciosos granos de café finamente molidos, filtrados con agua y mezclados con leche cremosa y varias cucharadas de azúcar. No hace falta gran cosa para espabilar a alguien, pero ¿y para enamorarte hasta las trancas?

Eso es un poco más complicado.

Kirsty me deja terminarme el café y luego dice:

—Vámonos. En vez de en la moto, iremos en la furgoneta de Dan.

—¿Viene con nosotras?

—Sí —corrobora él—. En mi furgoneta iréis más rápido.

—Raj puede vendernos gasolina.

Kirsty se levanta y coge las mochilas. Asumo que es una invitación para que la siga, de modo que voy detrás y me meto en la parte trasera del furgón. Ella se monta de un salto en el sitio del conductor, a pesar de que Dan se queda junto a la puerta y vacila un instante, pero luego le lanza a Kirsty las llaves por la ventanilla. Ella sonríe.

Bueno, algo de cerebro tendrá cuando deja que sea Kirsty la que mande...

La parte trasera de la furgoneta está llena de cuerdas embarradas y hay un montón de mosquetones. En algún momento vamos a tener que escalar. Genial.

—Creo que debería haberos seguido desde el principio. Casi no habéis parado —dice Dan, abriendo su cuaderno mientras Kirsty conduce.

—Demasiada actividad para mi gusto.

—Emilia Thoth ha estado esperando el momento oportuno para hundir a la familia real. Puede que crea que ese momento ha llegado.

Abro los ojos como platos.

—¿De verdad puede querer que su sobrina muera?

—Nadie sabe de lo que es capaz con tal de acceder a la corona —responde él—. Hasta ahora ha conseguido ir un paso por delante de la familia real. Al parecer, han enviado a los servicios secretos para que la busquen. Y no ha habido un solo cámara capaz de grabarla; está jugando al gato y el ratón con los medios de comunicación. Quiere que la teman, pero no que la insulten. Sabe cómo tener al público en ascuas.

—Bueno, cuando Sam salve a la princesa ya no tendrán de qué preocuparse —dice Kirsty—. En serio, no sé qué astros se alinearon, pero los genes Kemi se han concentrado en esta chica y son más fuertes que nunca. La familia real tiene suerte de tenerla en la Expedición, incluso en contra de su abuelo, que es el viejo más irritante y cabezota que te puedes echar a la cara.

—¡Oye!

—Estamos hablando de Ostanes Kemi, ¿verdad? —Dan chupa la punta del boli—. ¿El mismo Ostanes Kemi que, a los doce años, siendo un aprendiz, salvó a la reina madre de una muerte segura cuando contrajo tos ferina? ¿El mismo que a los catorce años desarrolló una vacuna que libró a Nova de una epidemia de viruela ebúlica?

Lo miro de reojo. Se me había olvidado que mi abuelo salvó en una ocasión la vida de la reina madre. No me extraña que ella se parara a saludarme en el palacio.

Kirsty enarca una ceja.

—Veo que has hecho los deberes.

—Ostanes Kemi es un genio. Bueno, supongo que eso fue antes de la última Expedición Salvaje —concluye.

—Y por eso nunca trabajaré para los sintéticos. Ganaré esta Expedición y devolveré el honor al apellido Kemi.

—Un objetivo loable —comenta.

Por alguna razón, sigo esperando a ver una pendiente vertical, una montaña o algún peñasco elevado para utilizar el equipo de escalada, pero dondequiera que miro hay árboles, árboles y más árboles. ¿He dicho árboles?

Ahora la furgoneta avanza a paso de tortuga.

—De acuerdo —dice finalmente Kirsty—. Todos fuera.

—Oye, no voy a dejar la furgoneta aquí —protesta Dan.

Ella le lanza una de sus miradas y él recoge velas. En serio, un día de estos tengo que empezar a seguir el ejemplo de Kirsty.

Caminamos despacio a través de la maleza, yo en medio, flanqueada por ambos.

—Permaneced alerta por si hay hiedana —susurra Kirsty.

—¿Cómo? —dice Dan.

—Tú vigila tus pensamientos. La hiedana se aferra a las emociones y supongo que no querrás que te atrape.

Estiro el cuello para contemplar la majestuosidad de la selva. No hay nadie, aparte de nosotros, y me siento como en un lugar sagrado: una catedral natural, una biblioteca viviente, un laboratorio orgánico.

Es precioso —incluso evocador—, pero me pone la carne de gallina; no por la fauna ni por la increíble flora, sino porque sigo a la espera de que vengan hacia mí unas lenguas de fuego serpenteantes, como un reguero de destrucción abrasadora entre los árboles. ¿Se quedaría satisfecha Emilia si nos aniquilara de una vez por todas?

Entonces recuerdo que somos una amenaza. Me lleno de una cálida sensación de orgullo y levanto aún más la barbilla. Ella cree que podemos ganar. Un inmenso amor por mi familia se arremolina en torno a mí. Puede que el gen mezclador de los Kemi se haya saltado a mi padre, pero él sigue siendo mi ídolo y echo de menos sus abrazos reconfortantes. Él me habría aconsejado sobre qué hacer con los Patel. Mi madre, el alma de la familia… Dejó a un lado su herencia dotada para estar con mi padre y, más allá de su humor cambiante, es el pegamento que nos mantiene unidos.

Luego está mi abuelo, la fuente de conocimiento de mi universo. Obstinado, anticuado, arisco y la persona que mejor me entiende del mundo, aunque no siempre lo entienda yo a él. Y, por último, mi hermana. La encantadora, dulce y dotada Molly. Albergo un sentimiento tan protector hacia ella…

Siento que voy a la deriva, flotando sin control con el amor por mi familia. Este sentimiento me envuelve como una manta y me asegura que nunca va a pasar nada malo. Nada puede ir mal. Es una sensación de ingravidez, como si volara sobre una nube que ellos sostienen. Es la mejor sensación del mundo.

Una voz lejana rompe mi feliz estupor, una voz masculina. No llego a identificarla del todo, pero siento que mi cuerpo retrocede ante ella. Me arropo aún más en la cápsula del amor de mi familia. Aquí se está a gusto. Se oye otra voz, femenina:

—Shh, no dejes que te oiga. Si la despiertas demasiado rápido, sentirá pánico.

Reconozco esa voz, pero sigo sin librarme de mis pensamientos protectores. Siento que me alejo de ellos y oigo que la voz femenina blasfema.

De pronto, recuerdo algo acerca de la hiedana. Instintivamente, me pongo a forcejear. Unos lazos me rodean con fuerza, apretando y envolviéndome cada vez más en mi cápsula. Pero esta no es una cápsula de amor, es una trampa. Se trata de la hiedra, que se está alimentando de mi amor y se lleva mis emociones. ¡Qué idiota soy!

Por suerte, la voz de Kirsty consigue llegar hasta mí:

—¡Quédate quieta, Sam! Ya casi te tengo.

Intento calmarme, pero no puedo evitar sentir miedo, ya que la hiedra me tiene agarrada por el cuello y me aprieta cada vez más. No puedo abrir los ojos. Es como si unas manos pequeñas me sujetaran los párpados y, por más que intento abrirlos, no veo nada. Procuro levantar los brazos para zafarme de lo que me está tapando los ojos, pero tampoco lo consigo. Los tengo pegados al costado y, si intento separar cualquiera de las extremidades, me oprime aún más. La hiedra me ha rodeado por completo.

Siento un tirón en el pie y, a continuación, un dolor agudo, como si algo áspero me hubiera rodeado el tobillo y tirara de mí hacia abajo. Al concentrarme en el dolor, todos los pensamientos sobre mi familia han desaparecido de mi cabeza.

La hiedana va soltándose. Abro los ojos de golpe.

Aunque ojalá no lo hubiera hecho.

Estoy en el aire. La hiedana ha tirado de mí hacia arriba, entre los árboles de la selva, y me encuentro a una altura tan grande que apenas distingo el suelo, sólo las ramas y las hojas y una enorme caída...

Ay, por todos los dragones. Me dan unas ganas locas de volver a cerrar los ojos, de regresar a ese lugar amoroso donde me sentía segura y protegida, y bastante menos asustada.

Oigo mi nombre.

Me vuelve a doler el tobillo. La hiedana se afloja.

Caigo. Grito.

Pienso en mi madre y la hiedana aprieta más fuerte. A salvo. Seguridad.

—Sam.

La voz regresa, ahora más insistente. Giro la cabeza hacia la fuente del sonido, aunque siento que la hiedana se desliza con sigilo por mi nuca y se prepara para cubrirme la cara de nuevo. Por fin veo a Kirsty. Está colgada de uno de los troncos adyacentes, con una cuerda que rodea el árbol en espiral. El equipo de escalada. De modo que era para esto.

—Sam —dice sin alterarse—. Si subes hasta las copas, no podré cogerte. Los árboles que hay por aquí no soportarían mi peso.

En cuanto pronuncia esa frase, mi cerebro —esta estupidísima máquina— se hunde en pensamientos de seguridad y amor, y la hiedana reacciona. Tira de mí hacia arriba, hacia las copas de los árboles.

En ese momento recuerdo algo sobre la hiedana. Algo increíble. Algo que podría hacer que este duro trance merezca la pena.

Me vuelvo para mirar a Kirsty por última vez y, en ese preciso instante, me lee la mente. Su rostro refleja un miedo repentino y abre la boca para gritarme.

Pero ahora estoy ascendiendo demasiado rápido para que ella pueda hacer nada. Sin embargo, se señala el tobillo con mucho énfasis. Me miro el mío, allí donde duele, y me doy cuenta: está atado con una cuerda.

Ya es demasiado tarde para prestarle atención, porque la hiedana ha perdido la paciencia conmigo y sus zarcillos ascienden a toda pastilla. Esta vez no me va a dejar escapar.

Cuando la hiedra se abre camino entre las copas de los árboles, la claridad del sol me deslumbra. Abajo, en el suelo de la selva, la luz era moteada, se filtraba a través de las hojas; pero arriba hay una luz pura y sin artificios. Sin embargo, no puedo permitir que esta luz me distraiga de mi propósito y parpadeo con todas mis fuerzas para evitar que me deslumbre.

Por extraño que parezca, da menos miedo estar aquí, sobre la fronda de los árboles, que estar justo debajo. Las copas parecen sólidas, como si formaran un suelo más elevado. Me imagino cayéndome aquí, sobre las hojas, y rebotando como en un colchón verde. Aunque en el fondo sé que eso no pasaría de verdad.

La hiedana es como una alfombra que se expande sobre la superficie de la fronda. Es un ser simbiótico que se extiende sobre las hojas de los árboles, esperando que el animal —o, en este caso, el humano— se aproxime. Durante un instante pienso en lo afortunadas que hemos sido al haberla encontrado en medio de hectáreas y hectáreas de selva. Sus hojas son unas delicadas estrellas de cinco puntas, de una complejidad absolutamente asombrosa. Unas nervaduras pequeñas y blancas se esparcen por el verde oscuro del haz. Succionan las emociones, y su favorita es la felicidad. Lo que estoy buscando ahora es la flor de la hiedana. No es parte de la poción, pero, aun así, podría cambiarlo todo. Es una flor grande y blanca, tan valiosa e infrecuente que sólo la he visto dibujada. En la tienda nunca hemos tenido ninguna.

Mi instinto de buscadora deja mucho que desear, pero una vez leí en un libro antiguo algo que me fascinó sobre la flor de la hiedana: ni siquiera los sintéticos han conseguido reproducir los efectos de su flor con fórmulas químicas. Se usa en muy pocas pociones, pero las que la contienen son carísimas. Si pudiera conseguirla..., bueno, me vendría bien que alguien me pagara una suma astronómica justo ahora.

Al mirar por encima del follaje, lo veo todo verde. Por un momento creo que he corrido este riesgo para nada, pero por fin diviso un pétalo blanco que se mece ligeramente con la brisa. Al mismo tiempo, un zarcillo de la hiedra me tira del labio inferior. Quiere devorarme.

Empiezo a nadar —no se me ocurre una palabra mejor— hacia la flor blanca. Tiro de la hiedra tanto como ella de mí. Se aferra a mí con fuerza, pero si estiro los brazos se mueve conmigo. Empiezan a levantarse más zarcillos, que me rodean la cabeza, se me meten por las orejas, por la boca, por la nariz; hay una que incluso intenta introducirse bajo un párpado. Pensaba que estaría más aterrorizada, pero tengo las ideas clarísimas: o agarro la flor de hiedana, o la hiedana me agarra a mí. Así de simple. Y en esta batalla por mi supervivencia voy a hacer todo lo que esté en mi mano para ganar.

Por fin llego hasta ella, con zarcillos por el pelo y el cuello. Pero la hiedana está confiada, porque lleva tanto tiempo sin que la molesten que se ha olvidado de proteger su tesoro más preciado: la flor. Unos tallos verdes y delgados se mueven alrededor de mi cuerpo y me sujetan los brazos. Cuando ya estoy lo bastante cerca de la flor, sólo me queda un modo de agarrarla. Me abalanzo sobre ella, dejando caer el peso de mi cuerpo, y muerdo los preciados pétalos hasta el tallo para atraparla entre los dientes y arrancarla.

Creo que oigo gritar a la hiedana, pero resulta que no es un grito, es el chirrido producido por los zarcillos que se desenroscan de mi cuerpo. Las hojas expulsan una sustancia resbaladiza, un aceite, que hace que los zarcillos se escurran tanto como para no poder agarrarse, como para no poder agarrarme. Me odia, quiere dejarme. Está herida y es por mi culpa.

Ahora estoy cayendo. El esfuerzo para conservar la flor de hiedana en la boca me sirve para mantener la calma, algo ridículo, dadas las circunstancias. ¿Por qué pensé que podía subir hasta allí asegurada sólo con una cuerda en el tobillo? Si la cuerda se engancha, con la velocidad que llevo, es probable que la pierna se me salga de la articulación, aunque luego me salve. Eso sí que va a tener gracia.

El follaje pasa a toda prisa junto a mí en sentido inverso al de hace un rato, como si estuviera rebobinando mi vida. Hojas, ramas finas y otras más gruesas me golpean la nuca y la espalda, pero sigo llevando la flor de hiedana entre los dientes mientras intento con todas mis fuerzas resistir el impulso de tragármela.

Quizá la muerte se parezca a esto: la vida pasando ante mí a la inversa.

Mis músculos se relajan. Me siento satisfecha con la decisión que he tomado.

Ya no quedan hojas por debajo, sólo un espacio abierto. He atravesado la espesura y, ahora que no hay resistencia, caigo más deprisa. Por fin siento miedo. El corazón me deja de latir, en sentido estricto.

Siento un instante de dolor. Choco contra una superficie ligeramente flexible y reboto. Hay gritos a mi alrededor, fuertes chillidos. Vuelvo a rebotar y empiezo a bajar rodando por lo que ahora sé que es una red. Veo a Kirsty que le hace gestos a Dan como una posesa e intenta levantar la red para sostenerme, pero es demasiado tarde. Estoy casi al borde del precipicio. Pero estiro la mano y hago ademán de agarrarme hasta que consigo aferrarme a uno de los agujeros de la red. El cuerpo me sale despedido hacia un lado y la muñeca me arde de dolor por el roce de la cuerda. Pero aguanta. Aquí estoy, colgando. Estoy viva, aunque sigo a una distancia aterradora del suelo.

La red vuelve a inclinarse cuando Kirsty empieza a trepar por ella. Me lanza una cuerda.

—Engánchate esto al cinturón.

Sigo sus instrucciones al pie de la letra. Una vez que me he enganchado bien el mosquetón, asiente con gesto serio y tira para hacerme ascender un poco por la red, donde estoy relativamente segura. Por otra parte veo a Dan, que está blanco por el mal rato y con la frente empapada. Kirsty lo mira y compone una expresión de fastidio.

—Al muy inútil le dije que dejara la red holgada, no que la tensara. Idiota… —Entonces me da un fuerte abrazo—. Estás loca, ¿lo sabías?

No contesto. Me da unas palmaditas en la espalda y señala a través de la red hacia el tronco. Desde allí podemos descender haciendo rápel por el árbol y regresar a tierra firme.

Al llegar, por poco me pongo de rodillas y beso el suelo. Nunca había estado tan contenta de verlo.

—Bueno —dice Kirsty—, no sé tú, pero yo al menos he conseguido recoger un poco de hiedana mientras te succionaban por el aire. —Me muestra tres briznas de la planta funesta—. No es mucho, pero será suficiente para la poción. No me lo puedo creer… Todo este trabajo para volver sólo con esto.

Le agarro la mano con la palma hacia arriba y luego abro la boca para dejar caer la flor de hiedana que brilla con mi saliva.

Tanto Dan como Kirsty se quedan mirándola fijamente, también boquiabiertos.

Entonces Kirsty me da otro abrazo enorme.

—Sam, eres un genio.

Por fin me permito sonreír, antes de que mi cuerpo se rinda y me desplome en el suelo de la selva.

27
SAMANTHA

Kirsty y Dan se van turnando para conducir la furgoneta, y ya está entrando la noche cuando nos registramos en el hotel más caro que Kirsty ha encontrado en Loga, con vistas a la Plaza Roja. Es tan lujoso que incluso tiene su propio ascensor de transportación desde el vestíbulo hasta las suites del ático. Pero lo mejor de todo es que tienen entrada independiente, de manera que podremos eludir a los *paparazzi*... y así evitar que Emilia se entere de nuestra ubicación.

Miro hacia arriba y veo la compleja filigrana dorada que cubre el techo y que se refleja en el frío suelo de mármol blanco. En cierto modo, me recuerda a la hiedana. Desde aquí la observo con admiración, aunque si estuviera un poco más cerca sentiría miedo.

Kirsty está cerrando la operación de venta de la flor de hiedana a través de uno de sus agentes de productos insólitos, ya que ella no tiene contactos para encontrar compradores de un ingrediente como este. Con el dinero cubriremos la siguiente etapa del viaje, pagaremos esta habitación de hotel —un gasto elevado que Kirsty insiste en que hay que hacer— y, aun así, nos quedará algún remanente.

Dan redacta mi experiencia en la selva y la cuelga en el blog del *El Heraldo de Nova* con el título «La Expedición se caldea para Sam Kemi». Kirsty comprueba que no aparezca ninguna referencia a los ingredientes que tenemos ni a nuestra ubicación, por si lo leen otros participantes.

Debido a la diferencia horaria, el artículo llega a Nova con las noticias de la mañana. Es como si Internet fuera a explotar ante nuestros ojos. En menos que canta un gallo, el blog ha recibido miles de visitas y la noticia se ha compartido en Connect, en DotaChat y en todas las demás redes sociales del planeta. La bandeja de entrada de mi correo está desbordada de mensajes.

Casi al instante, aparecen más artículos en la red respondiendo al de Dan. En algunos, me llaman heroína por haber arriesgado la vida para salvar a la princesa; en otros, afirman que sólo lo hice para obtener publicidad gratuita para la tienda, pero que, frente a alguien tan superior como la corporación ZA, no tengo ninguna posibilidad. Es obvio que la Expedición genera muchas más noticas de las que creíamos. Estoy un rato navegando por la pantalla del móvil para leer todos los mensajes; unos me animan y otros me repugnan, en la misma proporción. Al final, Kirsty acaba confiscándome el teléfono y el portátil para asegurarse de que esta noche voy a descansar.

A la mañana siguiente —con las pilas cargadas tras haber dormido en una de las camas más cómodas que he probado jamás—, evito conectarme a Internet, salvo para enviar un correo a mi padre diciéndole que le pagamos un billete para que venga. Va a traerme varios utensilios básicos e ingredientes para empezar a elaborar la poción. Y, después de todo lo que he pasado, un abrazo suyo no me va a venir nada mal.

Para llegar a tiempo va a tener que transportarse. Al principio se resiste a la idea, ya que nunca se ha transportado y es probable que esta sea la distancia máxima que pueda alcanzar. Propone tomar un vuelo, pero no tenemos tiempo para que venga en avión.

Al final lo convenzo. Podemos pagar a los mejores porteadores dotados de Loga para que lo traigan y costear todos los dispositivos de seguridad necesarios, de manera que no haya ninguna posibilidad de caída. Miro la pantalla mientras él se acerca al convocador. Me resulta increíble ver cómo se transporta y me siento muy orgullosa de él. Apenas se inmuta durante el trayecto, y eso que el mundo tiene que estarle pasando a una velocidad increíble.

En sólo quince minutos lo tenemos en el vestíbulo del hotel. Cuando aterriza, salgo corriendo para darle un abrazo. Él también me abraza con fuerza.

Decidimos subir por las escaleras; mi padre no tiene ganas de volverse a transportar después del viaje, aunque sólo sea para subir unos cuantos pisos. Cuando llegamos a la puerta de la habitación, me relajo por fin.

La puerta se abre y entramos en nuestra suite. Vislumbro la coleta de Kirsty por encima del brazo del sofá. Sigue dormida como un tronco. Sonrío. Creo que lleva siglos sin descansar, sobre todo desde que escapé por los pelos de la hiedana, así que me alegro de que ahora pueda hacerlo. Además, va a necesitar toda la energía posible para nuestro siguiente destino.

Y, por otra parte, así tengo la posibilidad de tener a mi padre sólo para mí durante un ratito.

Me llevo el dedo a los labios y la señalo. Él asiente, recoge de nuevo su mochila y nos metemos en el despacho —sí, esta suite es tan grande que tiene incluso un despacho—, que previamente hemos revisado de arriba abajo para comprobar que no contuviera micrófonos ocultos. Dan nos ha vuelto paranoicas con ese asunto, pues, al consultar su correo, vio que otro equipo había sido eliminado debido a la intervención de Emilia. Así que no podemos correr ningún riesgo.

La hiedana está guardada en el despacho dentro de una cesta de mimbre, dado que la madera sirve para aislarla. Sólo con mirarla se me revuelven las tripas, como si pudiera reproducirse delante de mis narices y alcanzar el tamaño suficiente para volver a absorberme. Kirsty me asegura que es imposible que llegue hasta otra habitación y me atrape, y agradezco que no se ría de mí por pensar que un simple esqueje pueda transformarse en el monstruo que nos encontramos en la selva.

Mi padre deshace la mochila y va sacando con cuidado el material que ha traído. Hay un pequeño cuenco de cerámica, un hornillo portátil, un mortero con su pistilo y el bote de cristal con la persirela. Lo último es una vasija llena de un líquido color rosa palo: la poción base de agua de rosas patentada por los Kemi.

—Bueno, ¿qué va primero? —pregunta mi padre en cuanto lo ha sacado todo.

Se me escapa un leve suspiro. Ese es el quid de la cuestión. Se trata de alquimia para maestros de alto nivel, no para aprendices.

—Este tipo de hiedana fresca se seca si se deja al aire libre. —Pienso en el frasco de polvo de hiedana sintético que tengo. Otra razón por la que los sintéticos están comiéndonos el terreno: los polvos no son tan delicados—. Primero hay que mezclarla para formar una pasta.

Con lo que mejor combina la hiedana es con agua de rosas. Pero ¿cómo se traslada eso a una poción amorosa? ¿Cómo puedo extraer los elementos de seguridad, confianza y consuelo que contiene el amor, del que se alimenta la hiedana, para utilizarlos en esta poción? Estoy segura de que es un ingrediente clave, aunque hay algo que se me escapa. Abro mi diario por la página que dice «Poción amorosa».

—Para formar la pasta, voy a mezclar la hiedana con la base de agua de rosas y luego añadiré la perla —continúo—. Hay quien reservaría la perla para el final, pero, si lo hacemos de este modo, la hiedana absorberá parte de la belleza de la perla de Aphroditas. Así, ambos ingredientes se potenciarán mutuamente.

—Confía en tu intuición, cielo.

Esbozo una sonrisilla, pero me vuelvo a poner seria de nuevo. Quito la tapa del frasco que contiene la persirela y vierto una pizca del fino polvo en el fondo del mortero. Luego observo la cesta de mimbre y trago saliva.

—Papá, ¿podrías cortar tú la hiedana? Tiene que estar en tiras de unos dos centímetros de longitud para que suelte el aceite. Es que no quiero tocarla.

Él desconoce los detalles de lo sucedido en la selva, pero, aunque sólo fuera a través del videochat, ambos vieron los arañazos que me hicieron los zarcillos en la cara, el cuello y los brazos. Y el hecho de que consiguiera una flor de hiedana sólo puede significar que puse mi vida en peligro. Mi padre sabe que es mejor no preguntármelo ahora, aunque estoy segura de que, cuando termine la Expedición, recibiré un buen sermón sobre prevención de riesgos laborales.

Mientras mezclo en el mortero la perla con unas gotitas de agua de rosas, él corta la hiedana y va añadiendo las tiras una a una. La hiedana coge poco a poco el color de la perla y se va suavizando hasta alcanzar un tono rosáceo. Yo no paro de triturar para que los ingredientes formen una pasta espesa.

Cuando la pasta está lista, vuelco la mezcla en un bote de cristal, le pongo la tapa y se lo paso a mi padre.

—¿Te preocupa no tener el jazmín? —me pregunta.

—Creo que el jazmín lo añadiré al final. Pero, al igual que nunca usaría una hiedana que no fuera fresca, necesitaré conocer exactamente la procedencia del jazmín y cómo ha sido su crecimiento antes de comprarlo.

Siento un vuelco en el estómago cuando pienso en todo lo que Emilia ha destruido: no sólo un lugar de gran significado religioso para los Patel y los demás habitantes del pueblo, sino también el ingrediente perfecto para usar en una poción amorosa. La leyenda de Daharama decía que el jazmín rosa tiene una gran propensión al amor. El jazmín que compremos nunca podrá sustituir ese potencial, y eso me fastidia más de lo que creo.

—Esa pasta se mantendrá en buenas condiciones varios días, pero hay que removerla de vez en cuando —advierto.

Él asiente, aunque veo que se le forma una arruga en el ceño.

—Tengo que esperar veinticuatro horas en el hotel antes de transportarme de nuevo. ¿No podéis quedaros aquí un poco más?

—Por desgracia, no. —Kirsty aparece en el despacho ya vestida.

Trago saliva, pero sé que es verdad. Mi padre sonríe a Kirsty, aunque noto que está molesto.

—Bueno, ¿entonces sabéis dónde os toca ir ahora?

Ambas asentimos.

—Al norte —digo—. El siguiente ingrediente es pelo. De abominable.

La mandíbula se le desencaja. Me da miedo verlo tan asustado por mí, ya que, en mi mundo, él suele ser un sólido apoyo.

—¿Vais a subir a las montañas? Eso es… ¡un disparate!

—Es una Expedición Salvaje, John. Fácil no iba a ser…

—¡Pero Sam no está preparada para eso! La gente entrena durante años para enfrentarse a esas montañas.

—Papá, ya está bien —respondo, a pesar de que no me creo que yo esté diciendo esto. Sé que mi padre podría hacer que regresara a casa en un pispás, que me olvidara de la Expedición y que volviera a comer lasaña casera y a elaborar remedios para los jubilados de Kingstown—. Es lo que he elegido. Voy a tener cuidado.

—¡Esto ya no consiste en tener cuidado, sino en estar preparada para peligros que ni siquiera imaginas!

—Sam, es mejor que nos vayamos —interviene Kirsty.

—Por lo menos, déjame un par de minutos más con mi hija antes de que os vayáis.

Ella levanta dos dedos (dos minutos) y se da media vuelta. Mi padre me mira y suspira.

—Mira, no voy a seguir sermoneándote con lo de las montañas. Pero a tu madre y a mí nos da mucha pena lo de los Patel. Preferiría que estuvieran cerca para vigilarte y que cuidarais unos de otros.

—Ya lo sé, papá, pero…

—Espera, no he terminado. Estamos orgullosos de ti, Sam. Muy orgullosos. Ya has avanzado mucho y toda la familia pensamos que puedes ganar. Incluso el abuelo. Pero no se trata sólo de nosotros; ahora el mundo entero está detrás de ti, Sam. Incluso la prensa, después de ver los retos que has superado hasta este momento. Eres la última en la lista de favoritos, y esta vez la última es quien va a ganar.

Así que vamos a asegurarnos de que conseguimos llegar hasta el final. Dales una buena patada en el culo a los sintéticos de nuestra parte, ¿de acuerdo?

Digo que sí, intentando no llorar. Me abraza fuerte y, antes de soltarme, me da un beso en la frente.

—Llevaré la pasta a la tienda y te esperaré. Todos te esperaremos. Cuídate, cielo.

28
SAMANTHA

Salimos del hotel atravesando las cocinas, que dan a un callejón trasero donde hay un camión de plataforma aparcado. Me achanto un poco cuando Kirsty me obliga a esconderme en un pequeño espacio que hay entre varias cajas grandes, en la plataforma del camión. Ella y Dan también se esconden; me reconforta saber que su viaje va a ser tan incómodo como el mío.

Kirsty ya me ha explicado el plan. Sólo hay unos cuantos puertos de montaña que podrían resultarme accesibles sin tener preparación previa. Pero eso no sólo lo sabe Kirsty, Emilia también lo sabe. Si el pelo de abominable es el ingrediente correcto y ella se entera de que ese es nuestro próximo objetivo, tenemos que intentar dejar el menor rastro posible. Ella esperará que nos transportemos a las montañas o que vayamos en avión, por eso vamos a tomar el camino más largo. Cuando por fin puedo salir por la parte trasera del vehículo y estirar las piernas agarrotadas, ya estamos en la estación de autobuses.

Y me alegro mucho de que hayamos elegido el camino más largo. Al llegar a la bulliciosa ciudad de Pahara, al pie de las montañas, el viento sopla con tanta fuerza que han tenido que cerrar el aeropuerto y el portal principal de transportación. El aire zarandea el autobús, pero el conductor recorre con desparpajo la carretera, empinada y tortuosa. Tal vez con demasiado desparpajo. Me acurruco en mi chaqueta de plumón y me agarro al reposabrazos mientras rezo para que el autobús no derrape en la siguiente curva y nos despeñemos. Por muy insegura que me sienta, los asientos y el pasillo están tan abarrotados de gente y maletas —juro que he visto hasta un pollo— que no podría escapar aunque quisiera.

Me resultó muy extraño comprar ropa de abrigo en Loga, donde las temperaturas rondan entre el calor y el bochorno, pero ahora, cuando miro al exterior, veo que era indispensable. La nieve cubre la tierra y al otro lado de las ventanillas hay carámbanos. Los lugareños que vemos desde el autobús van envueltos en chaquetones con capucha forrados de pelo. Y eso que todavía no hemos llegado al inicio de nuestra travesía.

Kirsty ya ha llamado para contratar a nuestro sherpa particular, que nos guiará por la montaña. Sin embargo, no nos va a llevar directamente a ningún sitio donde pueda vivir un abominable. Kirsty y yo hemos acordado que no está dentro de nuestros planes conocer a un abominable en carne y hueso. Aunque son solitarios por naturaleza, también son criaturas aterradoras. Los avistamientos de abominables son escasos y suelen acabar de un modo trágico. En los últimos tiempos, como cada vez es más popular el ascenso a las montañas, ha habido un aluvión de ataques a dotados que quieren tachar «aventuras» de su lista de cosas pendientes.

No, lo único que necesitamos es un mechón de pelo, y para eso tenemos que encontrar una cueva o una roca donde un abominable se haya parado a rascarse. Estamos a principios de verano, por lo que los abominables deben de estar pelechando. Si no, tendremos un problema.

A pesar de las precauciones que hemos seguido para no dejar rastro, me pregunto si habrá algún otro equipo por aquí. Kirsty se cree que soy la única que intuye los ingredientes, pero no ha sido tan difícil dar con la combinación. Arjun y Anita saben lo del abominable... ¿Los veré también aquí? El corazón me duele por la culpa, aunque también siento una ligera chispa de esperanza. Esperanza de que me perdonen. Por otro lado, los Z tienen a todo su equipo de investigadores trabajando y es probable que alguno de ellos haya averiguado también lo del pelo de abominable.

Kirsty ya ha hecho esta ruta con anterioridad. La conocen por esto, es su distintivo. Así que, por una vez, estoy convencida de que vamos a conseguir el ingrediente sin muchas dificultades. El autobús hace su primera parada en un pueblo a mitad de altura. Por suerte, la mayoría de la gente se baja aquí. Justo después está el acceso oficial a las Tierras Salvajes y tenemos que mostrar nuestros salvoconductos.

Kirsty pone las piernas en el asiento que se ha quedado libre entre nosotras.

—Ya no queda mucho —dice. Me pasa una botella de agua y otra a Dan—. Bebed. Aquí arriba tenéis que estar hidratados. Os habéis sometido a un cambio de altitud progresivo; esa es otra de las razones por las que elegimos el autobús en lugar del avión. Quien vuela hasta aquí (o, peor aún, quien se transporta) sufre un terrible mal de altura, sobre todo si se pone enseguida a caminar. Por lo menos hemos tenido un ascenso lento. Lo ideal sería que pasáramos un par de noches en este pueblo, pero no podemos permitirnos ese lujo. —Una ráfaga de viento sacude los ejes (probablemente oxidados) del autobús y Kirsty sonríe—. Bueno, esperemos que con este mal tiempo algunos de nuestros contrincantes se hayan retirado. El próximo autobús no subirá hasta dentro de veinticuatro horas y, para entonces, con suerte, nosotros estaremos ya bajando de la montaña.

—¿Cuánto crees que te queda para terminar la poción? —De vez en cuando, Dan me hace preguntas—. ¿Qué es lo siguiente, después del abominable?

Yo también me he estado preguntando eso. Aprovecho cualquier momento libre para escribir en mi diario, elaborar conjeturas sobre los ingredientes y hacer caso a mi intuición. El acto de escribir, de poner el bolígrafo sobre el papel, me ayuda a resolver problemas que mi cerebro no puede solucionar por sí solo. Pero he vertido una fórmula tras otra sobre la página y ninguna parece correcta. No consigo saber qué es lo próximo.

—No estoy segura. Nos vamos acercando, pero aún no he dado con la tecla.

Kirsty me dice que no sea tan exigente conmigo misma.

—Vas a necesitar toda tu energía para la escalada —responde—. No la gastes pensando y descansa todo lo que puedas.

Pero, cuando el autobús se detiene en el albergue desde donde va a partir nuestra travesía, es evidente que nuestros esfuerzos por estar solos han sido en vano. Zol se halla fuera, con la cara roja, gritándole a un pobre sherpa.

La puerta del autobús se abre y sus gritos suben de volumen.

—¡Hemos pagado una pasta y subiremos a la montaña esta noche! ¿Ves estos salvoconductos? ¿Los ves? No es culpa nuestra que los puertos de transportación cerraran justo antes de que llegara nuestro guía.

Cojo mi mochila de la rejilla portaequipaje que hay encima de mí. Cuando vuelvo a mirar por la ventana, han cesado los gritos. Aun así, tengo el corazón en un puño. Si Zol está aquí, eso significa que Zain también. Entonces lo veo: está envuelto en una chaqueta roja ajustada y hace esfuerzos por calmar a su padre.

En ese momento levanta la vista y me pilla mirándolo. Al instante me pongo como un tomate y me doy la vuelta.

Bajo despacio del autobús detrás de Kirsty. Me golpea una ráfaga de viento frío, cosa que agradezco, porque me da una excusa para estar tan colorada. Al ver a Kirsty, el sherpa que está discutiendo con Zol sale corriendo hacia ella y le hace una reverencia. Ella le devuelve el gesto y luego se abrazan.

—¡Jedda!

—Kirsty, señorita, es un honor que estés aquí de nuevo.

Ella sonríe cordialmente.

—No, no, el honor es mío. —Enarca una ceja mirando a Zol. Es obvio que él no siente frío; de hecho, es como si le fuera a salir vapor por las orejas.

Jedda sacude la cabeza despacio.

—Quiere recorrer las montañas, pero, por mucho salvoconducto que tenga, no puedo permitírselo si no lleva un guía.

Tan osada como siempre, Kirsty se echa a reír mirando a Zol.

—¿En serio te has planteado subir ahí sin un sherpa? Eso es de locos.

Él se cruza de brazos.

—Nuestro guía no ha podido llegar por culpa de la tormenta. Pero mi hijo y yo somos lo bastante dotados para no necesitar ayuda en estas montañas.

—Ser dotado no sirve de mucho aquí arriba. La altitud hace barbaridades con la magia. Yo en tu lugar tendría cuidado. ¿Por qué no contratas a otro sherpa?

—Porque no hay otro, sabihonda. Ahora mismo sólo hay un sherpa en este lugar inhumano, no sé por qué.

Dan se coloca justo detrás de Kirsty y comienza a tomar notas en una libreta.

—¿Y este quién es? —espeta Zol.

—Dan. Es periodista en *El Heraldo de Nova.*

—¿Has traído aquí a un periodista? ¿Estás loca? En cuanto cuelgue cualquier cosa en la red, la demente de Emilia sabrá dónde estamos.

—Hemos pensado que sería mejor tener a alguien a nuestro lado que cuente nuestra versión de la historia. Y no te preocupes, que no es tan estúpido como para añadir su ubicación cuando envíe alguna noticia.

—¡Sigue siendo un riesgo ridículo! —farfulla Zol, pero Kirsty le ignora.

—Jedda, ¿qué sucede con los otros sherpas? —pregunta.

Él se encoge de hombros.

—Ahora son las fiestas estivales y casi todos se han ido a celebrarlas con sus familias. En este momento hay dos sherpas arriba, en el campamento base. Yo estoy aquí porque me contrató usted, señorita Kirsty. La estación de los abominables no empieza hasta dentro de dos semanas. En Hallah es muy peligrosa.

Hallah. La gran montaña, la primera de una cordillera inmensa que se despliega a lo largo de la frontera norte de Bharata. Un hogar potencial para los huidizos abominables. Levanto la vista por primera vez y la observo con admiración. La pequeña cabaña está al final de uno de los principales caminos ascendentes. La montaña parece muy lejana y resulta difícil creer que pronto estaré recorriéndola. Sólo de pensarlo se me corta la respiración.

—Le he dicho al maestro Zol que puede esperar dos días, hasta que lleguen mis otros sherpas, pero no quiere. Si me lo permiten, creo que lo mejor para todos sería que fueran juntos formando un solo grupo. Es lo más seguro.

—¡No! —grito sin pensar. Pero la protesta de Zol eclipsa la mía.

Kirsty, en cambio, está callada. Luego asiente.

—Vale, sí. Es más seguro así.

—¿Qué dices? —le suelto a Kirsty—. ¿No quieres que colaboremos con los Patel, pero sí que formemos un grupo con ZA?

—No sabes lo que es esa montaña, Sam; en cualquier momento puede jugarte una mala pasada. Es mucho más seguro ir en grupo. —Entonces se dirige a Zol y a Zain por encima de mi hombro—: Mirad, a nadie le gusta esta solución, pero iremos al campamento base juntos. Luego tomaremos caminos separados y ZA se llevará a uno de los sherpas de allí. ¿De acuerdo? —Le tiende la mano a Zol.

Él no se la da.

—De acuerdo —masculla—. Pero el periodista se queda aquí.

29
SAMANTHA

Saldremos con las primeras luces del amanecer, así que pasamos la noche en el albergue de montaña.

Desde la ventana del comedor, en el segundo piso, tenemos unas vistas impresionantes del Monte Hallah. La cumbre se eleva sobre la tierra de un modo espectacular, seguida de otras montañas que se prolongan más allá de mi visión, subiendo y bajando como si fueran olas congeladas en el tiempo. Un manto blanco cubre el tercio superior de la superficie visible de la montaña, lisa y tupida.

Como si me concedieran un deseo todavía no formulado, al otro lado de la ventana empieza a caer una suave nevada. La observo mientras se pone el sol, que baña la ladera de la montaña con un reflejo rosado. La escena inspira paz.

Un escalofrío me recorre y bajo la vista hacia mi taza de cacao caliente. Creo que mis huesos saben que las palabras «montaña» y «paz» no son compatibles.

Chocolate: tiene tantos usos que resulta estúpido enumerarlos todos, incluso en mi cabeza.

Ahora estoy sola. Zol no ha bajado a cenar, por suerte. Zain sí, pero no se ha acercado, ya que Kirsty y Dan estaban por aquí rondando. Le he oído hablar por teléfono con su equipo de técnicos de laboratorio de las oficinas centrales de ZA. Pienso en la llegada de mi padre a la habitación de hotel de Loga para llevarse a casa la pasta. Me pregunto cómo serían las cosas si tuviera los recursos suficientes para poder llevar un laboratorio completo siempre conmigo. O incluso si mi abuelo hubiera accedido a venir. Él es la única persona que conozco que debe de sentir la misma impaciencia que yo al pensar en la fórmula. Y sigo dándole vueltas a lo que dijo Dan, lleno de admiración; a veces se me olvida que mi abuelo elaboró algunos de sus preparados más importantes siendo más joven que yo.

Zain me ha echado varias ojeadas durante la cena, pero he conseguido apartar la vista. De todas formas, sigo sintiendo un revoloteo en la barriga y me ha costado mucho comer. ¡Estúpido y traidor estómago!

Me doy la vuelta al oír una tosecita incómoda; es él, que está en la puerta. Nunca lo había visto con una ropa tan informal: lleva una sudadera con capucha de color azul, descolorida y gastada por los puños, vaqueros rotos y un gorro de lana que le cubre todo el pelo, excepto varios mechones rebeldes.

Nunca lo había visto tan guapo. Yo también voy vestida de forma descuidada, pero a él le queda de maravilla, mientras que yo… yo simplemente parezco desaliñada.

—¿Hay alguna posibilidad de tomar algo caliente en este sitio?

Bajo despacio la taza y me trago de golpe el sorbo que tengo en la boca.

—Me he tomado el último cacao que quedaba, ya sólo hay café soluble. Y la leche también se ha acabado, así que tendrás que prepararlo con agua.

—Pues creo que ahora mismo me tomaría con más gusto un café soluble tibio que cualquier otro día un expreso bien caliente.

Me echo a reír.

—Sí, mucho mejor que un batido extragrande de café con vainilla.

—Totalmente. —Añade dos cucharadas colmadas de café en una taza y va hacia el termo del agua caliente.

—Yo le echaría azúcar —suelto de repente—. Así no sabría tanto a agua sucia.

—Qué lista. No sólo se te dan bien las pociones, ¿eh? ¿También tienes madera de camarera?

—Se me dan bien muchas cosas.

—Y que lo digas. —Sonríe—. Me alegro de que sigas en la Expedición. No sabía si te volvería a ver, con Emilia por ahí intentando detenernos a toda costa.

Ojalá no me hubiera terminado el cacao tan pronto. Ahora no tengo nada que hacer, aparte de sostener la taza y mirarle. Por suerte, él sigue hablando y no se fija en mis manos inquietas y torpes.

—Todos parecen olvidar que el centro de todo este asunto es una chica. Las cosas se están poniendo muy feas para Evelyn, ¿sabes? Han tenido que encerrarla…, pero eso podría ser aún peor. Ella es terriblemente fuerte.

—Estás muy preocupado por ella, ¿verdad?

—Me preocupa que ninguno de nosotros sea capaz de salvarla. Si no lo conseguimos… no sé qué será de ella. No sé qué será de Nova. Y en la Expedición Salvaje… creemos que estamos reuniendo los ingredientes adecuados, pero ¿quién sabe? Ella tardó años en elaborar su poción. ¿Y si nos olvidamos de algo? ¿Y si nadie lo hace bien?

—Supongo que por eso se convocó la Expedición Salvaje, para reunir a los mejores.

—Pero estamos poniendo en peligro su vida. —Hace una pausa—. Y también han llamado a Emilia, que sólo piensa en el poder y no quiere que Evelyn se cure. —Da un puñetazo en la mesa—. Lo peor de todo es que no me puedo creer que Evelyn me ocultara durante tanto tiempo lo de la poción. Si necesitaba tan desesperadamente que la ayudaran, yo habría hecho algo. Quiero decir, éramos amigos. Muy buenos amigos, o eso creía.

Parece necesitar desahogarse, así que le dejo terminar. Tras unos segundos de silencio, le digo:

—¿Zain?

—Sí.

—¿Crees que estaba dirigida a ti?

—¿El qué?

No respondo, me limito a dar golpecitos en el borde de mi taza vacía.

—¿La poción amorosa? —Suspira—. Sí, eso parece.

—Entonces, ella nos ha puesto en peligro a todos primero. Por ti.

Nos quedamos callados. Permanecer más tiempo aquí me parece más peligroso que escalar la montaña.

—Será mejor que me vaya a dormir —digo—. ¿Te veo mañana?

Asiente.

—Buenas noches.

—Buenas noches.

Bajo del alféizar de la ventana de un salto. Sólo me da tiempo a dar un par de pasos cuando vuelve a llamarme.

—¿Sam?

Me doy la vuelta, indecisa. Si lo miro, puede que no sea capaz de apartar la vista.

—Verás… —Vuelca la taza y se le derrama el café. Suelta un quejido de dolor, corro a buscar servilletas de papel y, antes de darme cuenta, estoy limpiándole el café caliente que le ha caído en la mano. Se echa a reír—. Bueno, no ha pasado nada… En fin, lo que quería decirte es que nunca llegaste a responderme cuando te pregunté si nos veríamos después de que esto acabe.

Sigo concentrada en limpiarle el café, pero apoya la mano encima de la mía. Permito que la deje allí un segundo y luego me aparto. Recuerdo quién es. Es Zain Aster.

—Hmmm, no sé…

—Vale, no me respondas ahora. ¿Me lo dirás cuando esto acabe?

Me muerdo el labio y asiento. Luego continúo hacia mi habitación.

Kirsty no está. Me tumbo en la cama y oigo cómo el corazón me late a mil por hora. Lo único que quiero es llamar a Anita y contarle lo disparatada que se ha vuelto mi vida. Me pregunto si estará en un albergue de montaña de algún otro lugar pensando en mí. Es probable que me odie.

Me abrazo con fuerza a una almohada. El análisis pormenorizado del comportamiento de Zain va a tener que esperar hasta que baje de la montaña. Entonces ya me plantearé lo injusto que es que el chico por el que estoy colada, que acaba de invitarme a salir y a cuya propuesta querría responder afirmativamente, sea mi mayor contrincante.

30
SAMANTHA

Creía que estaba bastante en forma, pero escalar esta montaña —aunque sólo sea hasta el campamento base— me está matando. Hemos salido tan temprano que hemos visto amanecer por la cordillera, algo que, literalmente, quita el aliento. Ahora el cielo es tan claro y tiene un azul tan vivo que, en comparación, cualquier otro cielo que haya visto antes es gris y contaminado en mi memoria. Enfrente, la nieve cubre el suelo con un brillo intenso hasta donde alcanza la vista. De vez en cuando, sobresale un arbusto a través del suelo helado y hay flores blancas, como hermosos copos de nieve, que crecen en ramilletes. Recojo un puñado de ellas y me las guardo en la mochila.

Pétalos de dulce de montaña: para la esquizofrenia y los delirios. También es un potente remedio contra el insomnio.

Son preciosas y nos vendrán estupendamente para nuestro almacén. Después de todo, puede que tenga instinto de buscadora.

—Vamos, ánimo.

Kirsty está unos cuantos pasos más adelante con los pulgares enganchados en las correas de su mochila. Pongo los ojos en blanco y no me molesto en rechistarle porque lleva de muy mal humor desde que tuvimos que dejar a Dan en el hotel. Así que me concentro: yo puedo con esto.

Me entra una gran alegría cuando distingo las primeras banderolas ondeando en la cima de la colina. Le doy otro bocado a una barrita energética para poder continuar y parece sentarme bien, porque de repente ya he alcanzado al resto del grupo. Todos están mirando fijamente la cabaña que indica que hemos llegado al campamento base. En el tejado se alza una sucesión de banderas que representan las nacionalidades de quienes han escalado la montaña.

—¿Algún problema? —le pregunta Kirsty a Jedda.

Él mide alrededor de un metro sesenta y cinco —unos quince centímetros menos que yo—, pero con su enorme mochila parece un gigante. Lleva los enseres de ZA: tiendas, sacos de dormir, comida, equipo de pociones…, todo. Kirsty y yo nos hemos repartido nuestro equipaje entre las dos.

Jedda se está mordiendo el labio inferior con aire preocupado.

—Debería salir humo de la cabaña, pero no hay nada.

—Oh, no me digas que nos has mentido —dice Zol, dejando caer los brazos con exasperación—. Ahí no hay nadie, ¿verdad?

—Muestra un poco de respeto —le reprocha Kirsty, lanzándole una mirada molesta mientras Jedda baja por el camino que lleva a la cabaña.

Lo seguimos de cerca; me preocupa tanta prisa. Aquí arriba hay una electricidad rara en el ambiente… Me pregunto si será porque estamos inmersos en las Tierras Salvajes. El aire es tan fresco que casi se me clava en la piel, pero, por debajo de eso, otra sensación indica que algo va mal, puede que motivada por el nerviosismo de Jedda.

Va caminando hacia la cabaña intentando aparentar que está relajado, pero veo que agarra la mochila con fuerza.

Kirsty lo adelanta y llega antes que él a la cabaña. Va a llamar a la puerta y, como en una película de miedo, se abre en cuanto la roza. Eso no indica nada bueno. Aquí arriba, con este frío, con este mal tiempo... No me imagino que nadie se deje la puerta abierta por descuido.

Kirsty entra, seguida de Jedda y de los demás. La cabaña está completamente abandonada. Hay papeles esparcidos por todas partes y las puertas de los armarios se encuentran abiertas —una de ellas incluso está hecha trizas en el suelo—. Los armarios están totalmente vacíos. No creo que este sea el aspecto que debería tener un campamento base.

No es muy grande, sólo tiene una habitación y un baño. Dentro no hay ni un alma: los sherpas no están y tampoco hay rastro de otros equipos de la Expedición. Bueno, más allá del hecho de que la han saqueado.

Miro a Kirsty. Ella está pensando lo mismo que yo: Emilia.

Jedda busca en su mochila y saca una radio, a través de la que intenta comunicarse con el pueblo, pero sólo hay interferencias. Frunce el ceño.

—Aquí siempre suele haber señal, a pesar de la altura —dice. Yo me quedo pensando en la sensación de chisporroteo eléctrico que tuve fuera y me pregunto si tendrá que ver con las interferencias—. Deberíamos regresar.

—¡No! —gritamos al unísono, mirándonos con nerviosismo.

Entonces pronuncio las palabras que ninguno nos hemos atrevido a decir hasta ahora:

—Ambos equipos estamos aquí para conseguir el pelo de abominable, ¿verdad? —Me quedo callada y Zain asiente—. Vale, pues vamos a buscarlo juntos y luego nos largamos de aquí.

Zol está tan furioso que parece a punto de estallar, pero su enfado y su poder no sirven de nada en la montaña. O quizá tenga la cara tan roja porque está aún menos en forma que yo. Se saca del abrigo un blíster y extrae una pastilla roja.

—¿Qué es eso? —pregunta Kirsty.

—Zolorantium. Viene bien para el mal de altura.

—Sí, claro —se burla ella.

—Ha recibido alabanzas de grandes buscadores, escaladores y esquiadores.

—Los cuales seguramente viajarán con su propio alijo de hojas de coca. —Kirsty me ofrece unas cuantas hojas, que yo acepto—. Lo mejor es masticarlas —dice mientras me quedo mirándolas dubitativa. Luego, en un gesto de generosidad, se las ofrece a Zol.

Como era previsible, él las mira con desprecio y saca otras dos pastillas rojas.

—Muy bien —concluye él—. En marcha, entonces. No tiene sentido que malgastemos aquí el tiempo cuando es obvio que alguien intenta impedir que encontremos el abominable.

Por una vez, estoy de acuerdo con Zol. No quiero permanecer en esta cabaña vacía, en esta terrorífica montaña, más tiempo del necesario.

—¿Y si es Emilia? —pregunto.

—En ese caso, me gustaría ver cómo viene a por mí —dice él, sacando pecho—. No debería haber regresado de su exilio.

—Eh, mira esto.

Zain está de rodillas sobre los escombros, sosteniendo un marco de fotos roto. Me hace un gesto con la mano y me da la foto. Paso los dedos con cuidado por encima de la imagen para no cortarme con el cristal. La fotografía muestra a una joven cuyo único toque de color son los labios carmesíes; el resto, por el contrario, está en blanco y negro. Lleva el pelo recogido con un moño y una chaqueta de estilo militar con cuello alto. Aunque la expresión de su rostro redondo es solemne, su mirada tiene un brillo pícaro que creo reconocer.

—Cleopatra Maria Kemi —dice Zain, mirando una plaquita dorada que también han arrancado de la pared—. Parece que estuvo aquí hace más de un siglo; fue la primera mujer en coronar la montaña. ¿Es pariente tuya?

—Mi bisabuela —murmuro muy bajito.

—¿En serio? —Enarca una ceja—. Genial.

Trago saliva y asiento con la cabeza. Mi corazón se llena de orgullo. Siempre lo supe: es el legado de los Kemi. La bisabuela Cleo fue una pionera, y tal vez yo también lo sea. Me gustaría llevarme la foto, pero pertenece a este lugar. Vuelvo a colgarla en la pared y rectifico su posición hasta que queda totalmente derecha.

Nos reunimos fuera, donde se ha levantado un viento considerable. Jedda señala un desfiladero que sube hacia la montaña.

—La última vez que vieron a un abominable fue en esa zona. ¿Queréis empezar por allí?

Kirsty y Zol asienten. Después de revisar por encima las provisiones, comenzamos el ascenso. Ahora agradezco llevar las botas de montaña, ya que la subida aquí es mucho más empinada que antes y necesito una buena sujeción en las pendientes heladas.

Diseminadas por la montaña, se atisban las entradas anchas y negras de las cuevas que dan cobijo a los abominables. El entramado de grutas es tan grande que ahora mismo podría estar observándonos un abominable y no nos enteraríamos.

De vez en cuando, Kirsty se para y mira por los prismáticos. Observa las montañas de un lado a otro con amplios barridos y se detiene en las cuevas, aunque también en las extensiones de nieve aparentemente lisas. Lo que podría parecer una superficie plana debido al blanco puro e inmaculado, en realidad es una ladera escarpada.

Me desenrollo la bufanda del cuello. Pese a la baja temperatura, he entrado en calor por el ejercicio y por el sol. Kirsty me mira y me pasa los prismáticos.

—¿Qué estoy buscando? —pregunto.

—Huellas. Los abominables son muy difíciles de ver, pero puedes buscar huellas profundas en la nieve y, junto a ellas, rocas. La única forma de que encontremos pelo va a ser en las rocas desnudas, sin nieve. Quizá también haya en los árboles, pero estamos bastante por encima de la línea arbórea, así que los matorrales van a ser cada vez más escasos.

Muy despacio, voy trazando una panorámica de la ladera más próxima, pero no distingo nada. Le devuelvo los prismáticos.

—No te preocupes —dice—. Nuestra suerte tendría que cambiar de golpe para que lo encontráramos ahora mismo. Imagino que pasaremos al menos una noche en la montaña.

Zol alza la voz con desdén:

—No voy a pasar la noche en esta maldita montaña si puedo evitarlo.

—Entonces, supongo que tendrás algún dispositivo para rastrear abominables.

—Pues sí, lo tengo —dice—. Por eso vosotros, los buscadores corrientes, no sois más que una panda de *hippies* en paro. Los dotados contamos con medios para resolver esta cuestión: imágenes por satélite, detección de calor, consulta de avistamientos recientes... Podemos acceder a todos estos recursos a través de nuestros objetos. No tengo que molestarme en rastrear toda la cordillera con un par de prismáticos de ferretería.

Espero a que Kirsty explote de rabia, pero en cambio se echa a reír.

—¿No crees que existe una razón para que la mayoría de los buscadores sean corrientes y, en caso de ser dotados, para que no usen su magia? No pienses que puedes sustituir el instinto, forjado con la experiencia, por algo sintético, como has hecho con las pociones y sus ingredientes.

Zol no la está escuchando. Se ha quitado el anillo que llevaba colgado del cuello, que ahora brilla sobre su mano. Me hurgo en el bolsillo y saco el teléfono. Como era previsible, no hay cobertura. Miro su anillo. Si fuera capaz de acceder a imágenes por satélite y todo lo demás mediante la magia, sería de gran ayuda y aceleraría la búsqueda. Así que, diga lo que diga Kirsty, rezo para que funcione.

Y algo funciona. Después de unos cuantos susurros, aparece proyectado ante nosotros un mapa de la cordillera, iluminado por una inquietante luz verde brillante. Zain interviene:

—Mirad, estamos aquí. —Señala un punto azul parpadeante.

—¿Lo veis? Ahora voy a averiguar si hay algún animal grande alrededor que pueda ser un abominable... No es muy probable que se trate de otra cosa, ¿verdad? —Zol echa un vistazo a Jedda, que escruta el mapa con los ojos como platos mientras retrocede.

Me pregunto si habrá visto magia como esta alguna vez. Pero Kirsty también está retrocediendo e inclina la cabeza una y otra vez para indicarme que me mueva. Pongo cara de no entender.

De pronto suena un ¡zum!, como si una aspiradora succionara el aire, y una luz verde me ciega. Grito y me tiro al suelo. Cuando recupero la vista, veo a Zol, con la cara negra de hollín, tosiendo y tapándose los ojos. El mapa ha desaparecido y el anillo está echando humo. Al mirarme, constato que estoy cubierta de la misma cosa negra que Zol. Hollín mágico.

—¡Mi anillo! —Zol ha palidecido del miedo—. ¿Qué voy a hacer sin él? Debemos volver. TENEMOS que volver. —Se gira y echa a andar en sentido contrario.

Kirsty se ríe. El residuo negro ni la ha rozado.

—¿No puedes sobrevivir sin ese objeto ni siquiera un día?

—No, ni un instante. Yo… nunca he estado sin él. —Parece un bebé que hubiera perdido su mantita.

Había olvidado lo dependientes que son los dotados de sus objetos.

—Ahora no podemos dar marcha atrás. Ha sido la altitud —aclara Kirsty—. Interfiere con tu magia, especialmente en las Tierras Salvajes… Por eso la mayoría de los «buscadores *hippies*» somos corrientes. Ya te dije que tu magia era impredecible en estas regiones.

—Bueno, al menos podemos sacar algo bueno de todo esto —dice Zain, intentando calmar a su padre—. Sabemos dónde encontrar un abominable. Lo vi justo antes de que el mapa explotara. Está cerca, justo al otro lado de ese desfiladero.

31
SAMANTHA

Habría abrazado a Zain cuando anunció que había visto al abominable. Da igual que haya tenido que limpiarme la cara con nieve gélida y continuar caminando con toda la ropa cubierta de polvo negro. ¡Ha encontrado un abominable! Eso significa que podremos irnos pronto de aquí, lo cual sería estupendo, porque a medida que avanza el día parece hacer cada vez más frío.

Me enrollo la bufanda con más fuerza para retener el calor de mi respiración. El problema es que la zona por donde sale el aire —alrededor de la nariz y los pómulos— se congela rápido y se forman unos cristales que me arañan la piel. Todavía hay bastante luz, pero el viento contrarresta el poco calor que pudiera proporcionar el sol.

Tengo demasiado frío, incluso para pensar en Zain. Sin embargo, cuando suena su voz, levanto la cabeza y recibo a cambio otra ráfaga de aire helado. Pero sus palabras lo merecen:

—¡Huellas! —exclama—. Estamos muy cerca.

Kirsty acelera el paso para alcanzarle y yo llego un momento después. Ante nosotros hay una hilera de huellas profundas. Si cambiamos de rumbo, podemos ir tras los pasos de un abominable, literalmente.

Jedda realiza algunos cálculos y se pasa un rato examinando la nieve.

—Podemos continuar, pero con cautela. Estos senderos son más estrechos de lo que parecen y bajo la nieve se esconden desniveles pronunciados.

Motivado de nuevo, el grupo sigue sus pasos.

Sobre nuestras cabezas se extiende, en paralelo, una serie de cuevas. Aunque están bastante altas, me intimidan. Parecen docenas de ojos negros salpicados por la montaña.

Estoy distraída cuando, de repente, Jedda grita. Intenta retroceder, pero tiene la pierna pegada al suelo, atrapada en un cepo metálico con una pinta espantosa. Kirsty da un paso al frente, pero él levanta el brazo para que se detenga. Ella da un salto hacia atrás y en ese instante otro cepo salta en el suelo.

—¿Qué diablos…?

Entonces, una figura aparece desde detrás de la curva del sendero.

Casi se me sale el corazón por la boca. Es Emilia Thoth. A su lado hay alguien que doy por hecho que es el sherpa desaparecido, con la mirada temerosa. Y ella lleva una pistola.

—Sam y Kirsty —dice con voz firme mientras nos apunta con el arma—, creo que os ordené que dejarais la Expedición. Y Zol, me sorprende que hayas llegado tan lejos. Imagino que tus investigadores deben de estar haciendo un buen trabajo.

—Emilia, sé razonable… —responde él con voz temblorosa. Intenta agarrarse el anillo, pero se le paraliza la mano cuando recuerda lo sucedido con su objeto.

—Ya fui razonable cuando os sugerí que renunciaseis a buscar el remedio. Hay otros, como vuestros amigos los Patel, que aceptaron mi advertencia más gustosamente que vosotros.

Se me encoge el corazón.

—¿Qué les has hecho? —grito.

Emilia sigue hablando, ignorando mi arrebato:

—Pero me habéis desobedecido, así que ahora es mi oportunidad para dejar de ser razonable. ¿Y cómo vais a detenerme? La magia no funciona aquí arriba, aunque a mí eso me da igual porque he practicado las artes de los corrientes tanto como las de los dotados.

—¿Qué vas a hacer? ¿Dispararnos a todos aquí, en la montaña?

Me dan ganas de matar a Kirsty por su atrevimiento. Emilia parece enloquecida, sus ojos brillan con el sol. No es una mujer a quien se deba desafiar.

—Ya he eliminado a un equipo en la montaña de este modo. ¿Cómo creéis si no que habría encontrado a este sherpa tan amable que me ha mostrado el camino para llenarlo de trampas? —Su voz es un témpano más frío que la montaña—. Nadie va a salvar a la princesa, excepto yo. Nova ha olvidado cuál es el verdadero poder y ahora toca recordárselo.

—Emilia..., señora Thoth... —El tono de Zol es afectado, suplicante.

—En realidad es «futura reina Emilia».

—Reina Emilia..., por favor, perdónanos a mi hijo y a mí. Podemos serte útil. ¡Mi hijo es un gran dotado! Y cuento con el poder de ZoroAster para apoyar tu reino.

Emilia enarca una ceja.

—Sería una lástima matar a un chico tan dotado, aunque apeste a magia nueva. Tienes razón, podéis ser útiles. Pero tú... —Vuelve su mirada fulminante hacia mí—. No eres más que escoria corriente que interfiere en mi camino. Puede que antes respetara vuestra profesión, ¡incluso que la estudiara!, pero habéis dejado que se pudran vuestras capacidades y habéis durado más que vuestra utilidad. Así que adiós, Kemi.

Pienso en Arjun y Anita. Pienso en la princesa Evelyn. Pienso en mi familia. Pienso en mi bisabuela, la primera mujer que coronó esta montaña. Ella no habría tirado la toalla. Ella no habría dado marcha atrás.

—No. —Ahora sí que estoy aturdida porque he conseguido sacar coraje de donde no lo hay. Puede que el aire de la montaña me esté volviendo majareta, pero doy un paso hacia Emilia sin pensar en la pistola ni en las trampas.

—¡No me pongas a prueba, Kemi!

—¡Sam, no! —grita Kirsty.

Estoy aterrada, pero sigo adelante acelerando el paso cada vez más. Se me nubla la visión y no veo a Emilia con claridad, aunque puedo percibirla. Distingo su brazo extendido, su pistola apuntándome al pecho.

—Estás acabada —dice. Aprieta el gatillo.

Durante un instante, no noto que la nieve se está moviendo bajo mis pies. Mis botas pierden agarre, se me tuerce el tobillo. Por debajo del sendero no hay tierra firme, sólo aire... Aire y una caída abrupta.

Todo sucede muy deprisa. El desprendimiento del suelo obliga a Emilia a retroceder varios pasos. Kirsty se abalanza sobre ella y la derriba. Mientras tanto, yo sigo cayendo.

La pistola se dispara. La descarga resuena por la ladera de la montaña. Parece que la oigo otra vez: ¡pum!, ¡pum! ¿Es el eco? ¿O es Emilia disparando, uno a uno, al resto del grupo?

Zain grita mi nombre, o al menos eso creo. Está vivo, aunque su voz se debilita a medida que caigo por la nieve ladera abajo. Intento agarrarme a algo, a cualquier cosa, pero no lo consigo. Estoy indefensa ante la caída y llega un punto en que no diferencio lo que está arriba de lo que está abajo.

Una gran roca me frena y me golpeo la espalda contra la piedra dura. Siento una sacudida de dolor por la columna y emito un quejido. Con los dientes apretados, abro los ojos para ver a Kirsty luchando con Emilia; Kirsty va a ser derrotada. Y Zain viene hacia mí por la pendiente, deslizándose y gateando. Su padre le grita desde arriba.

Mucho más inquietante aún es el estruendo que parece venir del interior de la montaña. Pero me doy cuenta de que su procedencia es otra cuando percibo un movimiento sobre las cabezas del grupo, en la parte más alta. Resulta casi bonito, como si el cielo descendiera sobre nosotros ganando velocidad vertiginosamente.

Un alud.

Jedda se da cuenta de lo que sucede y comienza a gritar, con la pierna todavía enganchada en el cepo. Todos notan que la tierra está temblando. Sus caras son de pánico. Emilia desaparece por donde vino, arrastrando con ella al pobre sherpa. Kirsty ayuda a Jedda abriendo los dientes del cepo para poder soltarle la pierna. Luego intenta venir a socorrerme, pero Jedda tira de ella y la aparta a un lado.

Me quedo inmóvil delante de la ola de nieve.

Pero Zain no. Zain sigue avanzando hacia mí. Me agarra.

—¿Estás…?

Sus palabras se pierden en el estruendo. Me tira del brazo sin tener en cuenta el dolor que pueda sentir, preocupado únicamente por nuestra supervivencia. Para ser sincera, me parece bien. Nos ponemos a correr como podemos, intentando avanzar en sentido horizontal a la montaña.

La nieve se precipita sobre el lugar donde antes estaban los demás. Luego choca contra mi roca, la engulle. Corremos hasta que la nieve nos impide seguir adelante. Le aprieto la mano a Zain y la avalancha me alcanza. Inmediatamente me tapo la boca con la mano. Cómo sobrevivir a un alud, nivel básico.

Con el otro brazo me agarro a Zain hasta que la fuerza de la nieve nos separa. La mano con la que me estoy tapando la boca forma una pequeña burbuja de aire, de modo que, cuando dejo de moverme, consigo inspirar al menos una vez. Entonces empiezo a nadar bajo la nieve impulsándome con los brazos, tratando de salir como sea. Doy gracias por el cielo azul, porque si hubiera sido gris podría haberme sumergido más en vez de intentar alcanzar la superficie.

Zain y yo emergemos al mismo tiempo. Él tiene la cara hecha un desastre: se le han roto las gafas de sol y le han hecho una raja en la nariz que sangra a borbotones. Pero está bien, al menos de cuello para arriba, porque el resto del cuerpo lo tenemos totalmente enterrado.

Miro a mi alrededor en busca de los demás, pero la nieve nos ha alejado mucho de donde estábamos y no hay rastro de ellos por ningún sitio.

Puede que sólo quedemos vivos nosotros.

32
SAMANTHA

Voy a morir en una montaña; eso, ahora mismo, es un hecho. Siento un dolor punzante en la base de la columna vertebral y no sé si podré llegar mucho más lejos. Conseguimos abrirnos camino a través de la nieve para salir de la estela del alud y avanzar por un terreno más firme. No obstante, el alud también ha trastocado nuestro sentido de la orientación y no tenemos ni idea de por dónde hemos venido.

Emito un gemido que ha debido de sonar más primario, más agónico que el de antes, porque Zain se para y se da la vuelta con la preocupación pintada en el rostro.

—¿Estás bien?

—La espalda…

Se acerca, me agarra una de las correas de la mochila y hace un gesto para que continúe sin ella.

—Deja que la lleve yo un rato.

—Pero ya vas con tu mochila…

—Sólo un rato. Hasta que encontremos un sitio para pasar la noche.

Tiene razón. El cielo ya está engalanado con rayos morados y rojizos, señal de que va a oscurecer.

—¿Qué llevas dentro?

—La tienda, el saco de dormir, unos cuantos víveres... y mi equipo de pociones. Kirsty lleva la mayor parte de la comida y el material de supervivencia: cuerdas, mosquetones, el hornillo...

—¿Has sustituido la comida por el kit para elaborar pociones?

—¡No pensé que me separaría de Kirsty!

—Típico de los alquimistas —dice. Como hago una mueca, él suaviza el tono—. Bueno, llevas una tienda de campaña; eso ya es más de lo que llevo yo. —Frunce el ceño—. Ni siquiera tengo brújula, porque pensé que podría orientarme usando la varita.

Me encojo de hombros.

—Yo tampoco llevo brújula, es Kirsty quien la tiene. Pero no te preocupes demasiado, porque las montañas también pueden afectar al magnetismo. Así que no sólo es un problema para los dotados.

—Eso hace que me sienta una pizca menos idiota.

Seguimos caminando con mucho esfuerzo, con la esperanza de encontrar, antes de que anochezca, algún sitio para instalar la tienda donde no haya riesgo de salir volando por un precipicio o de que nos pille otro alud.

—¡Mira, por allí! —Zain señala hacia una cornisa plana que hay más arriba—. Ese parece un lugar bastante bueno.

Asiento. No quiero discutir, ni siquiera tengo ganas de participar en la toma de decisiones. Lo único que quiero es dejar de moverme, que vengan a rescatarme e irme a casa.

Zain va caminando por delante. Es obvio que vamos a tener que escalar una pared de roca, pequeña pero escarpada, para llegar hasta la cornisa. Con el dolor de espalda que tengo, no sé si lo conseguiré.

Sin embargo, a Zain se le ve muy seguro. Lo primero que hace es lanzar las mochilas. Supongo que ahora sí que estamos obligados a subir hasta allí o nos quedaremos sin nuestras cosas. Si me sintiera con fuerzas, le daría un bofetón.

Con sólo un par de movimientos consigue trepar hasta arriba. Me mira desde lo alto.

—Podemos pasar la noche aquí. Hay incluso…, bueno, ahora lo verás. ¿Puedes subir?

Lo miro y aprieto los dientes. Me agarro a la roca mientras noto que la espalda me va a reventar. Levanto una rodilla a la altura del pecho y coloco el pie en el saliente más plano que encuentro, intentando usar la fuerza de las piernas.

—Dame la mano —dice Zain.

Me tiemblan los brazos, los dedos se me ponen azules, me arden los muslos. Trago saliva y me concentro en su mano. ¿Acaso tengo elección?

Cojo impulso y hago un esfuerzo enorme para empujarme hacia arriba. Zain me agarra de la cintura y yo le aferro también a él. En ese momento se me resbalan los pies por la pendiente helada, pero él me tiene sujeta y tira de mí con todas sus fuerzas, arrastrándome por la cornisa, hasta que acabamos los dos tumbados en la nieve. Entonces me rodea con los brazos y percibo su alivio al ver que lo he conseguido. Ambos seguimos metidos en este lío.

—Menos mal que eres alta —murmura riéndose.

—Es fácil agarrarme —contesto. Luego levanto la vista. Detrás de nosotros se vislumbra la boca de una enorme cueva—. No iremos a dormir ahí, ¿verdad?

—Puede que sea lo más seguro.

Me da un escalofrío. Él me abraza más fuerte.

—Sí, lo sé. A mí también me pone los pelos de punta. Analicemos la situación: si entramos en la cueva, es posible que estemos más calentitos y más secos, pero nadie podrá localizarnos. Así que colocaremos la tienda lo más cerca posible de la entrada, pero no en el interior. ¿Te parece bien?

—Me parece bien.

Montamos la tienda; bueno, es él quien hace casi todo. Yo le ayudo a clavar las piquetas mientras pienso que ojalá tuviéramos una de esas tiendas caras que se abren tirando de una cuerda. Me gustaría poder hacer algo más, pero con la espalda así no voy a conseguir gran cosa, de modo que me siento junto a la cueva y respiro hasta que se me alivia el dolor mientras observo a Zain. Parece un oso dentro de ese abrigo enorme forrado en piel. Lleva las piernas enfundadas en unos pantalones para la nieve y todavía tiene manchas de sangre seca en la cara.

—Ven aquí —le digo.

Se acerca y le limpio la piel con el guante hasta que casi no le queda sangre. El corte necesitaría un apósito de algas o, al menos, una tirita, pero aquí no tenemos nada de eso.

—Gracias —musita con el rostro muy cerca del mío. Sigue siendo el chico más guapo que he visto en mi vida, a pesar de todo.

Vuelve para seguir colocando la tienda y a mí me suenan las tripas. Consigo ponerme de pie. No es justo que yo esté sentada mientras él se encarga de todo el trabajo.

—Voy a ver si encuentro algo para encender una hoguera... Luego tal vez podamos comer algo. —Señalo hacia la cueva.

Se aparta un mechón de pelo de la cara y lo remete por debajo del gorro.

—Vale, pero no te adentres mucho.

—No creo que pueda. Me quedaré por aquí cerca.

Empiezo a deambular por la cueva. Enseguida hace menos frío, pero me cuesta adaptar la vista a la penumbra tras la luminosidad de fuera.

Con sólo avanzar unos cuantos pasos, el techo se ensancha y se hace mucho más alto. Hay rocas y broza por el suelo y —mira por dónde— también unos cuantos matojos secos que pueden servir como leña, así que los recojo.

Desde el fondo de la cueva se oye un sonido grave, parecido a un bostezo, que hace que se me caigan los matojos que acabo de recoger. Miro fijamente hacia la oscuridad con el corazón desbocado. Un latido, dos latidos. Pero ahí no hay nada. No percibo movimiento alguno y el sonido de antes no se repite. Vuelvo a recoger los matojos del suelo y me apresuro hacia la entrada.

Zain ya ha terminado de montar la tienda.

—He encontrado unos matojos. —Le enseño mi mísero hallazgo—. Puede que no basten para hacer un fuego decente. También he oído algo… ahí dentro.

Él mira hacia la boca oscura de la cueva.

—Sería el viento. ¿Nos metemos en la tienda para calentarnos?

Entro en la tienda y me quito las botas bajo el pequeño toldo que hay en la parte delantera.

—Supongo que podríamos hacer pis en unas botellas y dormir con ellas para calentarnos —digo.

—Eso es asqueroso —replica Zain, arrugando la nariz.

—Y preferible a perder los dedos de los pies.

Ahora, sin las botas, siento los pies libres… casi más ligeros que el aire. Sigo gateando hasta el fondo de la tienda y me acurruco en el saco de dormir, tapándome hasta la barbilla. Zain viene detrás. Le brilla la piel bajo el plástico naranja chillón de la tienda. Se quita las botas y el abrigo. La camiseta interior ajustada le marca los músculos de los brazos y deja entrever el contorno de sus tatuajes por debajo.

Una vez dentro y con la tienda cerrada, su presencia resulta descomunal. Se estira con la cabeza cerca de la entrada y, aunque estoy al fondo hecha un ovillo, sus pies casi rozan los míos. Tiene que notar que encojo los dedos para alejarlos, pero él no se mueve. Es más, los acerca hasta que nuestros pies se tocan dentro de sus respectivos sacos. Intento no apartarme de nuevo y me relajo.

—Acogedor, ¿no? —comenta con una sonrisa.

—Nos… nos van a encontrar, ¿verdad? —Y de repente no puedo contenerme: las lágrimas empiezan a rodar por mis mejillas. No puedo evitar pensar que estamos aquí, perdidos en las montañas, en las Tierras Salvajes, sin ningún dispositivo para comunicarnos, ni mágico ni corriente. Las posibilidades de que nos encuentren son muy remotas, o al menos eso parece ahora, en mitad de la noche, dentro de esta tienda diminuta.

Zain viene de inmediato a mi lado, me rodea los hombros con los brazos y me aprieta fuerte contra su pecho. Me abraza mientras lloro.

—Por la mañana saldremos de aquí —dice—. En un par de días estarás en casa, sana y salva. Encontraremos el camino de vuelta.

—¿Juntos?

—Juntos. —Me busca la mano por debajo del saco y enlaza los dedos con los míos.

El viento se levanta fuera y zarandea la tienda. Una ráfaga arranca una piqueta y, cuando una de las cuerdas se suelta, restalla contra el plástico. El ruido que se produce es más alarmante que el hecho en sí, por lo que damos un respingo y nos echamos a reír. Luego me seco los ojos. Ya he llorado bastante en esta montaña.

Zain me pasa una barrita energética.

—No es un jugoso filete con puré de patatas, pero servirá.

—Ahora mismo daría cualquier cosa por el pastel de carne de mi madre.

—No pienses en eso —dice.

Desenvuelvo la barrita energética, que está medio congelada. Cuesta masticarla. Al menos, así tardaré más en comérmela.

—¿Crees que la princesa Evelyn sabía que esto iba a llegar tan lejos? —Me arrepiento de formular la pregunta casi al instante, cuando noto que desplaza su peso corporal para alejarse de mí.

—¿Que si sabía que su tía demente amenazaría a la gente con pistolas y que dos personas se quedarían atrapadas en la ladera de una montaña? —Sacude la cabeza—. No. Pero Evelyn no es que se caracterice precisamente por pensar en consecuencias a largo plazo… —Se detiene—. Aunque eso no es justo por mi parte. Creo que ella sólo estaba buscando a alguien en quien confiar para compartir su poder.

—Bueno, con cada ingrediente que surge me siento más impresionada de que consiguiera crear una poción amorosa.

—Es muy lista, Sam. Creo que te caería muy bien.

Chasqueo la lengua.

—Si se parece al resto de los dotados… —Hago una mueca—. Perdona, pero ya sabes a qué me refiero.

—Lo sé, y ella no es así. Probablemente se comportaría de forma extraña contigo, porque puede que nunca haya conocido a ningún corriente. Bueno, tal vez en alguna fiesta le haya dado la mano a alguno, pero jamás ha pasado mucho tiempo con ninguno. La tienen entre algodones. Imagínate que nunca te hubieras equivocado. ¿Cómo reaccionarías cuando las cosas empezaran a salirte mal?

Asiento, aunque en realidad no termino de comprenderlo.

—Más allá de la situación actual, pareces un buen amigo.

Él suelta una carcajada que no suena sincera.

—Ella intentó administrarme la poción, así que no estoy seguro de lo que somos. —Me mira—. Vas a curarla, ¿verdad? Vas a encontrar la poción... ZA podría localizar los ingredientes, pero hallar la fórmula correcta, conseguir la poción exacta... Tú tienes más posibilidades de lograrlo.

—Sí, claro... Con todos vuestros investigadores y vuestros laboratorios enormes y sofisticados...

—Se necesitan más cosas para ser un buen alquimista, y lo sabes. —Me mira fijamente a los ojos, pasando de una pupila a otra—. Nunca he conocido a nadie capaz de elaborar pociones como tú.

—Bueno, ¿y de qué me sirve, cuando hoy en día todo el mundo utiliza sintéticos?

—Vente a trabajar a ZA. Allí necesitamos gente así.

—¿Y traicionar el legado de los Kemi y defraudar a mi abuelo? Creo que no. Sé cuál es mi sitio: la tienda. Ya está. Puede que te cueste entenderlo...

—Sé más de lo que crees sobre decepcionar a la gente.

Pongo los ojos en blanco.

—Lo que tú digas.

—¿Acaso no ves que soy una enorme decepción para mi padre? Rechacé a la princesa. Rechacé la posibilidad de pertenecer a la realeza. Nunca le he contado que ella me lo pidió, pero él lo sospechaba. Y ahora lo sabe con total seguridad.

»Tengo que salvarla, porque soy yo quien puso su vida en peligro… Es más, ¡habré puesto en peligro a todo el país si el trono pasa a Emilia Thoth! —Suspira—. Tengo que hacerlo, aunque eso implique admitir que ZA no puede elaborar la poción y ayudarte a conseguirlo.

—¿Por qué crees que ZA no puede elaborarla? Tenéis a vuestra disposición dinero y poder mágico; tu padre es un gran mezclador; tú eres su aprendiz, el mejor de tu clase en todo, estudias en la mejor universidad…

Me observa y retira su mano de la mía. De inmediato, siento frío. Ojalá yo fuera tan valiente como para volver a agarrársela.

—Porque, por mucho que los investigadores nos ayuden a encontrar los ingredientes, quienes tenemos que hacer la poción somos mi padre y yo. Y ambos somos unos impostores.

Suelto un grito ahogado, pero el dique que contenía los pensamientos de Zain ha explotado. Ahora no puede parar de hablar:

—Mi padre no es un gran mezclador. Mi abuelo sí tenía cerebro y buenas ideas, pero era poco dotado para destacar y demasiado dotado para ser un buen alquimista. A él se le ocurrió fabricar de forma sintética los ingredientes, de modo que no importara ser dotado o corriente: cualquiera podía aprender a mezclar. Quiso establecer igualdad de condiciones.

—Pero eso no es igualdad de condiciones. Él destruyó por completo esa igualdad —lo interrumpo, incapaz de ocultar el resentimiento de mi voz.

—De eso se trata… Es que él no la destruyó. ¿No has oído nunca la historia de cómo se fundó la compañía?

—¿La de cómo tu abuelo, el gran Zoro Aster, jugó sucio para ganar la Expedición y usó el poder que se le concedió como premio para fundar la compañía? Sí, la he oído.

Zain tiene por lo menos el detalle de ruborizarse.

—Hace mucho tiempo que quería hablar contigo de esto y contarte la verdadera historia. Pero nunca me pareció oportuno, ni siquiera cuando estábamos juntos en el colegio. Siempre me evitabas cuando me acercaba.

—Sí, pero…

—Sí, lo pillo, yo soy el enemigo. Pero no tengo por qué serlo y no creo que lo sea, porque hace varios años, en su lecho de muerte, mi abuelo contó la verdadera historia. Él y tu bisabuela colaboraron en la última Expedición. Hubo un ingrediente que nadie encontró para salvar a la reina Valeri II: un ojo de centauro. Cuando parecía que no iban a poder elaborar el remedio de forma natural, Zoro le habló a Cleo sobre su idea de crear ingredientes sintéticos. Y ella fabricó una versión sintética del ojo.

—No. —Sacudo la cabeza; lo que me está diciendo no me cuadra.

—¿Cómo?

—Estás mintiendo. Mi abuelo me contó que Cleo creó la poción, pero Zoro se la robó y fingió que era suya. Le dijo a todo el mundo que había usado sus innovadores ingredientes sintéticos para elaborar la poción. Así es como ganó. Hizo trampas.

El rubor de Zain ahora da paso a un rojo vivo.

—Mi abuelo hizo mal muchas cosas, pero no fue un ladrón. Tu bisabuela no quería usar la versión sintética de la poción, así que

Zoro fue quien la presentó, y el Cuerno se puso dorado. Él usó el premio para fundar la corporación ZoroAster y se sintió amenazado por tu familia, así que excluyó a los Kemi. Eso estuvo mal. Pero te cuento esto porque sé que mi abuelo no creó esa primera poción él solo. Trabajaron juntos, y te lo puedo demostrar. Él dijo que el diario de tu bisabuela tenía un cierre con una piedra de ámbar incrustada. Era algo muy inusual y le llamó la atención. ¿Cómo iba yo a saber eso si mi abuelo no hubiera trabajado con tu bisabuela?

—¡Su diario se perdió! Podrías habértelo inventado.

—No me lo estoy inventando, Sam. Por favor, necesito que me creas. Es imposible que mi padre y yo elaboremos la poción adecuada. Pero puedo ayudarte para que tú lo consigas.

—¿Para robármela luego? Creo que tanto aire de montaña se te ha subido a la cabeza. Me largaría de aquí, pero no tengo adónde ir.

—No. Pero cuento con dinero, recursos…

—Pero tu padre…

—¡Al infierno mi padre! Esto es más importante que unas rivalidades ridículas. No tenemos que ser como nuestros padres ni como nuestros abuelos. Se trata de salvar la vida de Evie.

—Tengo que salir de aquí —digo. No sé qué estoy haciendo, pero antes de darme cuenta ya me he puesto las botas y la chaqueta sobre la ropa interior térmica y estoy abandonando la tienda. Me alejo unos cuantos pasos, a sabiendas de que estoy atrapada en la cornisa, pero necesito un respiro.

—¿Qué estás haciendo? ¿Estás loca? —grita Zain.

Inspiro varias bocanadas del aire congelado de la montaña. Levanto la vista y miro fijamente el cielo. Sólo ha pasado un momento cuando él aparece a mi lado.

—Estás tiritando —dice—. Vuelve dentro.

Pero no estoy tiritando, estoy estupefacta. Nunca había visto un cielo tan despejado como el que hay aquí fuera, tan cuajado de estrellas… No me imaginé que el universo estuviera tan abarrotado. Ni que fuera tan colorido. Los puntos de luz se mezclan con tonos rosados y verdosos. Me sobresalta una estrella fugaz que cruza el firmamento.

—Soñaba con ver un cielo así —digo. Recuerdo las pegatinas del techo de mi habitación—. Nunca pensé que lo conseguiría.

—Creo que conseguirás muchas cosas si te lo propones —contesta Zain.

Ahora tengo frío y le dejo que me guíe hasta la tienda. Al pensar en sus palabras, el corazón me grita: «Mentira, mentira, mentira». Mi cabeza se pregunta: «¿Y por qué iba a mentir? ¿Por qué odia mi abuelo a los sintéticos con tanta intensidad que roza la locura? ¿Por qué odia las Expediciones Salvajes?». Él siempre dice que el sitio de los alquimistas es el laboratorio, pero mi bisabuela coronó esta montaña. Miro a Zain e intento hablar, pero la voz me sale en forma de susurro:

—Todavía no sé por qué debería confiar en ti.

—Porque te estoy contando la verdad. Así es como soy en realidad. Te lo demostraré. —Saca su varita, la gira para apuntarse a sí mismo con ella y susurra un conjuro tan bajito que casi no lo oigo.

—¿Qué haces? —Estoy enfadada con él, tan enfadada que me iría de esta montaña echando chispas, pero no quiero que se haga daño por lanzar un conjuro, sobre todo después de lo que le ocurrió a su padre con el anillo. Pero lo que sucede a continuación me sorprende tanto que me olvido de mis preocupaciones.

Poco a poco, los hechizos que tiene en el cuerpo van deshaciéndose. Estaban aplicados tan hábilmente que siempre pensé que evitaba ese toque de vanidad..., exceptuando los tatuajes. El pelo negro azabache —su distintivo— se le va aclarando hasta volverse castaño claro, y la luz de la lámpara de aceite le confiere un reflejo casi dorado. Los tatuajes también se le difuminan y acaban desapareciendo, e incluso las cejas se le desplazan ligeramente, pierden su curvatura perfilada y se vuelven algo más rebeldes, menos cuidadas. Sonríe al ver mi mirada de perplejidad y constato que también sus dientes han perdido su forma perfecta; ahora los tiene ligeramente montados. Pero los ojos no le han cambiado. Son del mismo azul deslumbrante de siempre.

¿Qué puedo decir? Sigue siendo guapo.

Su sonrisa vacila un poco y me doy cuenta de lo nervioso que está.

—No quiero competir contigo, Sam.

No le dejo añadir más porque, antes de pensarlo, me inclino hacia él y le beso. Luego me aparto y él sonríe.

No puedo mirarle, pero el sonido del viento de fuera se amortigua con los latidos de mi corazón y los del suyo, que parecen exponencialmente más fuertes.

Con los dedos dibuja el contorno de mi cuello hasta que llega a la base de la oreja y los hunde en mi pelo. Me empuja hacia él y me da un beso más urgente que el anterior.

Pero entonces me roza la mejilla con la nariz y es como una descarga helada. La temperatura ha bajado considerablemente. Cuando nos separamos, veo el vaho de su aliento calentando el aire entre nosotros.

No puedo evitarlo: me echo reír.

—¿Qué es tan divertido?

—Oh, no lo sé… Mi primer beso con Zain Aster… —Él hace una mueca cuando yo finjo ir a desmayarme al decir su nombre—. Y estamos atrapados en medio de la montaña con la amenaza de muerte inminente pendiendo sobre nuestras cabezas. No es precisamente como lo había imaginado.

—Hmmm… Supongo que yo pensé que tendría que llevarte a cenar y al cine primero.

—Bueno, si alguna vez bajamos de aquí, me lo debes.

Él sonríe mostrando sus dientes ligeramente montados.

—Por supuesto.

33

SAMANTHA

Nos pasamos el resto de la noche tiritando, acurrucados el uno contra el otro, pero sólo para calentarnos. La supervivencia está por encima del romance. Sé que mañana va a ser un día largo, de caminatas por la nieve, y el cuerpo ya se está quejando. En cuanto empieza a amanecer, me siento ansiosa por que esto acabe. No puedo seguir más tiempo enjaulada en esta tienda.

Mi nerviosismo despierta a Zain, que me mira. Yo abro mucho los ojos. Sigue siendo raro verle sin sus hechizos y, además, con la luz naranja de la tienda su aspecto resulta todavía más extraño. Esboza una media sonrisa, agarra su gorro y se cubre el pelo con timidez.

—Muy bien —dice restregándose los ojos—. Vamos a recoger deprisa y luego haré un conjuro para buscar el camino de regreso. Creo que vale la pena arriesgarse a perder la varita a cambio.

Ya estoy embutiendo el saco en su bolsa y metiéndolo al fondo de la mochila. Consideramos la posibilidad de dejar aquí la tienda; la cuerda suelta ha rasgado el doble techo cuando el viento la azotó ferozmente. Pero ambos somos conscientes de que tal vez la necesitemos de nuevo para pasar otra noche en la montaña.

Me ato las botas y salgo de la tienda. El panorama me hace detenerme en seco. Todo a mi alrededor, hasta donde alcanza la vista, está impregnado por los destellos rosas, anaranjados y amarillos que lanza el sol sobre la nieve al asomarse por las imponentes cimas de la cordillera. Y a lo lejos atisbo la montaña más alta del mundo, el monte Oberón, que incluso aquí domina la línea del horizonte, aunque el horizonte sea una línea de gigantes. Es accidentada, escarpada, una belleza abrupta.

Zain está guardando la tienda detrás de mí.

—Sam, ¿inspeccionaste la cueva ayer?

—Bueno, no exactamente… —digo sin despegar la vista del paisaje. Quiero empaparme de él, como si fuera mi última oportunidad para verlo.

—Tal vez haya pelo de abominable ahí dentro.

Sin querer, me estremezco.

—Si quieres ir a comprobarlo, adelante.

Se acerca a mí y me pone las manos en los hombros. Me quedo mirándolo.

—No tardaré más de cinco minutos, ¿de acuerdo? Una inspección rápida, para evitar que esto sea un gasto inútil para los equipos de rescate, y emprendemos el camino a casa. Ni un desvío más, ¿trato hecho?

—Trato hecho.

Incluso ahora, al contemplar la entrada de la cueva, tengo que darme la vuelta. Me acuerdo del bramido que oí ayer y me preocupo. ¿Y si fue algo más que el viento?

Preparo las dos mochilas, de modo que, en cuanto Zain haya terminado, nos las pongamos e iniciemos la marcha. Me siento algo aturdida, mareada. Lo más seguro es que se trate de la reacción de mi cuerpo a la altitud. Abro la solapa que hay en la base de la mochila y saco del fondo la bolsa roja aplastada que contiene los ingredientes para las pociones. Necesito masticar un par de hojas de coca, tal y como Kirsty nos aconsejó.

Estoy a punto de volver a guardar la bolsa roja cuando me llama la atención un movimiento en el lateral de la cornisa. Es la nieve, que se está desprendiendo por el borde.

—¿Zain? —digo, volviendo la cabeza. Lo primero que pienso es que la cornisa se está desmoronando, pero algo me hace cambiar de opinión. Lo que sucede en realidad es aún más aterrador—. ¡¿Zain?! —lo llamo en voz más alta.

—¿Sam? ¿Qué pasa? —Oigo sus pasos, que se acercan retumbando en la cueva.

Pero va a ser demasiado tarde.

Porque ahora sí que veo lo que está pasando. Una mano enorme —de dedos negros y nudosos, acabados en uñas largas y afiladas— está encaramándose a la cornisa. Los dedos, al buscar donde agarrarse, se entierran en la nieve.

Zain frena en seco a mi lado.

—¿Qué pasa?

No respondo porque, tan pronto como termina de hablar, se da cuenta. Me pone un brazo delante y retrocedemos varios pasos. No sé cómo cree que va a protegerme con un brazo. Si lo que se acerca a nosotros es lo que me parece, ya estamos muertos.

Zain saca la varita de su funda, justo debajo del brazo. Espero que sea lo bastante listo como para recordar que tal vez sólo tenga una oportunidad para usarla. Si la desperdicia… ¿He dicho ya que estamos acabados?

Aparece ahora un brazo, tan largo como si tuviera doble articulación, doblado en ángulos poco naturales. La nieve se le adhiere al pelo, cubriéndolo como una chaqueta. Entonces emerge la cabeza. No, no es la cabeza; es una joroba, una gran extensión de los hombros que se eleva sobre su cuerpo. Sus ojos, cuando aparecen, son oscuros, pequeños y redondos como canicas. El abominable nos ve y, por un momento, da la impresión de que va a salir corriendo y a dejarnos en paz.

Zain cree que el bulto es la cabeza. Apunta con la varita al abominable y, antes de que yo pueda detenerle, ataca. La criatura suelta un grito de dolor, aunque no un grito normal: se trata de un chillido tan fuerte como el de una banshee, y tengo que taparme los oídos.

El abominable, normalmente solitario, es una criatura que huye del hombre si tiene oportunidad, pero Zain lo ha hecho enfadarse. Ahora Zain sale corriendo hacia el borde de la cornisa, pero, como ya nos temíamos, está demasiado alta para saltar sin rompernos las piernas, el cuello o ambas cosas.

El abominable ya está trepando a la cornisa. Su cara se halla completamente negra y tiene la joroba chamuscada donde Zain le ha dado. Es el doble de grande que Zain. Él intenta en vano volver a usar la varita, pero está echando humo y ardiendo por dentro. Con eso es imposible hacer magia de nuevo.

Le agarro de la mano.

—¡Vamos!

Sólo hay un sitio adonde ir: atrás, al interior de la cueva. Encontrar algún lugar donde escondernos, esperar a que se aburra, trazar algún tipo de plan.

Salimos corriendo hacia la cueva. El abominable se detiene junto a nuestras mochilas —quizá crea que también son una amenaza, allí colocadas como si fueran otros humanos— y las agarra con sus gigantescas manos para destrozarlas y despedazarlas con las uñas. Rasga la tienda de campaña y la convierte en tiras de plástico naranja que lanza al aire. Luego prueba con los dientes y es entonces cuando sé que nuestro pequeño respiro ha llegado a su fin, porque en esas mochilas no va a encontrar nada sabroso. Las aparta hacia un lado.

—Por aquí. —Zain me agarra del brazo. Ha elegido un camino por donde el túnel se tuerce formando un canal estrecho, pero el abominable nos ha visto. Se acerca trotando hacia nosotros y toda la cueva tiembla con su movimiento. Las estalactitas se agitan y, al caer sobre el monstruo, se rompen en su espalda. ¡Con razón el conjuro de Zain no surtió efecto! Su pellejo debe de ser extremadamente duro si unas estalactitas antiguas, que a nosotros nos habrían matado con facilidad, apenas le afectan.

En los segundos que tarda la criatura en llegar a la entrada del túnel estrecho, ya sabemos que no hay escapatoria. Nos pegamos a la pared de roca y me pongo de frente. Si este va a ser mi final, lo afrontaré con valentía.

Zain intenta trepar por la pared buscando algo, cualquier cosa que nos ayude a abrirnos paso entre las rocas o a contraatacar. Pero no hay nada.

Lo único bueno es que el abominable no puede alcanzarnos. Introduce el brazo por el túnel, y esas garras y esas uñas se acercan tanto que grito y grito y grito. Zain me agarra y me aplasta contra la roca mientras el abominable chilla de frustración. Al final retira las garras, tal vez a sabiendas de que no tenemos dónde ir, y se sienta justo delante del túnel. Cojo una piedra del suelo y trazo una línea en nuestra hornacina. Hasta aquí llega el abominable. No podemos traspasar esta línea. Zain me mira y asiente.

Entonces hunde la cabeza entre las manos.

—¿Qué… qué hacemos? —balbucea—. Cielos, jamás saldremos de esta. Vamos a morir aquí.

Tiene razón. Podríamos morir aquí. Da miedo verle derrumbarse de este modo. Yo haría lo mismo… si no tuviera un plan.

Con el pánico, lanza su varita humeante más allá de la línea. El abominable vuelve a meter el brazo en el túnel para intentar coger el maldito trozo de madera que antes le hirió. Pero necesito la varita. Doy un salto y la agarro yo también.

El abominable me araña la mano y grito de angustia. Zain tira de mí.

—¿Qué estás haciendo? —me grita.

Me llevo la mano al pecho. La sangre brota de las heridas y no puedo mirarla porque podría desmayarme. Zain coge su bufanda y me la enrolla con fuerza alrededor de la mano. Me tiemblan los músculos del brazo, así que lo aprieto fuerte contra el cuerpo.

—¿Para qué has hecho eso? —susurra.

—Tengo un plan, pero necesitamos tu varita.

—Vale, pero podrías haber dicho algo…

—¡No me ha dado tiempo! ¿Puedes calmarte? —Las lágrimas me ciegan. La mano me escuece a rabiar. Tengo suerte de que las garras de los abominables no sean venenosas. O al menos eso creo.

—Lo siento. —Me agarra de los hombros con cuidado de no apretarme la mano—. Entonces, ¿un plan? Eso es más de lo que yo tengo. ¿Puedo ayudar?

—Creo que vas a tener que ayudar, sí. Lo único que tenía en las manos cuando la criatura nos atacó es esto. —Señalo la bolsa de ingredientes que he dejado tirada en el suelo—. Creo que en ella hay algo que podría servirnos.

Zain recoge la bolsa roja. Tira del cordón para abrirla y echa un vistazo dentro.

—Dios, Sam, me dan ganas de besarte.

—No empecemos con eso otra vez. El plan todavía no ha funcionado y, sinceramente, no estoy segura de que tenga éxito desde esta distancia. O por lo menos... no con el abominable tan despierto. Vamos a tener que esperar un poco.

Él se encoge de hombros.

—Bueno, no tenemos otra cosa que hacer.

—Cierto.

—¿Para qué necesitas la varita?

—Está ardiendo, mírala. —La varita sigue al rojo vivo y echando humo. La soplo y el rescoldo se aviva. El fuego es ligeramente mágico, por supuesto.

Nos acomodamos al final de la cueva para esperar a que el abominable dé alguna muestra de cansancio. Después de una hora, el abominable se ha calmado por fin y ha dejado de arañar los bordes del túnel, aunque nos sigue mirando con esos ojos de enfado brillantes, pequeños y negros. Lleva así un buen rato.

—Muy bien —digo—. Saca unos cuantos pétalos de la bolsa y ponlos alrededor de la varita.

Son los pétalos de dulce de montaña que recogí ayer. Un potente sedante... que sólo afecta a los abominables. La naturaleza suele ofrecer sus remedios cerca de dónde hacen falta. Por fortuna, el instinto me avisó cuando veníamos hacia aquí.

Los pétalos tienen que quemarse o no funcionarán. Pero no van a quedarse fijos en la punta de la varita.

—El cordón —continúo.

Zain asiente y desanuda el cordón de la bolsa. Luego ata los pétalos a la varita. El humo, que antes era negro, pasa de inmediato a azul claro. Funciona. Me pongo detrás del preparado humeante y lo colocamos justo en la línea. Entonces comienzo a moverlo por el túnel.

El abominable cierra un ojo. Debe de ser por el preparado, pero tampoco podemos estar seguros.

—Vamos a tener que acercárselo más.

—Pero... ¿está haciendo efecto?

—No lo sé. Si tenemos suerte, se quedará dormido ya. Pero no nos queda mucho pétalo de dulce de montaña.

Me agarra de la mano (la mano buena).

—Voy delante de ti, ¿de acuerdo? Es mi varita y yo decido.

—¡Pero es mi idea!

—Y ya has resultado herida por ella. Pero prométeme una cosa: si pasa cualquier cosa, lo que sea, sal corriendo. Corre todo lo rápido que puedas y no mires atrás.

—Los dos estamos metidos en este lío. No voy a dejarte.

—¡No seas cabezota!

—No estoy siendo cabezota, sólo te aviso: o salimos los dos de aquí o no saldrá ninguno. O funciona o no.

Me mira con detenimiento a los ojos, pero no va a detectar ni una pizca de debilidad en ellos. Al final, se rinde. No tiene mucha elección.

—¿Lista?

—Lista.

Traspasamos la línea juntos y nos detenemos con la respiración entrecortada. Creo que ni siquiera me late el corazón. El abominable no se mueve... Quizá le haya llegado algo del humo sedante.

Avanzamos otro paso. Zain intenta ir por delante, a pesar de nuestro acuerdo, pero yo me sitúo a su lado. Permanecemos codo con codo y damos otro paso. Sigue sin moverse. Un paso más… Entonces se produce un movimiento. El abominable gruñe y cambia de postura. Estamos sujetando la varita, con los pétalos todavía humeantes en la punta y el humo azul flotando en dirección a la criatura. Intenta levantarse, pero nosotros seguimos avanzando. El humo se vuelve más denso. Veo cómo el abominable gime, se resiste, los párpados se le quedan sin fuerzas. Esto va a funcionar.

El humo se enrosca alrededor del monstruo, impelido por él, atraído por él, y se instala en su pelaje, en sus ojos. Él consigue seguir de pie —es muy fuerte—, pero cuando intenta dar un paso se desploma somnoliento. Casi estamos ya en la cueva propiamente dicha. El abominable se ha caído y está tumbado en el suelo. Con mucho esfuerzo, abre un ojo para mirarme.

Zain empieza a correr hacia la entrada de la cueva, hacia la luz, hacia la libertad y la salida.

Por un segundo, no lo sigo. Miro fijamente al abominable y él me mira a mí. Zain grita mi nombre.

El humo empieza a dispersarse. Pero no puedo haber recorrido todo este camino para nada… Sencillamente, no puedo. Me lanzo hacia el abominable, pero aún tiene suficiente fuerza como para alejarme de un golpetazo. Retrocedo de un salto.

—¡Corre, Sam! —brama Zain, y me aparto a regañadientes de la bestia. Entonces veo una bola de pelo enganchada en una de las estalactitas que se cayeron al suelo y me las apaño para arrancar un puñado de un tirón.

Salgo corriendo.

No miro hacia atrás. Noto que el abominable se pone de pie con torpeza, tropieza con la pared de la cueva y provoca otro derrumbe del techo. Voy esquivando las rocas que caen, y es la adrenalina lo que me hace continuar. Veo a Zain gritándome desde la entrada de la cueva, su silueta a contraluz, pero de pronto no le oigo. El gorro que lleva puesto se le levanta con una fuerte racha de viento y sale volando. Entonces, por detrás de él, se eleva un enorme helicóptero, cuyas hélices golpean con furia el frío aire de la montaña.

Zain se agarra al asidero que hay junto a la puerta y salta sobre el primer escalón mientras me tiende el otro brazo. Corro hacia su mano y tira de mí.

De golpe estoy dentro del helicóptero, abrochándome el cinturón de seguridad. Atrás, en la cornisa, no se ve al abominable por ningún sitio; nunca se acercaría a una terrible bestia voladora como esta. Sin embargo, cuando nos alejamos de la montaña, de vuelta a la seguridad y a casa, juro que oigo un grito afligido, casi humano, desde las profundidades de la cueva.

34
SAMANTHA

—Como si antes no tuvieran bastantes ganas, ahora tus padres van a asesinarme definitivamente —resopla Kirsty—. Juro que esto de ser buscadora no suele ser tan emocionante.

—¿De verdad? Vaya chasco —contesto con una sonrisilla.

Hemos vuelto a Pahara, a un hotel pequeño pero acogedor. Kirsty me ha puesto al corriente de cómo ella, Jedda y Zol lograron regresar al campamento base y cómo Emilia volvió a escapar hacia el otro lado de la montaña con el sherpa. Los demás no querían marcharse, pero sabían que no nos iban a encontrar sin ayuda. La pierna de Jedda necesitó asistencia médica urgente, aunque ya se está recuperando. No sé cuánto habrá tenido que pagar Zol para conseguir que nos recogiera un helicóptero. Es posible que con ese dinero hubiera podido comprar la montaña entera.

Al final, fue el ataque de Zain al abominable —su intento inútil de utilizar la varita— lo que nos ayudó. Eso y que el abominable arrojara los jirones de la tienda naranja por el aire. Por supuesto, en cuanto Kirsty divisó los primeros restos de nuestra tienda de campaña, llegó a las peores conclusiones. Imaginó que estaríamos igual de despedazados. Afortunadamente, Zol se negó a creer que su hijo no fuera a salir vivo de la montaña.

En cuanto a mis padres, estaban fuera de sí, pero no tenía sentido que vinieran a Bharata, ya que yo iba a regresar a casa en el siguiente vuelo. Después de mi experiencia al borde de la muerte, no me iban a dejar que me transportara a ningún sitio y, de todos modos, tampoco iba a lograr concentrarme lo necesario para conseguirlo. Pero hubo otros que sí hicieron el viaje: en concreto, los medios de comunicación. Esta vez no hubo forma de esconderse de ellos ni material reflectante para evitarlos. Cuando bajamos del helicóptero, había varias cámaras disparándonos a Zain y a mí, y tuvimos que salir corriendo hacia el hotel bajo los gritos de:

—¡Zain, Zain! ¿Cuánto te queda para curar a la princesa?

—Sam, ¿qué piensa tu familia de que te hayas aliado con la corporación ZA?

—¿Ahora estáis juntos?

No somos aliados, no creo que Zain y yo estemos juntos, pero, gracias a mí, ambos tenemos el ingrediente.

Sí, he compartido el pelo. Claro que lo he compartido. A pesar de que el orgullo no me permitiría considerar la idea de colaborar con Zain para conseguir el remedio, tampoco voy a impedir que él lo intente. Alguien tiene que ganar la Expedición y no vamos a dejar que sea Emilia Thoth.

Aunque hay que reconocer que esa no es la reacción de Dan y Kirsty cuando se lo cuento por la noche.

—¿Le has dado la mitad del pelo de abominable a ZA? —dice Dan. Su voz está teñida de escepticismo. Está tomando notas para su reportaje, pero no me preocupa la imagen que vaya a dar de mí.

—Claro que sí. Zain me ayudó salvándome la vida; de hecho, me la salvó dos veces: una de Emilia y otra en la cueva.

—Pues a mí me parece que fuiste tú quien se la salvó a él —replica Kirsty, de brazos cruzados.

En eso tiene razón. Zain no para de contar que lo salvé allí arriba con mi combinación improvisada de dulce de montaña y fuego de varita. Ante la prensa, ante sus padres, ante todo el mundo, ha estado insistiendo en que yo soy la heroína.

No puedo quitarme su historia de la cabeza. Al oírla, he encajado las piezas de un puzle que estaba incompleto: el diario perdido de la bisabuela Cleo, el rechazo absoluto de mi abuelo a contemplar siquiera la idea de los sintéticos, su odio virulento por las Expediciones Salvajes…

Pero, sin el diario de Cleo, me temo que nunca sabré la verdad.

Siempre creí que el legado de los Kemi consistía en estar aferrados al pasado, enraizados en nuestras costumbres. Amarrados a nuestras tradiciones como hiedra eluviana alrededor de nuestros corazones. Pero ¿y si no fuera verdad? ¿Y si ser un Kemi implicara ser conocido por el progreso y la innovación? Vuelvo a pensar en aquella foto de la pared del campamento base en el monte Hallah. Mi bisabuela recorrió todo el camino de ascenso a la montaña hace más de cien años sin los equipos y herramientas que tenemos hoy en día. Fue una aventurera, una heroína.

—Bueno, eso ya da igual. Se lo he dado, así que está hecho —digo.

—Claro que no da igual —contesta Dan—. Sobre todo ahora que los únicos que quedáis en la competición sois tú y los Z.

Me quedo pálida.

—¿De verdad no queda nadie más? ¿Qué ha pasado con Arjun y Anita? —pregunto, temiéndome su respuesta.

—Las noticias dicen que todos están bien. —Yo suspiro aliviada y Dan continúa—: Se libraron por los pelos. Enviaron un maleficio a su laboratorio a través de un mensajero. Por suerte, el señor Patel había salido y no le pilló la explosión.

Hundo la cabeza entre las manos.

—Qué horror. Espera, por favor, tengo que llamar a Anita.

Marco su número, pero no me lo coge, ni tampoco Arjun. Les envío un correo electrónico, un mensaje de Connect, un SMS…, en definitiva, los bombardeo con mensajes para nada. No les culpo. No puedo ni imaginarme por lo que tienen que estar pasando. Sólo agradezco que estén sanos y salvos.

—Odio a Emilia —mascullo cuando despego la vista de mis aparatos electrónicos. Me tiembla todo el cuerpo de rabia—. Tengo que detenerla.

—Todavía no la ha pillado nadie con las manos en la masa —observa Dan—. He oído que incluso hay gente que se está poniendo de su parte, diciendo que todos nosotros estamos haciendo que Emilia pague el pato por su pasado y que merece otra oportunidad…

—¿Después de lo que nos hizo en la montaña? ¡Casi nos mata!

—Pero eso nadie lo vio.

—Claro que no. ¡Recuerda que estábamos escondiéndonos de los medios de comunicación!

—Eh, no mates al mensajero.

Kirsty le da un codazo a Dan.

—Ya está bien por esta noche. Sam, deberías irte al sobre. Mañana estarás ya en casa y entonces nos plantearemos lo del siguiente ingrediente.

¡El siguiente ingrediente! Ya vuelve la presión.

Me preparo para acostarme, poniendo el doble de esmero en todo lo que antes me parecía rutinario: lavarme los dientes, por ejemplo, o ponerme mi pijama favorito de lunares.

Cada instante es como un lujo, sobre todo el de meterme en una cama limpia y acurrucarme bajo un edredón. Me propongo algo para mañana: lo segundo que haré cuando llegue a casa —lo primero va a ser abrazar muy fuerte a toda mi familia— será acercarme a casa de los Patel y disculparme. Con insistencia. Humillándome, si es necesario.

A pesar del cansancio, no puedo desconectar la mente. Cojo mi diario mientras pienso en mi abuelo. Creo que él estaría orgulloso del truco del dulce de montaña. Tomo unas cuantas notas en una página aparte:

Abominables. Características: solitarios, tercos, huraños, tardan en enfadarse, aunque guardan rencor durante mucho tiempo. El humo del dulce de montaña les provoca un sueño profundo. El pelo de abominable (áspero, quebradizo, 10 cm de longitud) puede utilizarse en pociones amorosas.

Una vez que apago la lámpara de la mesilla de noche, se oye un suave golpeteo en la puerta. Me pregunto si Kirsty se ha olvidado de algo. Enciendo de nuevo la luz y voy a abrir.

Es Zain.

—Hola —dice. Sus hechizos (los habituales) están ahí de nuevo. Me siento una chispa decepcionada y aún más cohibida por estar en pijama.

—Hola. —Es lo único que logro responder.

—¿Puedo…?

—Ah, sí, claro. —Al volver, me choco contra un mueble.

Nos sentamos a los pies de la cama, un tanto avergonzados.

—¿Qué tal estás?

—Ya mejor. Todavía… —Cierro los ojos un instante y veo al abominable y sus garras.

Los arañazos ya casi están curados, los han cicatrizado mágicamente mediante una poción que tienen aquí. He tomado nota mental de los ingredientes, por supuesto. *Avellano de bruja: para las cicatrices. Milenrama: para la coagulación de la sangre.* Pero el recuerdo sigue ahí. Me estremezco sin querer.

—Ayer estuviste increíble. Sinceramente…, pensé que iba a perder la cabeza cuando llegamos a ese callejón sin salida… Pero tú conservaste la sangre fría.

—Tu varita humeante me dio la idea.

Zain se sonroja de vergüenza.

—¿Oíste a mi padre en la montaña? Lo que dijo fue horrible.

Le agarro las manos.

—Tu padre dijo lo que creyó que tenía que decir para salvarte la vida. Sólo intentaba protegerte, estaba desesperado.

—Fue patético.

—¿Sabes qué? No le culpo. Es menos estúpido que echar a andar hacia alguien armado con una pistola.

Sus labios esbozan una sonrisa.

—Sí, supongo que sí.

—Por suerte, recogí ese dulce de montaña en su momento.

—Bueno, me salvaste la vida. —Me aprieta la mano más fuerte—. Eres una chica increíble.

—Ya está bien —digo.

Él se separa con pinta de sentirse algo herido.

—Sam, lo digo en serio…

—No, oí lo que dijiste ayer. Yo no te gusto; te gusta la idea que tienes de mí. Has estado esperando el momento oportuno para hablar conmigo porque me consideras especial por pertenecer a esta antigua familia. Pues deja que te abra los ojos, Zain: no soy especial. Evelyn es especial. Es una princesa. Yo sólo soy yo. Así que o te gusto por ser yo, o me tendrás que dejar en paz.

—Eres tú la que me gusta, Sam.

—Ni siquiera me conoces —le reprocho.

—Vale, tienes razón. Mi abuelo estaba obsesionado con vosotros, los Kemi, y eso hizo que yo quisiera conocerte. Él pensaba que teníais algún tipo de poderes ocultos, alguna fuente de conocimiento alquímico, pero ahora ya sé la verdad. Lo que sucede es que sois inteligentes, Sam; muy inteligentes. Por eso me gustas. Y quiero conocerte, si me dejas.

Clavo la vista en el estampado del edredón, incapaz de mirarle a él. Ha dicho todo lo que quería oír y no puedo evitar que mi corazón traicionero se infle. Me acaricia una mejilla.

—Y, además, me salvaste la vida.

Lo miro y me guiña un ojo. Me río, no puedo evitarlo.

—Nos la salvamos mutuamente.

—Exacto. Eres la única persona del mundo que sabe por lo que hemos pasado. Que lo sabe de verdad. —Retira la mano y me arde la cara donde la ha acariciado.

—Fue una especie de primera cita de locos —comento.

—Una historia para contar a los nietos. —Sonríe, y luego parece incómodo—. Tengo que transportarme a Nova en un par de horas. Mi padre…

No quiero oír lo que va a decir, pero, antes de que me de tiempo a aceptarlo, se oye un estruendo producido por el viento, que ha hecho chocar las persianas contra el cristal. Ambos damos un respingo. Lo normal es que me hubiera echado a reír, pero estoy demasiado tensa después de lo del abominable.

—¿Puedes quedarte conmigo hasta que me duerma? —le pido, lamentando la vocecilla que me sale. Pero él es la única persona con la que quiero estar ahora.

—Claro que sí.

Vuelvo a meterme en la cama, con la cabeza apoyada en su pecho, y oigo como el corazón le late bajo mi oído. Cierro los ojos y me sumerjo en un sueño profundo.

*

Cuando me levanto, en la mesilla hay una taza de café hechizada para mantenerse caliente. Murmuro algo sobre las técnicas para ligar de los dotados, pero tengo que admitirlo: las tácticas de Zain son bastante buenas. Mientras me bebo el café, el calor se me extiende desde la boca hasta la punta de los pies. Entonces me doy cuenta de que en la taza hay algo: unas palabras hechizadas para que aparezcan justo por debajo de la línea del café:

Para mí eres especial, Samantha Kemi.

35
PRINCESA EVELYN

—¿Qué está pasando? ¿Dónde estoy? —Abrió los ojos y el plácido sueño en el que Lyn aparecía se desvaneció. Había alguien en la habitación con ella. Pero no era Lyn, como su corazón hubiera deseado desesperadamente. Era otra persona. Zain.

Había señales de preocupación en el rostro de su amigo, unas profundas líneas que le surcaban la frente. Tenía una cicatriz en el entrecejo que no recordaba haber visto antes. «No le queda bien», pensó, y se echó a reír para sus adentros.

—Dime cómo lo hiciste, Evie —susurró él—. Por favor…

También estaba raro. Al instante, Evelyn se dio cuenta de que era por las extrañas marcas que tenía alrededor de los ojos. ¿Había ido a esquiar sin ella? ¡Qué injusto! Entonces pensó en Lyn. Quizás a Lyn no le gustara esquiar… Eso explicaría por qué no había ido.

—No sé de qué hablas —le respondió.

Zain se acercó y le tocó la frente, pero ella le apartó la mano. Él la miró con los ojos muy abiertos.

—¿Cómo estás? He oído lo del incidente de los espejos…

—Sólo estaba durmiendo —empezó a decir. Pero, tan pronto como pronunció la frase, cayó en que no era del todo cierta—. Oh, Dios, Zain… ¡Lo siento muchísimo!

—Chsss, chsss… —la interrumpió él—. Está bien.

—¿Bien? ¡No, no está bien! ¡Intenté darte una poción amorosa! Espera…, tú no estarás aquí porque me ames, ¿verdad? —De pronto sintió miedo en el estómago. ¿Y si esa era la razón por la que Lyn no estaba allí?

—No, no —la tranquilizó Zain—. La poción amorosa… no me afectó a mí.

—Bueno, en ese caso, sé de alguien a quien tienes que conocer. Es el amor de mi vida, Zain. Es alguien increíble. ¿Lyn? ¿Dónde estás, Lyn? —Fue elevando la voz a medida que miraba a su alrededor y veía la habitación vacía. Había unos cuadrados oscuros en el papel de la pared; antes había algo colgado ahí, pero Eve no recordaba qué.

—Cálmate. —Zain lo dijo en tono suave, aunque ella notaba su impaciencia. Él percibió movimiento al otro lado de las paredes, alguien estaba a punto de llegar—. Necesito saber cuál es el último ingrediente de tu poción. Por favor, Evie…

—¡No me llames así! —bramó ella—. ¡Sólo Lyn puede llamarme de ese modo! ¿Qué le has hecho? ¿Dónde está? ¡Debería estar aquí conmigo! —Sintió que la piel le iba a estallar cuando se dio cuenta de que tenía las muñecas atadas a la cama—. ¿Esto lo has hecho tú? —le gritó a él, que en ese momento retrocedía sacudiendo la cabeza con furia—. Lo has hecho tú, ¿verdad? ¿Para separarnos? ¡Cómo te atreves!

—No, no, Evie… Evelyn… Sabes que yo nunca haría eso. Estoy intentando ayudarte.

—¿Ayudarme? ¡Yo no necesito ninguna ayuda!

Los grilletes de sus muñecas se desintegraron como si nada. Sus padres, Renel, Zain…, todos creyeron que podrían retenerla, pero nada lo haría mientras se interpusieran entre ella y su verdadero amor.

—¡Se está soltando! —gritó Zain.

La habitación se puso a temblar. Alguien atravesó la pared —Renel—, y ahora también gritaba.

—¡Te dije que esto no iba a funcionar! —vociferó.

Pero a ella no le importaba. Ahora estaba flotando, flotando por encima de la cama. Sentía la magia en el éter y la atrajo hacia ella; después emitió un chisporroteo mágico, como rayos hacia las paredes. Iba a encontrar a Lyn, dondequiera que estuviese. Para ello, haría pedazos el palacio si fuera necesario.

El tabique se derrumbó y el hermoso mosaico de teselas que cubría el techo se precipitó sobre la cabeza de Zain. Pero él se había interpuesto entre ella y su amor, así que le daba igual lo que le ocurriera.

Su magia se propagó aún más. Sintió cómo la magia de Renel, de su madre, de su padre y de su abuela intentaban hacerla retroceder, pero ella tenía más fuerza que todos ellos juntos, ¿no se daban cuenta? Se sentía muy dolida por lo que le estaban haciendo. Todo era por culpa de ellos. Lo único que tenían que hacer era reunirla con Lyn; así sería de nuevo feliz.

Se produjo otra grieta profunda, como si hubiera un terremoto por debajo de la habitación. Pero ¿cómo era posible, si el palacio no se hallaba sobre la tierra?

«Lyn, Lyn, te encontraré. Espérame. Espérame».

Sintió un golpecito en el pie, tan leve que podría haberlo soñado. Miró hacia abajo y vio que, de algún modo, Zain había conseguido llegar hasta ella gateando. Renel le estaba gritando algo que sonaba como «¡detente!».

«Sí, deberías detenerte, Zain. Puede que una vez fuéramos amigos, pero eso no me frenará si te interpones en mi camino».

Entonces vio lo que Zain tenía en las manos: su reloj. O, mejor dicho, el reverso de su reloj, que era como un espejo. Y en él vio un pequeño destello de Lyn.

De inmediato, sintió todo su poder, toda su magia concentrada en ese pequeño punto. «Lyn, mi único amor». Regresó al suelo. Entonces sintió una punzada en la nuca y se desplomó en los brazos de Zain.

—¿Está inconsciente? —preguntó Renel.

Ella quería gritar que no, pero los labios, las cuerdas vocales, no le respondían. No podía moverse a causa de lo que le habían hecho, fuera lo que fuese.

—Eso creo —dijo Zain. La devolvió con cuidado a la cama y le acarició el pelo. Ella quería que se alejara. No quería caricias de nadie más que de Lyn.

Hubo una fluctuación de energía en el aire y sus padres entraron en la habitación atravesando la pared.

—¿Qué ha pasado? —inquirió el rey—. El techo del salón del trono casi se me derrumba en la cabeza y la lámpara de araña casi mata a la reina.

«Bien —pensó Evelyn—, os está bien empleado por sedar a vuestra hija».

—Es la princesa, señor. La poción le está destrozando la mente; está perdiendo el control de su magia. Le hemos suministrado un sedante más fuerte, pero eso no va a tenerla controlada para siempre.

El rey se volvió hacia Zain.

—¿Cuánto le queda a tu padre para terminar la poción?

—Yo… no lo sé, majestad.

—Bueno, ¡pues daos prisa!

Ah, así que ese era su plan. Querían herirla llevándose a la única persona a quien había amado de verdad.

A continuación habló Renel en tono vacilante:

—Señor, los médicos dicen que tal vez queden pocos días para que traspase el punto de no retorno. El gobierno nos está pidiendo que la traslademos a un búnker subterráneo que han preparado. Si su magia se desborda por completo…

—No podemos pensar en eso. Y tampoco podemos alejarla del Cuerno. Cuando la poción esté lista, tendremos que administrársela de inmediato.

Eve se preguntó si el sedante le habría llegado al corazón, porque hubo un momento en que le pareció que se le paraba. ¿De verdad su amor por Lyn estaba causando tanto daño? Durante toda su vida, sus padres la habían alentado para que se casara. Ahora que había escogido a alguien, querían castigarla por ello. Todo era como había dicho su tía.

—Como usted diga, señor. Es posible que empiecen a evacuar parte de la ciudad. Puede haber muchas vidas en peligro.

—¡Para eso sirve la condenada Expedición Salvaje! Alguien encontrará un remedio.

—¿Y si es su hermana quien lo encuentra?

—Si Emilia gana…, que la magia nos salve a todos.

¿Su tía estaba metida en esto? Emilia era la única persona en el planeta que sabía lo que era que la familia real de Nova te arruinase la vida. ¿Y ahora estaba trabajando para alejar a Eve de Lyn? No tenía sentido.

—¡Tendrías que haberte deshecho de esa mujer cuando tuviste la oportunidad! —exclamó la reina.

«Eso es lo que te hubiera gustado, mujer fría y despiadada. Lo único que te preocupa es tu posición. Ni siquiera sabía que tenía una tía hasta que me llegaron sus cartas. Todavía no sé cómo consiguió introducirlas en palacio, pero disfruté de cada palabra. Ella entendía la presión a la que yo estaba sometida. Nadie más ha intentado comprenderlo».

—No podemos destruir a una heredera novaniana.

—Entonces deberías haberla encerrado en una mazmorra de la que no pudiera escapar jamás, en lugar de dejarla merodeando por ahí.

Su tía le había proporcionado inspiración para tomar las riendas de su futuro.

—¡No estamos en la Edad Media, Richeline! No podemos meterla en una mazmorra. Tenemos mejores mezcladores que ella; alguno de ellos curará a Evelyn. Vigílala —le ordenó su padre a Renel, como si ella fuera un perro rabioso en vez de su adorada hija.

El rey abandonó la habitación.

Tenía que quitárselos de encima de algún modo. No podía dejar que se llevaran a Lyn.

—Amor —musitó, esforzándose para que la palabra sobrepasara su parálisis.

—¿Qué? —farfulló Zain, precipitándose sobre ella para acercar la oreja a sus labios—. ¿Qué has dicho, Evelyn?

Sus ojos seguían cerrados, pero sabía que él la había oído. Lo maldijo por ser tan lento.

—Estar enamorado y… —prosiguió ella. Entonces su cuerpo se dio por vencido y dejó que el sedante la sumiera en un profundo e irresistible sueño.

36
SAMANTHA

En el vuelo a casa, mis sueños son oscuros y extraños. Aphroditas baila delante de mí, su cuerpo gira y se contonea. Alrededor de las muñecas tiene brazaletes de hiedana verde oscuro que trepan por sus brazos y me invitan a participar en el baile. Pero, cuando vuelvo a mirarla, es la bruja marina, con la piel llena de manchas y los dientes podridos. En el sueño me pongo a gritar, pero es el grito desgarrador del abominable. Una luz blanca brillante, tan pura que me dan ganas de inclinarme ante su presencia, nos interrumpe. Le estoy rezando a esa luz, postrada ante ella. Algo suave y ligero me acaricia la cara. Levanto la cabeza y están lloviendo pétalos de jazmín rosa.

Kirsty me zarandea para despertarme.

—Tierra llamando a Samantha. —Parpadeo antes de abrir los ojos y veo que tengo las piernas encogidas contra el asiento de enfrente. Kirsty no quiso pagar más por unos asientos mejores, ya que el dinero de la hiedana no va a durar para siempre y nos quedan todavía ingredientes que buscar. Pero, claro, ella no es tan alta como yo—. Estás dándole patadas a los de delante.

—Lo siento. He tenido sueños extraños —murmuro, deseando seguir despierta hasta que lleguemos a casa.

Al aterrizar en Kingstown, mi madre me aborda después de haber rebasado a la muchedumbre y saltado las barreras de seguridad para abrazarme fuerte. Mi padre permanece un poco apartado, agarrando la mano de Molly. Sin soltarme, ella me lleva hasta ellos y me deja unos segundos para que me abracen.

—Estoy… tan… contenta… de… verte —dice mi madre, intercalando besos en mi frente. Me imagino mi cara llena de pintalabios rosa chillón. Me gustaría tatuármelo como símbolo de amor familiar.

Han alquilado un coche para llevarme a casa y nunca me he alegrado tanto de frenar en la calle Kemi y ver la fachada de nuestra tienda. Sin embargo, algunas cosas han cambiado. El cartel es nuevo; está diseñado a la antigua, con el escudo de armas de la familia tallado en madera oscura, pero brilla recién pintado. También hay algo distinto en el cristal del escaparate… Las lunas cuadradas están esmeriladas con delicadeza y no cubiertas de una mezcla de barro, mugre y polvo.

—Hemos empleado parte del dinero de la hiedana para reparar la fachada de la tienda —aclara mi padre al leer la expresión de mi rostro—. Había muchos medios de comunicación por aquí: periodistas, fotógrafos, cámaras… Todos vienen por ti.

Mi padre está radiante de felicidad. Sé que yo también debería estarlo, pero siento una presión cada vez mayor. Ellos han probado la vida que podríamos llevar y les gusta. Es lo que yo quería, pero ahora depende de mí que siga siendo así. Fuerzo una sonrisa que no se me refleja en los ojos, aunque algo es algo.

Una vez que estoy en la cocina, el ambiente es agradable y familiar. Aquí no ha cambiado nada.

—Voy a buscar al abuelo —digo. En la mente me borbotean todas las preguntas que he estado amontonando en el fondo del cerebro. Entro al laboratorio, donde mi abuelo se encuentra sentado junto a su escritorio, como siempre.

—Bueno…, menuda aventura, jovencita.

—¿Qué sucedió en la última Expedición Salvaje? —Intento mantener la voz calmada, pero el corazón me estalla en los oídos.

Él deja el trabajo y apoya las manos en la mesa. Se quita las gafas de media luna y se frota los ojos.

—Ya te he contado la historia. La familia real rompió las reglas, dejó que un sintético ganara y, como consecuencia, tu bisabuela perdió su sustento.

—Nunca me has contado que fue al monte Hallah.

—No lo sabía.

—¿Cómo que no lo sabías? ¡Tú eras su aprendiz!

Me calibra con la mirada.

—Los maestros no comparten todos los secretos con sus aprendices.

—Entonces, ¿no te contó que ella creó el primer ingrediente sintético?

Mi abuelo golpea la mesa con las palmas de las manos y doy un brinco.

—¡Mentira! ¿Quién te ha dicho eso? —Tiembla con una rabia exacerbada que se disipa tan rápido como ha estallado. Se derrumba en la silla y empieza a trazar con el dedo uno de los nudos de la mesa de madera—. En el tramo final de la Expedición no me dejó ir con ella. El último ingrediente, un ojo de centauro, nos tenía a todos desconcertados; no lo encontrábamos por ningún sitio. ¿Te imaginas pedirle su ojo a un centauro? Por no decir que son las criaturas terrestres que protegen con más celo los cadáveres de sus muertos. No, no había manera de conseguir ese ingrediente.

»Tuvimos una discusión en la Expedición y ella me mandó de vuelta a casa. Yo sabía que tramaba algo, que estaba inventando algo…, pero, sin su diario, nunca sabré qué era. Y lo siguiente que supe es que el estúpido de Zoro Aster había ganado la Expedición y que Cleo había perdido su diario de pociones. Tras aquello no volvió a ser la misma. Tardó menos de un año en morir. Su diario nunca apareció. De golpe y porrazo, lo perdí todo.

Alargo el brazo y pongo la mano sobre la suya.

—Tenías dieciséis años. No podías hacer nada.

—Podría haber hecho mucho. No debería haberme ido. Pero eso ya es agua pasada. —Se atusa la larga barba—. Aunque hay algo que tú puedes hacer: confía en tu instinto.

Mi abuelo regresa a su escritorio y continúa garabateando en sus apuntes. Es un modo amable de pedirme que me vaya. En los últimos diez minutos ha compartido conmigo más cosas que en el resto de mi vida.

Entonces me doy cuenta. Quizá no sea en mi instinto en lo que debo confiar. Quizá sea en mis sueños. Me doy la vuelta de sopetón y me choco contra la mesa, provocando que los botes de cristal tintineen. Por suerte, no se rompe nada.

Mi padre asoma la cabeza por el laboratorio.

—¿Va todo bien por aquí?

Echo a correr hacia la cocina.

—¿Todavía no ha vuelto Kirsty?

—Acaba de llegar.

—Bien, porque creo que ya sé cuál es el siguiente ingrediente.

Respiro hondo antes de empezar. Si estoy en lo cierto, el nuevo ingrediente requiere una búsqueda especializada de alto nivel. Además, es un ingrediente protegido, hasta el punto de que su búsqueda es ilegal y hay que superar numerosas trabas y conseguir montones de permisos gubernamentales para adquirirlo por los canales normales. Me pregunto cómo lo obtuvo la princesa Evelyn. ¿Lo conseguiría sola? ¿Pagaría una cantidad desmesurada a cambio? Quizá lo tenga en el jardín trasero del palacio y ni siquiera lo sepamos. De todos modos, lo dudo.

Sigo a mi padre hasta la cocina, donde mi madre, Molly y Kirsty me están esperando con expresión expectante.

—Cola de unicornio.

Se produce una inspiración colectiva.

—Buah… —suelta Molly con los ojos como platos—. Siempre he querido ver un unicornio. —Su juguete favorito es un unicornio de peluche con un cuerno brillante que le regalaron por su sexto cumpleaños. Los unicornios son, con diferencia, sus criaturas favoritas.

Kirsty deja caer la cabeza sobre las manos.

—¡Unicornio! Eso va a ser un problema para nosotras.

Sólo la gente virgen puede acercarse a los unicornios. Digamos que eso pone a Kirsty en desventaja.

—¿Por qué? Yo puedo conseguirlo —afirmo.

—¿Seguro? —Ella enarca una ceja.

—¿Qué? —chillo con voz aguda. No me puedo creer que Kirsty me esté preguntado esto delante de mis padres.

—Vi a Zain saliendo de tu habitación la otra noche.

—¡No! Nosotros no... —Se me sube la sangre a las mejillas.

Ella levanta una mano.

—No te alteres. No es eso lo que te estoy preguntando. Toda esa historia de que los unicornios sólo se presentan ante los vírgenes es un error muy extendido —dice.

—Pero nada... No puedo creer que pienses que... Todavía soy... —Siento cada vez más calor en la cara y me pongo de un tono carmesí poco saludable.

Kirsty se ríe.

—¿Quieres que te traiga un poco de agua?

Saco la lengua y me relajo cuando me doy cuenta de que nadie me está juzgando.

—¿A qué te refieres entonces? ¿Por qué no podría conseguirlo yo? Creía que esa era la razón por la que la mayor parte de los buscadores especializados en unicornios pertenecen a esa orden religiosa donde hacen votos de castidad.

—No se trata de virginidad en un sentido físico. El antiguo término de «amor» puede traducirse de muchos modos, uno de los cuales hace referencia a lo físico. El mito así es más sugerente, ¿verdad? —Kirsty sube y baja las cejas con rapidez—. Pero resulta que los unicornios son aún más meticulosos. Por tanto, Sam, tengo que preguntártelo... ¿Has estado alguna vez enamorada?

—¡No! —Pero en ese momento siento una punzada en el corazón. ¿Sigue siendo eso verdad? Dudo—. O al menos... no lo sé. No estoy segura.

—Esa respuesta no va a engañar a los unicornios.

—Oh, Sam... ¡No lo sabía! ¿Tienes novio? —me pregunta mi madre.

Me muerdo el labio.

—Bueno, en las últimas semanas Zain y yo hemos estado muy unidos. Y la otra noche estuvimos hablando…

Ahora se enfada mi padre. Da un puñetazo en la mesa.

—Él lo sabía todo.

Palidezco cuando oigo su afirmación. Mi madre se vuelve hacia él con voz preocupada.

—John…

—¡Claro que lo sabía! Ese reptil…, seguro que él lo ha planeado todo. Hacer creer a Sam que está enamorada justo antes de tener que ir a buscar un unicornio, ¿no os parece un tanto sospechoso?

—Él no me ha hecho creer nada. Supongo que pensarás que también planeó lo de la noche en la montaña y lo del abominable, ¿no? —le reprocho—. De todos modos, no es asunto tuyo. —Las lágrimas me arden en los ojos—. A Zain le importo. Nos importamos el uno al otro. Él quería trabajar con nosotros en la búsqueda del remedio, no contra nosotros. —Miro a mi padre a la cara, pero por suerte tiene la decencia de mostrarse avergonzado por su salida de tono. Veo cómo me alarga la mano queriendo disculparse, retractándose de lo que acaba de decir, pero estoy demasiado enfadada para dejarle.

—Ya descubriremos cómo hacerlo. Pagaremos a alguien…

—Voy a llamar a «Las Hermanas» para pedir presupuesto… —empieza a decir Kirsty. Pero entonces una voz la interrumpe:

—Yo lo haré —anuncia Molly—. Yo iré a buscar el unicornio.

—¡No! —exclamamos mis padres y yo al unísono.

Ahora le toca a Molly sentirse herida. Se levanta sacudiendo los extremos de sus trenzas castañas.

—¡Nunca me dejáis que os ayude! Yo también soy fuerte y nunca me he enamorado. Puedo hacerlo.

—No, es demasiado peligroso para ti, Molly —objeto.

—Yo formo parte de esta familia. Es nuestra Expedición.

La miro fijamente. De pronto, parece tener mucho más de doce años. Kirsty también la está mirando.

Pero mi padre sacude la cabeza.

—Molly, el asunto está fuera de discusión. Contrataremos a un buscador especializado, de modo que ninguna de las dos corráis riesgos. Y no olvidemos que Emilia sigue estando ahí fuera. Quién sabe lo que hará.

—¡Es muy injusto! A Sam le permitís hacer todo lo que quiere, pero a mí nunca me dejáis hacer nada. —Se va corriendo y la oigo subir los escalones de dos en dos hasta su cuarto antes de dar un portazo.

Me levanto de la mesa. No puedo mirar a mi padre ni a mi madre, y mucho menos a Kirsty. Estoy enfadada y avergonzada a la vez. El hecho de sentirme avergonzada por su culpa me enfada aún más con ellos. ¿Quiero a Zain? No estoy segura. Pero sé que las cosas han cambiado entre nosotros y que este fuego que arde en mi pecho es nuevo e incómodo. Para ser sincera, sigo sin poder creer que él sepa mi nombre. Por no hablar de que podríamos…, bueno…, después de lo que hemos pasado… Ni siquiera me atrevo a poner palabras a mis pensamientos. ¿Puede gafarse algo sólo por pensar en ello? ¿Puede estropearse algo que ni siquiera ha empezado por la presión de las expectativas? Por supuesto que puede, y por eso no digo nada. Ni siquiera a mí misma.

Él no sabía nada —no podía saberlo— del siguiente ingrediente. Pero podría haberlo averiguado, supongo. Y ahora estoy dudando de él, dudando de mí, y eso me hace sentir aún peor.

—Necesito ir a dar un paseo.

Cuando me voy de casa, no se oye una sola palabra de protesta por parte de nadie, ningún «vuelve a las diez» ni «¿adónde te crees que vas?». Simplemente, dejan que me vaya. De todos modos, van a estar ocupados intentando encontrar un buscador especializado.

Una sensación desagradable me da vueltas en el estómago, me corroe por dentro, como el aire fresco que me azota la piel. ¿Y si tienen razón? ¿Y si la otra noche me utilizó? ¿He sido una idiota al creer que de verdad podría haber algo entre nosotros?

No presto atención a mi camino, sólo dejo que los pies me lleven lejos de casa. Pero ellos tienen vida propia y enseguida se vuelve evidente que me estoy dirigiendo hacia el único sitio donde puedo encontrar una respuesta. Y, si no encuentro una respuesta, tal vez reciba un buen abrazo. Si consigo que me perdone, claro.

Anita.

Mi paseo se convierte en una marcha rápida mientras me voy mojando con una ligera llovizna. Al doblar la esquina, echo a correr y cruzo a toda prisa la cancela de la casa de los Patel hasta que casi me choco contra la puerta principal, donde intento recomponerme un poco. De pronto, estoy asustada. Necesito a Anita como el aire, pero todo apunta a que no me va a perdonar. Al fin y al cabo, lo que hice estuvo bastante mal.

A pesar de que no he llamado a la puerta, he debido de armar mucho jaleo, porque oigo cerrojos que se descorren al otro lado. Me alejo un poco del marco y me paso las manos por el pelo para estar más presentable.

La madre de Anita abre la puerta. Es obvio que le sorprende verme, aunque suaviza su reacción con una sonrisa amable. Siempre he adorado a la señora Patel. Su forma de cocinar me dio a conocer los curris y el pan naan, y nunca ha levantado la voz, ni siquiera cuando Anita le robó su kit de henna y derramó el mejunje negro por toda la alfombra hecha a mano.

—Pasa, Sam, querida.

—¿Qué estás haciendo aquí? —inquiere una voz afilada como una daga.

Me detengo en el umbral y miro hacia dentro. Anita está en la parte superior de las escaleras. Avanzo despacio unos pasos mientras la señora Patel cierra la puerta a mis espaldas; le lanza una mirada a Anita que no consigo ver y ella le responde con un gesto de fastidio. Entonces la señora Patel desaparece en el salón y me deja allí, en el recibidor, sintiéndome diminuta.

Anita se cruza de brazos.

—¿No deberías estar por ahí buscando ingredientes?

—He venido a pedir perdón…

—Bueno, pues ya lo has pedido. Nos vemos. —Se da media vuelta.

—Espera, Anita. —Ella vacila, lo cual es suficiente para infundirme valor. Subo de un salto los dos primeros escalones, familiarizada con esta casa como si fuera mía—. Lo siento. Lo siento muchísimo. Lo que pasó en Bharata… No era yo. En ese momento no pensaba. —Los hombros se le encorvan un poco. Subo otro escalón—. Me… me dejé llevar por esta historia de la Expedición. No puedo creer que te haya hecho tanto daño.

—No tenías por qué hacerlo.

—Lo sé…

—Podríamos haberte ayudado y apoyado hasta el final, aunque no fuéramos nosotros quienes elaborásemos la poción…

—Lo sé.

—Y Arjun también está hecho polvo. —Ahora se da la vuelta para mirarme—. Le debes una disculpa.

Me avergüenzo.

—Claro. ¡Por supuesto!

Abre los brazos y subo los escalones de dos en dos a toda prisa para darle un abrazo. De inmediato, ambas rompemos a llorar.

—Qué estúpida soy —balbuceo entre sollozos.

—Sí que lo eres —contesta, aunque ahora también se ríe.

Las lágrimas nos hacen parecer ridículas, las dos abrazadas en el rellano. Sin separarnos, vamos caminando de lado por el pasillo hasta su habitación, donde nos desplomamos sobre la cama.

—Bueno, ¿qué ha pasado? —pregunta por fin.

—¿A qué te refieres?

—Parece que acabas de atravesar una zarza marcha atrás… ¿Has venido corriendo? Algo habrá pasado… ¿Se trata de Zain?

Pongo cara de asombro.

—¿Cómo lo sabes?

—La operación de rescate salió en todas las noticias, y los dos parecíais muy amiguitos en todas las imágenes que han surgido después.

Me sonrojo, pero las palabras se me escapan antes de poder detenerlas:

—Lo pasamos muy mal en la montaña. Y luego tuvimos una conversación muy rara cuando volvimos al hotel y me sentí muy unida a él. Creo que él siente lo mismo por mí. Uf, ¡hasta este momento no lo había admitido en voz alta! Pero resulta que ahora he averiguado que el siguiente ingrediente es cola de unicornio.

—¡Venga ya! ¿En serio? —exclama Anita, abriendo los ojos de par en par.

—Parece que los rumores sobre los unicornios no son verdad. No es que haya que ser virgen, se trata de no haber estado nunca enamorado... Y, debido a mis sentimientos por Zain, Kirsty y mi padre están convencidos de que él me ha utilizado para evitar que consigamos el ingrediente. Piensan que me ha engañado para ganar la Expedición, pero eso es una locura porque yo sé que él no es así.

—¿De verdad no es así, Sam? —Me mira.

—Verás, ya sé que no lo conoces mucho, pero hemos encajado bien. Es decir, nos hemos salvado la vida mutuamente, pero además él me entiende. Está bajo el mismo tipo de presión familiar que yo. Y sé que en el colegio daba la impresión de ser un pijo creído, pero, cuando hablas con él, te das cuenta de que no es así... —Sigo parloteando, aunque ella continúa callada.

Pronto empieza a molestarme su silencio. Anita se da cuenta y me responde:

—Sam, ¿has tenido noticias de Zain desde que habéis vuelto?

Compruebo el teléfono, a pesar de que sé que no tengo ningún mensaje suyo. Lo enciendo y me meto en Connect, pero allí tampoco hay nada. Ni siquiera me ha vuelto a añadir como amiga.

Quiero mantener a flote el corazón y la esperanza, pero me lo está poniendo difícil. Eso mismo es lo que se refleja en la cara —¿de pena?— que pone Anita.

—Tampoco ha pasado tanto tiempo desde nuestro regreso de la montaña —digo a la defensiva. Pero las palabras parecen huecas incluso en mi boca.

Anita se inclina por encima de mí para agarrar un mando a distancia que hay en la mesilla de noche.

—Desde que estás en casa no has visto la tele, ¿verdad?

Sacudo la cabeza con una inquietud repentina. Me pone la mano en el brazo y me lo aprieta.

—Sam, eres mi mejor amiga. No me voy a andar con rodeos, ¿vale? Que sepas que te quiero y que, básicamente, los tíos dan asco.

Un nudo me aprieta el corazón. No estoy segura de poder respirar. No sé adónde quiere llegar Anita, pero no puede ser nada bueno. Confié en Zain en contra de mi criterio. «Por favor, no me digas que mi criterio era correcto», le suplico a la pantalla.

Aprieta el botón del mando y la televisión cobra vida. Están emitiendo, en el resumen de los informativos, la noticia de última hora de un terremoto en un lugar lejano del globo.

—Y ahora, dentro de las noticias nacionales... Tras la devastadora crisis de la pasada noche en el palacio, la princesa Evelyn parece haber empeorado. Nos comunican que el gobierno está considerando la evacuación de Kingstown Hill y, debido a los diversos contratiempos sufridos en la Expedición, algunas fuentes internas temen que a nuestra «novia nacional» se le esté agotando el tiempo.

—Oh, no —digo—. ¿Qué le ha pasado a Evelyn?

Anita me hace un gesto de silencio con la mano. Me callo y sigo sin apartar la vista de la pantalla. De todos modos, tampoco podría mirar a otro lado después de las siguientes palabras de la presentadora:

—El hijo del presidente de la corporación ZoroAster y amigo de la princesa, Zain Aster, la visitó esta mañana a primera hora y, al salir, lanzó este sorprendente comunicado:

«He hablado con la princesa Evelyn y puedo confirmar que el veneno que tomó era una poción amorosa dirigida a mí», dice Zain ante los chasquidos de los *flashes* y los gritos furiosos de los periodistas.

«Zain, Zain, dime, ¿por qué la princesa se vio en la necesidad de usar la poción amorosa? ¿No sentías tú lo mismo por ella?».

Veo que Zain frunce el ceño y su expresión se torna preocupada.

«No sé por qué Evie decidió usar una poción amorosa. —Se queda callado y entonces la punta del puñal se me clava en el corazón—. *Siempre he amado a la princesa Evelyn. La sigo amando. Y haré cualquier cosa para que se recupere. El equipo ZA está haciendo todo lo posible para ganar la Expedición y estamos convencidos de que obtendremos el remedio… antes de que sea demasiado tarde».*

No parece él. Suena algo mayor, más serio. Se aleja de la pantalla bajando la escalinata del palacio mientras gritan su nombre.

La presentadora del informativo reaparece con pinta de estar conteniendo las lágrimas.

—Desde Noticias 21, le deseamos lo mejor a Zain para que la princesa se recupere pronto de su mal de amores. Sabemos que están hechos el uno para el otro.

Se oye un ¡clic! cuando Anita cambia de canal. Aparece otro informativo, pero esta vez se trata de un debate en el que hay cuatro comentaristas hablando de la Expedición. Uno de ellos es Dan, pero por la posición alicaída de sus hombros y la palidez de su rostro me doy cuenta de que nadie está de acuerdo con sus argumentos. Una mujer, tan bronceada que parece naranja fosforescente, menciona mi nombre.

—Es obvio que esa Sam Kemi —dice— *está empeñada en seducir a Zain para que no tenga posibilidad de salvar a la princesa.*

—*Eso no es verdad* —refuta Dan—. *Ella…*

Pero la mujer le corta:

—Tú no estuviste en la montaña, así que no podemos seguir confiando en tus «reportajes in situ», Dan. Pero le voy a decir una cosa a esa chica corriente: el amor verdadero está por encima de todo, bonita, así que deberías ir reculando.

Anita se apresura a apagar la tele. Me agarra la mano, pero yo apenas noto su roce. Me he quedado de una pieza. Busco una lógica en mi cabeza. Todo lo que Zain dijo sobre Evelyn y sus sentimientos hacia ella, sus sentimientos hacia mí… ¿era mentira? ¿De principio a fin?

Me cuesta creerlo: me he dejado engatusar.

Menuda idiota. Y encima los medios de comunicación se han vuelto en mi contra. Pero eso no me preocupa. Lo único en lo que pienso es en Zain.

Mis padres tenían razón. Debió de averiguar el último ingrediente cuando estábamos en el hotel, y entonces decidió asegurarse de que yo nunca pudiera conseguirlo. Qué hábil. Supo cómo hacer para que me colara por él. Y yo caí. Pero en esta ocasión no hay una red debajo, sólo un golpetazo doloroso.

Me derrumbo en la cama de Anita y ella me acaricia el pelo con suavidad.

—Lo siento mucho, guapa.

Me maldigo por haberme atrevido a subestimar nuestra amistad. Lo único que quiero es hacerme un ovillo y dejar que mis emociones me inunden como un guijarro en una playa.

—Mira lo que nos ha pasado por culpa de la Expedición. Mi padre está destrozado por lo del laboratorio —comenta Anita mientras me hace cosquillas en la mejilla con su larga melena—. Cree que no merece la pena arreglarlo. Supongo que tendrá que jubilarse anticipadamente o encontrar otro trabajo o…

Me incorporo.

—Todo saldrá bien.

Ella sonríe, reprimiendo las lágrimas.

—Todo saldrá bien si merece la pena. Tienes que ganar. ¿Cómo va la Expedición, independientemente del unicornio?

—Siento que siempre voy un paso por detrás. No sé si la cola de unicornio es el último ingrediente o si hay algo más… Parece que estamos cerca, pero todavía no tenemos el jazmín.

A Anita se le iluminan los ojos.

—Ven conmigo —dice mientras me levanta la barbilla y me agarra las manos—. Tengo que enseñarte una cosa que podría ayudar.

—¿El qué? —No puedo imaginar nada que sirva de ayuda en esta situación. A menos que sea algún tónico para la pérdida selectiva de memoria.

Vamos a la planta de abajo y pasamos por la cocina, donde el dulce aroma del té chai flota en el aire.

—Chicas, ¿queréis una taza? —pregunta la madre de Anita.

—Todavía no, mamá —contesta Anita en nombre de las dos, y sale al jardín. En un lateral, apartado, hay un invernadero—. Por aquí —dice.

Abro el pestillo de la puerta y lo primero que siento es una bofetada de calor, seguida de mucha humedad. Por todas partes hay plantas exuberantes de hojas verdes y sanas. Y en una esquina hay un resplandor rosa intenso.

Jazmín rosa.

Me doy la vuelta mientras Anita se mete en el invernadero detrás de mí.

—¿Qué? ¿Cómo?

—Ah, ya lo has visto.

—¡Cómo no iba a verlo! ¡Creía quc Emilia lo había quemado todo!

—Y lo hizo. Pero, como intenté decirte cuando te largaste con tanta prisa en aquella moto, no quemó las raíces por completo. Conseguí salvar una de ellas y la trasplanté aquí. Cuando te fuiste, te la estaba llevando para que la vieras.

Me viene ese recuerdo. Las huellas de las manos de Anita en mi mochila. Unas huellas oscuras, porque había estado escarbando entre las cenizas y el hollín para buscar la raíz.

Ella se encoge de hombros.

—Como te he dicho, no pasa nada; te perdono. Vas a necesitarlo para completar la poción, ya que a nosotros no nos queda ninguna posibilidad. Además, tienes que ganar a Zain, ahora más que nunca. Así que es tuyo.

Se me inundan los ojos de lágrimas otra vez. Estiro los brazos para darle un fuerte abrazo.

—Muchísimas gracias. Le contaré a todo el mundo cuánto me has ayudado. Ahora tenemos que ver si mis padres contratan a un buscador para la cola de unicornio.

Justo en ese momento, me vibra el teléfono. Me lo saco del bolsillo y el corazón me da un salto. No es Zain llamando para disculparse, como pensé que haría, o para dar algún tipo de explicación. Porque no significo nada para él, nada en absoluto, puesto que ya le ha desvelado al mundo entero a quién ha estado esperando durante todo este tiempo. La llamada es de mi madre.

Me planteo no cogerlo, pero no puedo seguir más tiempo enfadada con ellos. No, porque tenían razón. Contesto.

—Sam. Ay, Sam, menos mal. —Su voz rebosa miedo.

—¿Qué pasa? —digo. Agarro a Anita de la mano, que me mira intrigada.

—Es Kirsty. Se ha ido y se ha llevado a Molly.

—¿Cómo? —chillo.

—Han cogido tu salvoconducto para las Tierras Salvajes, así que ni siquiera podemos ir tras ellas. Oh, Sam, ¿qué vamos a hacer? ¡Es muy peligroso!

—No te preocupes. —La cabeza me va a mil por hora; mis palabras son tranquilizadoras, pero en realidad no tengo ni idea de cómo vamos a ir en busca de Molly. Mi madre tiene razón. El sitio al que ha ido, donde están los unicornios…, es mucho más peligroso que cualquier otro lugar donde yo haya estado, incluyendo la montaña—. No te preocupes, algo se me ocurrirá. Voy para allá, le diré a la señora Patel que me lleve.

Cuelgo y siento que me pongo pálida.

—¿Qué pasa, Sam?

—Kirsty se ha llevado a Molly a Zambi. —Salgo del bochornoso y húmedo invernadero hacia el aire fresco y empiezo a dar vueltas por el jardín—. ¿Qué voy a hacer? Kirsty es tan insensata… Quiere conseguir el ingrediente a toda costa, sin importarle nada más.

—Iremos nosotros —interviene una voz desde la puerta trasera de la casa. Levanto la vista y veo a Arjun—. Iremos nosotros dos —repite—. Todavía tenemos los dos salvoconductos de la Expedición para las Tierras Salvajes. Si nos vamos tú y yo ahora mismo, aún nos da tiempo a dar con ellas.

Salgo corriendo para abrazarle y casi lo derribo. Él me da unas palmaditas torpes en la espalda.

—Lo siento mucho, Arjun.

—No le des más vueltas. Ya me devolverás el favor.

—Hecho.

—Vámonos entonces, chicos. Yo os llevo. Papá me prestó las llaves esta mañana —dice Anita—. ¿Mamá? Nos vamos…

La señora Patel asiente antes de que su hija termine de hablar.

—Vete y encuentra a tu hermana —contesta, no sin antes darme un achuchón y un beso enorme en la frente. Hace lo mismo con Anita y Arjun y luego nos dice adiós con la mano.

Salimos corriendo por el recibidor y nos metemos en el coche.

Ahora siento que las cosas han mejorado porque volvemos a estar los tres juntos. Y vamos a traer a Molly a casa.

37
SAMANTHA

—Lo siento, pero no puedo bajar el precio —dice Joan, una azafata morena y chiflada con labios hechizados de color rojo intenso, desde detrás del mostrador de la Terminal de Transportación de Kingstown—. Esta tarde cuesta veinte mil coronas transportarse a Zambi. Tenemos mucho ajetreo. ¿No habéis oído hablar de la evacuación? Todo el mundo está huyendo por si los terremotos se repiten.

—¡Pero tenemos que ir allí! ¡Es por la Expedición! No querrás ser responsable de la muerte de la princesa, ¿verdad? —Ya me resbala desvelar cuáles son nuestras idas y venidas.

Entorna un poco los ojos mientras me mira, como si intentara recordar mi cara.

—Espera... Tú eres esa chica..., la Kemi, ¿no? Te vi la otra noche por la tele. ¿Qué tramas ahora? A saber lo que eres capaz de hacer para detener a ese pobre chico..., Zain. —Echa un vistazo a Arjun—. ¿Acaso tú eres otro pobre bobo al que ha embaucado para que la ayuden?

Se me escapa un grito ahogado de frustración.

—¿De verdad te crees todo lo que cuentan en la tele? —espeta Anita.

Joan aprieta los labios y tamborilea con los dedos sobre el teclado de su ordenador.

—No puedo hacer nada. Sale un vuelo a Zambi dentro de cuatro horas desde el aeropuerto. Tendréis que hacer escala en Ellara, pero llegaréis mañana por la tarde.

—¡No podemos esperar hasta mañana por la tarde! —grito, y doy un golpe en el mostrador.

—Cálmese, señorita, o tendré que llamar a seguridad. —Joan parece alarmada y extiende la mano hacia el teléfono.

—Bueno, bueno, bueno... ¿Qué es este escándalo? Dejad paso a este viejo.

Reconozco esa voz. Me doy la vuelta.

—Abuelo, ¿qué haces aquí?

—Sam, he venido para llevarte a casa. Arjun, Anita, vosotros también deberíais iros.

—¿Qué? Pero Molly...

—Gracias, señor —dice Joan, renunciando a fingir que es amable con nosotros—. Su nieta ha perdido los papeles.

Mi abuelo está muy cerca del mostrador, casi encima. Alarga el brazo para darle a Joan una palmadita en la mano.

—Siento mucho las molestias —responde, y chasca la lengua—. La juventud de hoy en día...

Pero entonces le agarra la muñeca con fuerza. Ella se retuerce, incómoda, aunque mi abuelo es la viva imagen de la debilidad y empieza a toser. La tos se vuelve cada vez más convulsa, hasta que se le agita todo el cuerpo.

—¡Abuelo! —Intento asistirle, pero gesticula con la mano libre para que le deje.

Se hurga en el bolsillo y saca un pañuelo. Justo delante de Joan, abre el pañuelo y le sopla en la cara una nube de polvo, que se esparce sobre ella como si fuera azúcar glas y luego desaparece.

La tos de mi abuelo cesa de inmediato.

—Entonces… ¿Dos billetes para Zambi? —le pregunta a Joan con una sonrisa traviesa.

—Ahora mismo, señor. Aquí tiene, señor. Que tengan buena transportación.

Mi abuelo tiene que apartarnos a Arjun y a mí del mostrador porque nos hemos quedado petrificados.

—Rápido, la poción no va a durar mucho.

—¿Qué le has hecho? —pregunta Arjun.

Mi abuelo me guiña un ojo.

—¡Polvo cautivador! —Suspiro profundamente—. ¡Y qué bien ha funcionado! —Otra poción prohibida, dificilísima de elaborar. Mi abuelo no ha perdido ni una pizca de sus facultades—. ¿Y qué pasará cuando se recupere?

—No va a saber nada de lo que ha pasado. ¡Para algo soy un Kemi! —refunfuña—. Ahora, andando.

Le doy a Anita un largo abrazo y luego echo a correr por la zona de acceso para llegar al área de seguridad y a las pantallas de lanzamiento. Allí me vuelvo hacia Arjun, que tiene gotitas de sudor por la frente.

—¿Estás bien?

—Nunca he hecho esto antes.

—Oh, vaya, se me había olvidado. —No sé cómo, mi primera experiencia fue terrible—. En serio, no te preocupes. Sólo recuerda las normas. Sobre todo la de mantener el contacto visual.

Él asiente.

—Supongo que será mejor que me acostumbre si quiero ser un buen buscador. Vamos allá. Si le doy más vueltas, la situación me va a superar.

—Tú primero. Yo iré justo detrás de ti. Sólo tengo que hacer una llamada telefónica antes.

Cuando aterrizo, todo está oscuro. Me extraen a mí primero, así que, en cuanto Arjun sale tropezando de la pantalla, yo ya estoy esperándole. Él se pone a tiritar y de inmediato unos guardas lo rodean con mantas térmicas para taparlo.

—¿Qué le pasa?

—Está sufriendo una conmoción por transportación —explica uno de los médicos.

—¿No tenéis una poción para eso?

Meteorito de plata en polvo mezclado con esencia de bolsa de pastor y filamentos de luciérnaga: para retirarle de los flujos de magia y amarrarlo a la tierra firme, adonde pertenece.

Un preparado que a lo mejor sería de ayuda. No es que yo lo tenga… Me gustaría poder apagar el cerebro.

El médico saca un blíster de pastillas con el logo de ZA.

—Bueno, esto ayudará. Voy por agua.

—Ya me siento mejor —farfulla Arjun—. Casi estoy bien.

El médico se encoge de hombros.

—Estas pastillas te harán volver a la normalidad. En caso contrario —se vuelve hacia mí—, asegúrate de que esté arropado y de que descanse, si no quieres que sufra ningún daño a largo plazo.

—Muy bien. —Agarro las pastillas de todas maneras.

En cuanto salimos de la terminal, el calor es extremo, pero distinto al de Bharata: mucho más seco. Por un momento, me planteo por qué vivimos en un país con permanentes lloviznas y nubarrones, cuando hay otros lugares en el mundo con mucho mejor clima.

Enciendo el móvil —de inmediato empiezan a acumularse los gastos por la tarifa de itinerancia, pero qué le vamos a hacer— y veo que Anita nos ha enviado los detalles de la compañía de alquiler de coches para las Tierras Salvajes. Pese a que Zambi no es un país muy desarrollado, aquí son mucho más estrictos respecto a las leyes de las Tierras Salvajes que en casi todos los demás países del mundo. Es un lugar peligroso e imprevisible. Dicen que la fuente de toda la magia de los dotados está en Zambi. Si la magia fluye en Nova en forma de riachuelos, aquí fluye como una cascada. La magia azota la tierra y, a pesar de ser una persona corriente, siento como si pudiera agarrarla con mis propias manos.

Recogemos las llaves del coche y, por suerte, arrancamos sin ningún problema. Al haber llegado a través de un portal de transportación, es probable que estemos en la zona más próspera de Zambi. Todo está muy cuidado: hay rododendros flanqueando las calles, formando líneas definidas y espaciadas con simetría, e incluso hay una estructura de fuentes ornamentales que resulta particularmente ostentosa, si tenemos en cuenta que más del ochenta por ciento de las Tierras Salvajes de Zambi sufre sequía.

—¿Estás bien para conducir? —le pregunto a Arjun. Él se tambalea ligeramente, con la mirada perdida.

—Creo que necesito descansar un poco.

—Vale, descansa. Yo conduzco. Tú puedes echarme una mano como copiloto.

Le ayudo a entrar por la otra puerta y se desploma contra la ventanilla. Sigue sin querer tomarse las pastillas y lo único que tengo para ofrecerle aparte de eso es agua. Le planto la botella en la mano y le obligo a beber unos cuantos sorbos.

—De verdad, estoy bien. Me siento un poco atontado, nada más.

Una vez que estamos fuera de la estación de transportación, la conducción se convierte en otro reto totalmente distinto. No es ni mucho menos tan caótica como en Bharata, pero tengo que concentrarme al mismo tiempo en averiguar qué ruta debemos seguir y en la carretera que tengo delante. Ojalá le hubiéramos pedido prestado el GPS al señor Patel.

Las Tierras Salvajes de Zambi… Me cuesta creer que esta vaya a ser la primera vez que las pise, en este viaje acelerado y delirante, en una búsqueda de cola de unicornio. Pero no se trata sólo de conseguir un ingrediente. He de rescatar a Molly.

Las Tierras Salvajes de Zambi penetran en casi todas las grandes ciudades del país, por lo que no tardamos mucho tiempo en llegar a una frontera. En una ocasión vi en un documental de la tele que un león de dientes de sable estuvo acechando a la gente por las calles de Jambo y provocó una oleada de pánico en la ciudad. En los barrios ricos tienen que poner alambradas a ras del suelo para evitar que los cocodrilos de doble cola se metan en las piscinas.

La frontera consiste sólo en una cabañita con el tejado de paja y un guarda de aspecto somnoliento. Conduzco hasta él y le tiendo nuestros salvoconductos.

—Todo debería estar en orden, señor —le digo con el tono más educado posible, pese a que tengo ganas de estallar y decirle que se dé prisa.

—Quédense aquí, no puedo dejarles pasar. —Se levanta, se despereza y se marcha hacia otra construcción pequeña señalizada como GUARDA DE TIERRAS SALVAJES. Sin pensarlo, me bajo del coche y voy tras él.

—Espere, señor... ¿Nos puede devolver nuestros salvoconductos?

—No, tengo que pasárselos a mi jefe para que los examine.

—Por favor...

Entonces recuerdo una cosa, algo que Kirsty me contó una vez sobre los guardas de las Tierras Salvajes y su pesado trabajo, obligados a vigilar una frontera que poca gente quiere atravesar.

—Sé que quiere comprobarlos con su jefe, pero quizás esto acelere el proceso... —Le muestro un billete de veinte dólares.

Se guarda el billete en el bolsillo y a cambio me devuelve los salvoconductos.

—Pueden pasar.

Vuelvo al coche con las manos temblorosas.

—¿Acabas de sobornar a ese tío? —pregunta Arjun con la cabeza apoyada en la ventanilla.

—Creo que sí.

—Samantha Kemi, eres tremenda.

Le sonrío y acelero. El coche sale disparado. Ya estamos en las Tierras Salvajes.

Algo parecido a la euforia —puede que sea la adrenalina— se apodera de mí. Ya estamos aquí. Lo hemos conseguido. Y sólo han transcurrido unas horas desde que nos enteramos de que Kirsty se había llevado a Molly. Tal vez todavía haya posibilidad de alcanzarlas, antes de que nadie resulte herido.

Saco el teléfono para enviar un mensaje a mis padres con las buenas noticias.

—Mierda.

—¿Qué pasa? —murmura Arjun sin fuerzas.

—No tengo cobertura.

—¿En serio? —Se endereza un poco y se saca su móvil del bolsillo—. Yo tampoco. Qué raro… El semestre pasado estudié una asignatura sobre la comunicación en las Tierras Salvajes. Zambi era una de las primera áreas con cobertura total debido a los riesgos existentes. Los equipos de rescate necesitan disponer de medios para salir rápido de aquí.

—Pues lo repito: mierda.

—Algo (o alguien) tiene que estar interfiriendo con la señal.

Doy un manotazo en el volante. Adivina, adivinanza.

—Emilia. —No me atrevo a despegar los ojos de la carretera, que cada vez se parece menos a una carretera y más a una serie de carriles arbitrarios que serpentean entre la hierba alta de la sabana—. ¿Qué crees que deberíamos hacer?

—Seguir adelante.

—Pero ¿hacia dónde?

Se pone el pulgar y el índice de cada mano en los lagrimales y aprieta. Es lo que hace cuando intenta acordarse de algo; no sé cuántas veces le habré visto hacerlo en los exámenes. Sea lo que sea, funciona.

—Unicornios… Veamos. Apenas estudiamos nada sobre unicornios durante el primer curso, ¿lo sabías? El primer año tratamos lo más básico. Y esto no es básico.

Doy un volantazo para esquivar las ramas de un enorme baobab que cuelgan sobre la carretera.

—Vamos, Arjun. Sé que vas muy adelantado en tu formación como buscador. ¡Tienes que haber leído algo…!

—Sí, espera… Vale, vale.

Detengo el coche en plena sabana. ¿Cómo vamos a encontrarlas aquí? Hierba, llanuras y árboles hasta donde alcanza la vista…, pero ni rastro de otro coche. Ni rastro de otra vida. ¿Y si al llegar a las Tierras Salvajes giraron a la izquierda en vez de seguir recto? ¿Y si giraron a la derecha? Podríamos pasarnos días enteros buscando en la sabana sin tener ni idea de dónde están.

Procuro no pensar en que quizá nos topemos con Zain y el equipo ZA. Esa historia ha terminado. No dejo de recordármelo.

De pronto, resuena un chillido procedente de arriba y el cielo se llena de cientos de siluetas negras que proyectan su sombra contra el sol. Aunque estemos dentro del todoterreno, empiezo a gritar. Arjun saca su móvil, abre una aplicación y apunta hacia el cielo.

—¿Qué son esas cosas? —grito.

Me muestra la pantalla. Hay una foto de las criaturas y un circulito blanco girando que indica que el teléfono funciona.

—La aplicación «Descubridores» nos ayuda a identificar especies de las Tierras Salvajes. Es como una base de datos para buscadores a la que puede acceder cualquiera.

La pantalla se pone a parpadear con la imagen de un murciélago con pinta agresiva, con los extremos de las alas curvados formando unas garras de aspecto atroz. Bajo la foto pone *Zambiera desmodus.*

—¿Murciélagos vampiros? —pregunto.

—Ojalá. No, es como si fueran murciélagos vampiros 2.0. ¡Mira qué alas! Son despiadados, y una bandada como esa... —Enmudece—. Tenemos que seguirlos. ¡Sigue a los murciélagos, Sam!

—¿Qué? ¿Por qué?

—Su sangre favorita es la humana. Si hay alguien herido, el olor los atrae. —Piso a fondo el acelerador y giro las ruedas en la dirección de los murciélagos. Arjun se agarra al salpicadero—. Podría tratarse del equipo ZA, que esté en apuros...

—O podría ser Molly. —Ahora voy a toda pastilla para encontrar a Molly antes que esas bestias diabólicas que hay en el cielo. Aprieto los dientes mientras el volante tiembla entre mis manos y los neumáticos rebotan por el terreno abrupto.

—¡A la izquierda! ¡Tuerce a la izquierda!

Los murciélagos siguen volando en línea recta, pero le concedo a Arjun el beneficio de la duda.

—¡Vale, endereza!

Ya me doy cuenta de lo que ha divisado: un todoterreno, más adelante. Está aparcado frente a una espesa arboleda, la más frondosa que he visto hasta ahora en la sabana.

—¡Es un bosque en galería! —dice Arjun—. Según la base de datos, ahí es donde les gusta esconderse a los unicornios, porque tienen agua cerca y también cobijo. Quizás estén ahí. Lo normal sería que los murciélagos se quedaran un rato dando vueltas, pero luego, cuando desciendan al bosque, se extenderán por todas partes, ¿sabes? No tienes mucho tiempo.

Cuando llegamos a la altura del todoterreno, me bajo del coche a toda prisa. Echo un vistazo al interior del vehículo, pero no veo nada reconocible. Podría ser de Molly y Kirsty. Podría ser de ZA. Podría ser de Emilia. Sólo rezo por que sea de Molly.

Arjun se desploma en el asiento. Veo la lívida determinación de su rostro. Cuando encuentre a Molly, haré que volvamos a la seguridad de nuestro hogar. Pero esta parte voy a tener que llevarla a cabo yo sola, sin ningún buscador que me ayude.

—Ahora vuelvo —le digo. Cojo su móvil y marco un número—. En cuanto haya cobertura, llama a este número.

—Si no vuelves en media hora, voy a por ti.

—De acuerdo. O, bueno…, si oyes gritos.

Sonríe. Salgo corriendo hacia el bosque.

Dentro hay un silencio sepulcral. Los árboles absorben el sonido: el viento, los pájaros y los murciélagos que fuera parecían tan ruidosos ahora se han aplacado, y en su lugar hay un sosiego claustrofóbico. Me abro camino entre la maraña de troncos y entro en el bosque.

Entonces lo atisbo a lo lejos: un destello naranja brillante poco natural entre los árboles. Reanudo la marcha. Quiero gritar, pero hay algo en el silencio de este lugar que me obliga a permanecer callada.

Llego a un claro. Allí está Kirsty; podría distinguirla a leguas porque lleva una chaqueta reflectante naranja encima de su uniforme habitual. No parece sorprenderse lo más mínimo cuando me ve. De hecho, es como si me estuviera esperando. Levanta la mano y al instante me quedo helada.

—¡Sam! —grita Molly.

Levanto la cabeza en la dirección del sonido. Está en uno de los árboles, suspendida en una jaula bastante estropeada hecha con listones de madera barnizada. Allí dentro parece diminuta, es probable que cupiera entre los barrotes si intentara salir. Pero está demasiado alto para saltar sin hacerse daño.

Un unicornio irrumpe entonces en el claro, justo por debajo de la jaula.

Casi me caigo al suelo. No he visto una criatura tan hermosa en toda mi vida. Me dan ganas de postrarme junto a sus pezuñas e implorar perdón. Me dan ganas de sepultarme en la tierra y sacarme los ojos de las órbitas, porque no merecen ver tanta majestuosidad. Es una criatura que parece nacida de la mismísima luz, luz y belleza y —en este momento— furia desatada y violenta.

Salta por encima de Kirsty, casi duplicando su altura, y ella, a su vez, salta hacia un lado y se retira apenas un momento después de que el cuerno de la criatura atraviese el espacio donde estaba su cabeza. Galopa en círculo por el claro, da coces a los árboles, vapulea los troncos con su musculoso cuerpo y hace que todo el bosque tiemble.

Parece un caballo, pero es más que eso. Es como si tuviera más músculo, como si además de sangre, piel y nervios estuviera hecho de acero, potencia, luz del sol y del propio universo. El cuerno es su rasgo más asombroso: se eleva en línea recta como una daga, aunque lo surcan curvas y espirales que lo hacen igual de amenazador y peligroso. Cuando vuelve a detenerse bajo la jaula, se levanta sobre sus patas traseras, pero no consigue llegar hasta ella. Quien haya colocado esa jaula ahí arriba ha empleado la máxima precisión. La punta del cuerno se queda a unos centímetros de la parte inferior de la jaula, aunque no llega a tocarla. Cada vez que el unicornio se alza, Molly se encoge un poco más en una esquina de la jaula. No obstante, por alguna razón, creo que la bestia no quiere hacerle daño. Lo que quiere es salvarla.

Las lágrimas se deslizan por mi cara. No puedo evitarlo. Hay algo en el hecho de ver al unicornio tan enfadado, encolerizado contra nosotras por apartarle de lo único que quiere. Pero no le voy a dejar que la alcance. Miro rápidamente hacia ambos lados buscando el modo de llegar al árbol.

—¡No te acerques, Sam! —vocifera Kirsty—. ¡Nunca he visto un unicornio comportándose así!

—¡No lo entiendes! —le respondo gritando—. Creemos que Emilia está interfiriendo en las señales telefónicas. ¡Y hay una bandada de murciélagos vampiros zambinos que vienen hacia aquí! Llegarán en un minuto.

Al oírme, se le nubla el rostro. Un batir de alas confirma mi advertencia y Kirsty escruta el cielo con los ojos entornados. Luego se lanza de nuevo al claro para provocar a la bestia, que está bajo la jaula arañando el suelo con un casco duro como el diamante.

La mente me va a toda prisa. Si consigo llegar al árbol, si Kirsty hace que el unicornio se mueva, si Molly se escapa, si, si, si… entonces, ¿qué?

Kirsty, aterrorizada, tiene los ojos muy abiertos, y el miedo me encoge el corazón. Ella debía de tener un plan antes. Está claro que pretendía atraer al unicornio mediante la juventud y la inocencia de Molly. Pero no tuvo en cuenta a Emilia, aunque tendría que haberlo hecho. Debería haber sabido que Emilia no se detendría hasta que estuviéramos todos muertos, incluida la princesa.

El unicornio baja el cuerno.

Kirsty aguarda ahí, con los brazos extendidos y la chaqueta abierta, intentando convertirse en un enorme e imponente objetivo.

Entonces el unicornio ataca.

En ese momento, yo también salgo corriendo y salto desde donde estoy, detrás de un árbol, hasta el árbol que hay en el centro del claro.

No es que sea el más fácil de trepar, ni por asomo. Pero he reconocido el tipo de árbol gracias a uno de mis libros de pociones oscuras. Saco un cuchillo del bolso que llevo a un lado y le hago un corte al tronco. Inmediatamente, el corte se llena de una savia pegajosa.

Árbol laticífero ámbar: la espesa resina de su corteza puede utilizarse para crear colgantes funerarios, y es ideal para amarrar y almacenar recuerdos.

Al hundir las manos en él, se me impregnan de la sustancia de color dorado claro, espesa y brillante.

Kirsty se da la vuelta y sale corriendo por el bosque mientras el unicornio la sigue a toda prisa. Pero el batir de alas se oye cada vez más cerca, más fuerte, y sé que no tengo mucho tiempo.

Me froto las manos y, con el calor, la savia se vuelve más pringosa. Entonces salto todo lo que puedo y le asesto un manotazo al tronco con la mano derecha. La palma se me queda pegada al árbol, así que me lanzo también mientras busco con dificultad un buen apoyo en el tronco para los pies.

La savia empieza a despegarse casi de inmediato, de modo que tengo que seguir trepando, moviendo una mano tras otra, cada vez más arriba. Me duelen los hombros por el esfuerzo, pero después de cuatro movimientos más alcanzo la primera rama. Desde aquí, todo será más fácil.

Salto hacia la siguiente rama.

—¡Ya voy, Molly!

—¡Date prisa! —Parece muy asustada, su voz es un gritito agudo.

Hay una rama justo debajo de la jaula. Si lograse quitar la gruesa estaca de madera que mantiene cerrada la puerta, Molly podría lanzarse hacia mí y yo la cogería. Así es como ha tenido que meterla Kirsty al principio. Desde aquí, yo sería capaz de subir a Molly.

El problema es que el primer murciélago se posa en la rama a la vez que yo.

—¡Fus-fus! —digo, y me siento ridícula. Como si un vampiro se fuera a largar a la voz de «fus-fus»… Me enseña los dientes, que son afiladísimos y largos, más similares a agujas que a colmillos, perfectos para inyectar veneno y chupar sangre. Lanza un chillido, imitándome. Entonces, extiende las alas y sisea como una serpiente.

Agarro lo primero que pillo, mi linterna, y se la lanzo. Acierto de lleno; el murciélago me vuelve a chillar y luego sale volando.

—¡Molly, estoy aquí!

Me pongo de pie en la rama y estiro el brazo. Cojo el extremo de la estaca varias veces para intentar sacarla.

Pero entonces se posa en la jaula el primer murciélago. Sus pequeñas garras, semejantes a manos, rodean los barrotes y con las alas golpea ferozmente la madera, combándola. Su fuerza hace que la jaula se balancee durante unos instantes. A continuación, como si se produjera una tormenta negra, un montón de murciélagos se arremolina alrededor de la jaula y la cubre por completo formando una capa doble, triple, cuádruple. Se atacan y se muerden entre ellos, desesperados por llegar a la preciada sangre que hay dentro: la sangre de mi Molly.

Ya ni siquiera oigo los gritos de mi hermana. Me han obstruido por completo su visión y siguen llegando más a mi rama. No tengo tiempo de tomar una decisión. Me pongo de pie en la rama y salto hacia la jaula.

Pero ni siquiera me acerco a ella, porque en ese momento un murciélago se estrella contra mi espalda, me clava las garras en la piel y me golpea los brazos y la cabeza con las alas. Su fuerza me hace perder el equilibrio y, más que saltar, es como si me cayera. Levanto los brazos y la savia pegajosa que tengo en las manos me ayuda a agarrarme a la rama. Me balanceo hacia el tronco con el murciélago todavía en la cabeza, furioso. Rodeo el árbol con las piernas, luego las manos se me despegan de la corteza y me concentro en quitarme el murciélago de encima. Al final lo consigo, pero antes sus colmillos me han dejado unas marcas profundas en el cuello. Arranco una ramita del árbol y, en cuanto siento que tengo un poco de margen, le doy un golpe en el ala. Desaparece.

Ahora estoy trepando para aproximarme de nuevo a la jaula, pero de pronto veo movimiento. La parte de abajo de la jaula se desprende; una parte, un falso suelo. Y Molly también se cae. Las criaturas no se percatan. Pero ella está cayéndose y la altura es demasiado elevada.

—¡Molly! —grito, como si mis palabras pudieran crear una especie de amortiguación que la protegiera. No tengo tiempo de reaccionar. No puedo hacer nada… Sólo ver su caída.

Desde el bosque, el unicornio aparece entre el follaje. Me asalta la imagen de Molly atravesada por su cuerno, pero en el último momento él agacha la cabeza y mi hermana cae encima como una muñeca de trapo. Instintivamente, lo agarra por el cuello y el unicornio se la lleva por el bosque. Un aluvión de murciélagos que baja desde la jaula y desde el cielo los persigue.

Desciendo del árbol apartando a golpes los últimos murciélagos que se abaten sobre mí, aunque su atención se ha desviado.

Salgo tambaleándome en la dirección del unicornio, corriendo todo lo que mis débiles piernas me permiten. Alguien me llama por mi nombre y, al girar la cabeza, veo a Kirsty moviéndose con esfuerzo en la otra parte del bosque, con la cara llena de sangre y una herida en el hombro, que se cubre con la mano.

—Kirsty, se la ha llevado. Se ha llevado a Molly.

Ella aprieta los labios con gesto decidido. Y aunque la odiara, y ahora mismo la odio muchísimo, seguiría sabiendo que es la única capaz de hacer esto.

De repente, empieza a correr; y si ella puede con el hombro herido, yo también.

Un fuerte relincho resuena desde el interior del bosque. Apenas puedo respirar; no quiero saber qué está pasando.

Llegamos a otro claro, más rocoso y cubierto de musgo. Molly se encuentra allí, sigue sentada a lomos del unicornio, con los ojos cerrados y las manos extendidas. Tiene un arañazo en la mejilla, que está sangrando, y lleva un par de guantes de seda.

—¡No, Molly, detente! —grito. Está usando la magia en el lugar más peligroso de las Tierras Salvajes.

Los murciélagos caen en picado y pululan a su alrededor, pero no pueden atacarla. Algún tipo de campo de fuerza generado por las manos enguantadas de mi hermana los está repeliendo. Su pelo castaño ondea tras ella, a pesar de que apenas corre una pizca de viento en el bosque y, cuando el unicornio se encabrita, Molly se sujeta a él con los muslos, moviéndose sin esfuerzo alguno, como si llevara montando toda su vida.

Kirsty me agarra del brazo.

—¡Agáchate! —dice.

—Pero la magia…

—Va a salir bien, confía en mí.

Me tiro al suelo musgoso y embarrado justo cuando Molly da una palmada. Su campo de fuerza se extiende a lo ancho y a lo alto, y en un instante los murciélagos se apartan hacia los lados. Los que están más cerca del estallido caen como una lluvia a nuestro alrededor, mientras que los otros son lanzados formando un remolino hacia el cielo, lejos de la niña y de su magia poderosa.

La energía pasa rozándonos a Kirsty y a mí; noto su estela, que chisporrotea como la electricidad sobre mi espalda y me eriza el pelo.

Molly cae desplomada sobre el lomo del unicornio, y este baja las patas para dejarla deslizarse hasta el suelo. Luego él se tumba a su lado, Molly acomoda un brazo por encima de su cuello y ambos parecen sumirse en un profundo sueño.

Poco a poco, Kirsty y yo nos levantamos. Ella se sujeta el hombro.

—Ten cuidado: el unicornio estará protegiendo a Molly, pero podría seguir quedando un exceso de magia del que no estarás protegida.

Hago una mueca. Ningún peligro mágico va a alejarme de mi hermana en estos instantes.

—¿Molly? —susurro. Percibo la suave oscilación de su pecho, su frente lisa. Aparenta estar en paz, pero sé que después de todo ese gasto de energía debe de estar al borde del desfallecimiento y va a necesitar asistencia médica enseguida.

Nos acercamos con cautela.

—Nunca había estado tan cerca de un unicornio —susurra Kirsty con lágrimas en los ojos—. Es decir, al menos durante el tiempo suficiente para poder examinarlo con detenimiento.

Sé a qué se refiere. Cuando el unicornio estaba furioso en el claro, se movía demasiado rápido para que pudiéramos percibir de verdad su belleza. Pero aquí tumbado, con la misma fuerza pese a estar sumido en un dulce sueño, es cuando realmente se le puede apreciar. Da la impresión de ser blanco, pero cada uno de sus pelos parece traslúcido, como diamantes fraccionados en hebras. Su cuerno no es perlado, como me esperaba, sino que se asemeja más a una lanza, una hoja de metal precioso retorcida, como de plata, pero más dura. Parece algo dañado en la punta y está manchado de sangre seca que enseguida pasa del carmesí al marrón oscuro. Me pregunto por un momento de dónde procederá esa sangre, e intuyo lo que le ha sucedido a Kirsty en el hombro.

—Con cuidado —me advierte ella mientras me acerco a las dos figuras dormidas.

Alargo la mano y toco el brazo de Molly. Ella cambia de postura y el unicornio se mueve con ella.

—¿Mols? —susurro.

Me responde con un gemido, pero al menos me responde. Poco a poco le levanto el brazo y me voy acercando más para apartarla del unicornio. La cojo en brazos y parece ligera como una pluma, más ligera de lo normal.

—Espera —musita con los labios ligeramente húmedos. Pestañea antes de abrir los ojos.

—¿Qué sucede, cielo?

—¿Has cogido el ingrediente?

—No te preocupes por eso, Mols —le susurro, hundiendo la cara en su pelo y agarrándola más fuerte.

—No, está bien. Quiero hacerlo.

—Tú... —Me parece casi increíble pedirle una explicación. La acerco lo suficiente como para que llegue a la cola del unicornio y le arranque un pelo con suavidad. Kirsty se mantiene a una distancia respetuosa. Quizás el hecho de haber puesto a mi hermana pequeña en peligro de esta manera también le haya afectado. No hay mucha gente que conozca a Molly y que no sienta deseos de protegerla.

Aunque es obvio que no necesita tanta protección como yo pensaba: ha escapado ella sola de los murciélagos, no me ha necesitado. Vino hasta aquí para coger el ingrediente; eligió ser valiente, pese a las barreras que hemos puesto alrededor de ella desde que nos enteramos de que era dotada. Podría haberse vuelto intolerante, consentida. Sin embargo, se ha hecho fuerte.

Estoy muy orgullosa de ella, incluso ahora que la veo dormida en mis brazos.

Me doy la vuelta para mirar al unicornio por última vez, pero ya se ha ido, se ha vuelto a fundir con el bosque. El espacio donde se había echado a descansar está ahora vacío.

Unas luces empiezan a parpadear entre los árboles y me doy cuenta de que tiene que ser Arjun, que está esperando en el todoterreno. Por fin podemos dejar atrás esta pesadilla... y volver a casa.

38
SAMANTHA

Justo en el límite del bosque, percibo un hedor metálico. Lo reconozco incluso antes de que ella hable y, esta vez, no me pilla desprevenida. Cierro los ojos y cojo aire antes de darme la vuelta y verle la cara.

—Bien hecho, Samantha. —Emilia emerge entre los árboles. Su ropa está chamuscada y sucia, su varita echa humo. La explosión de Molly debe de haberla alcanzado. Estupendo. Sólo espero que así no siga interfiriendo en la línea telefónica—. Para ser sincera, estoy impresionada. Eres la única que queda en la Expedición y aún sigues en pie. Bueno, más o menos.

—¿La única? —Soy incapaz de ocultar mi sorpresa. Molly me pesa y Kirsty se apoya en mí, casi incapaz de mantenerse erguida. Noto que está fulminando a Emilia con la mirada, pero, si no tiene fuerzas ni para responderle airosamente, no va a ser capaz de defenderme de ningún modo. Lo único que puedo hacer es intentar que Emilia siga hablando—. ¿Qué les has hecho a los ZA?

—Oh, es posible que haya ocurrido un percance relacionado con su transportación. Para ser franca, todo ha sido demasiado fácil. —Las luces continúan parpadeando hacia mí; ojalá pudiera responder con algún tipo de señal a Arjun. Me pregunto si verá a Emilia desde su sitio—. Sólo ha sido cuestión de ir despejando la competición, un participante cada vez.

—Yo sólo quiero salvar a la princesa —digo.

—Qué amable por tu parte... Pero piensa que los demás participantes también tenían eso en mente y ya no están aquí. Y, tranquila, la princesa se curará. Las dos sabemos que la poción está casi lista y cada uno de los equipos derrotados me ha proporcionado el ingrediente que necesitaba. Siempre y cuando yo sea quien la elabore, la familia real tendrá que cederme la corona o arriesgarse a ver a su querida Evelyn destruir su reino.

—¡No te lo permitirán!

—¿Y qué alternativa tienen? Están desesperados. La princesa se está deteriorando con rapidez; la poción amorosa le está haciendo perder la cabeza y el control de su poder a un ritmo vertiginoso. Está destrozando todas las habitaciones donde la alojan. Si sigue así, acabará arrasando Kingstown. Ya no pueden detenerla, ni siquiera matándola. Necesita el remedio. Y, a cambio, el poder del trono de Nova pasará a mis manos. —Sus ojos pierden su aspecto soñador; ahora están brillantes como el acero—. Dame el último ingrediente —ordena muy seria.

—¿Cómo sabes que es el último? ¿Y si hay más?

—No juegues conmigo, Kemi.

No me muevo. No puedo. Estoy paralizada por el miedo.

—Bueno, entonces te lo quitaré yo. —Se abalanza sobre mí e intenta arrebatarme el bolso empujando a Molly.

—¡No la toques! —grito cuando al fin se despiertan mis instintos. Tengo la cara llena de lágrimas. Dejo a Molly, que por suerte sigue dormida, en el suelo—. Toma. —Me quito el bolso del hombro y se lo ofrezco.

Lo agarra.

—Buena elección.

—No eres más que una traidora, Emilia —le espeto.

—Te iba a dejar con vida, Kemi —responde con la voz llena de odio. Tira su varita humeante y saca una pistola, que apunta hacia mí—. ¿A quién mato primero? ¿A ti? —Mueve la pistola hacia Molly—. ¿O a tu hermana?

—Adelante —digo—. Jamás podrás gobernar Nova cuando el mundo vea lo que estás haciendo.

—¿Cómo? —Alza la vista y aparta la pistola.

El aire se llena con el ruido sordo de la hélice de un helicóptero y el viento se agita y me azota la cabeza. Un foco se posa sobre nosotras y un hombre se asoma por la ventana con una cámara de vídeo al hombro. Es Dan. Me saluda y levanta el pulgar.

—¡Sonríe, Emilia! —exclamo—. Estás en antena en retransmisión mundial.

Mi plan ha funcionado. ¿Por qué luchar contra los medios si puedo usarlos en mi favor?

Emilia se cubre la cara con los brazos y sale corriendo hacia el bosque. Las puertas del helicóptero se abren y por el lateral lanzan varias escalas de cuerda.

Cuatro hombres vestidos con uniforme caqui y grandes armas colgadas a la espalda descienden por las escalas y nos rodean.

—¡Se ha ido por el bosque! —grito, aterrada ante la idea de que se vuelva a escapar. Uno de los hombres da una orden y los demás se adentran en el bosque para buscarla.

Dan es el último en bajar, justo antes de que el helicóptero se aleje, y viene corriendo para ayudarme con Kirsty.

—¡Lo conseguiste! —Sonrío.

—Gracias por la exclusiva del siglo. Me transporté directamente a Zambi después de recibir tu llamada, pero me preocupé al ver que no me enviabas tu ubicación exacta. Cuando por fin recibí la llamada de Arjun, pensé que sería demasiado tarde.

—Emilia estuvo interfiriendo en la señal hasta que Molly nos salvó de los murciélagos vampiros. ¿Grabaste cuando Emilia nos apuntó con la pistola?

—Lo he grabado todo. Ahora el mundo sabrá que ella está detrás del sabotaje de la Expedición Salvaje. Además, he traído refuerzos. —Hace un gesto a unos hombres que se acercan.

El jefe del grupo lleva en el brazo varios galones de oro. Una insignia en su pecho reza: Protege. Sustenta. Progresa.

—Soy el coronel James Odoyo, de la Agencia de Protección de las Tierras Salvajes de Zambi —se presenta, extendiendo la mano.

—Soy Samantha Kemi. Estas son mi hermana, Molly Kemi, y nuestra buscadora, Kirsty Donovan. Otro amigo, Arjun Patel, que les llamó para que vinieran, sigue en el coche. Por favor, necesitamos atención médica urgente.

—Les llevaremos a un hospital. Pero antes debemos registrarles para asegurarnos de que no llevan sustancias ilegales provenientes del unicornio.

Asiento con la cabeza y, a continuación, registran nuestros bolsos y nos cachean, excepto a Kirsty, cuyo hombro sigue sangrando a chorros. Tiene la mano apretada contra la herida, y hasta los guardas se dan cuenta de que puede ser peligroso que la retire. Molly sigue inconsciente en el suelo. Yo mantengo la cabeza alta. Gracias a Emilia, no tenemos nada que esconder.

Una vez que el coronel Odoyo está seguro de que no llevamos nada que proceda del unicornio, nos conducen fuera del bosque, hacia los camiones que nos van a llevar de vuelta. Veo que Arjun ya está sentado en el asiento trasero de uno de ellos, así que coloco a Molly a su lado.

—Nada de hospital… —me susurra Kirsty cuando estamos en el interior del camión—. Tenemos que irnos directos a la terminal de transportación.

—Pero…

—No rechistes. Encárgate tú.

Doy un golpecito en la ventana.

—Coronel Odoyo, ¿podría llevarnos a la terminal de transportación de Zambi? Necesito llevar a mi hermana a casa.

—El hospital está de camino, señorita —responde.

—Por favor. Sé que en Zambi no siguen la tradición de la Expedición Salvaje de Nova, pero he de regresar. La vida de nuestra princesa está en juego. —Necesito contarle a alguien (a Renel, al rey, a quien sea) lo que Emilia ha hecho y ver si podemos conseguir la cola de unicornio de otra manera.

El hombre que está sentado junto al coronel Odoyo se da la vuelta con una amplia sonrisa.

—¡Conocemos a la princesa Evelyn! Mi mujer la sigue en todas las revistas. Vino a Zambi de visita el año pasado y tuvimos que hacer cola en la calle para que pudiera verla. Dijo que en persona es mucho más delgada que en las fotos.

—Entonces, ¿nos ayudará?

El coronel Odoyo cambia el rumbo del camión y nos lleva a la terminal.

—Vosotras podéis iros a hacer lo que tengáis que hacer. Pero tus amigos —señala a Kirsty y Arjun— necesitan tratamiento primero.

En la terminal, el coronel Odoyo demuestra que tenía razón: no van a dejar que Arjun y Kirsty se vayan. Ninguno de los dos está en condiciones de viajar. Arjun aún está débil a causa de su primera transportación y creo que se alegra de poder regresar en avión más adelante. Kirsty se halla extrañamente callada, aunque ha perdido tanta sangre que es normal que apenas pueda discutir. A Molly y a mí nos permiten utilizar nuestros billetes de vuelta, sobre todo porque regresamos a casa, así que Dan se ofrece voluntario para quedarse y asegurarse de que cuiden bien de Kirsty y Arjun. Y quiere actualizar su blog lo antes posible.

Antes de atravesar la barrera de seguridad, Kirsty me llama y me dice que quiere hablar conmigo en privado. El único lugar que encontramos es el baño de señoras. ¡Qué elegancia! Doy por hecho que quiere disculparse por raptar a Molly, así que me pongo de inmediato a la defensiva y entro de brazos cruzados. Lo que hizo fue estúpido, arriesgado, peligroso…

Pero entonces me empuja dentro de uno de los servicios, cierra la puerta y echa el pestillo. Apenas hay espacio para las dos.

—¿Qué narices…? —mascullo con la pierna aplastada contra el retrete.

Ella se retira la camiseta del hombro mientras se retuerce de dolor y me enseña el agujero profundo, desgarrado, donde el unicornio clavó el cuerno. Al verlo, me tapo la boca con la mano.

—Sam —dice apretando los dientes—, concéntrate. —Entonces saca unas pinzas—. El unicornio me ha tenido que dejar incrustada alguna astilla del cuerno en el hombro.

—Oh, no. No voy a hacer eso.

—Tienes que hacerlo.

—Dios… ¿Para qué? No sé si voy a poder.

—Ya no tenemos la cola, Sam. Pero, por suerte, puedes utilizar esto en su lugar.

Tengo la mente en blanco.

—Supongo… supongo que podría funcionar… —murmuro mientras me empiezo a dar cuenta de que quizá no esté eliminada de la Expedición. El cuerno tiene las mismas propiedades que la cola, aunque su uso es mucho menos común debido a lo difícil que es conseguirlo.

—Estupendo, así no me habré dejado cornear en vano. Iba a vender las astillas, pero resulta que tú las necesitas. Después de todo, no habría sido capaz de conseguirlas sin…

—Sin Molly, exacto.

—Sam, ella me insistió en que la trajera. Sé que… —Se queda callada—. Bueno, en fin, hazlo rápido. —No es que sea una disculpa, pero Kirsty es la buscadora (y la persona) más fuerte que conozco. Ha sufrido mucho. Creo que el hecho de haber recibido una cornada de unicornio ya es suficiente castigo. Coge aire—. Venga, estoy lista.

—De acuerdo. —Cojo las pinzas y, sin contar hasta tres ni aumentar innecesariamente los preámbulos, las hundo en el agujero intentando causar el menor daño posible, aunque no veo ningún fragmento de cuerno cerca de la superficie.

—¿Estás segura…?

—Tiene que estar ahí. Sigue buscando. Los unicornios no pueden embestir con el cuerno sin dejar un fragmento dentro. Por eso los buscadores suelen provocarlos, para que claven el cuerno en un tronco… No en sus cuerpos.

—Parece lógico.

Al final, después de hurgar en la herida de un modo desagradable, veo una astilla plateada. Agarro el extremo con las pinzas y tiro. La suelto dentro del monedero de mi cartera, que Kirsty tiene abierto. Luego saco un segundo fragmento que veo brillar en la herida.

—Que nadie los encuentre —me advierte.

La herida tiene un aspecto terrible. Cojo un montón de papel higiénico y se lo aprieto contra el hombro.

—¿Puedo llevarte ahora a un médico, por favor?

Asiente sin fuerzas.

—Sí. Y luego tienes que irte. Vuelve y haz la poción amorosa, Sam. Voy a contarle a Dan el plan de Emilia para que se entere todo el mundo; pero ella va a moverse con rapidez, así que tienes que darte prisa.

—En cuanto estés a salvo —asiento.

Le agarro la mano hasta que los médicos se hacen cargo de ella. Antes de que se lleven también a Arjun, que va en una silla de ruedas, le doy un fuerte abrazo.

—Siento lo de la cola de unicornio —me dice.

—No lo sientas —replico—, Kirsty ha encontrado una alternativa. —Es como si las astillas de cuerno me quemaran en la cartera.

Él abre los ojos como platos.

—No me extraña que no quisiera que nadie le mirara la herida. ¡Vamos, vete! Dale caña a esos alquimistas.

Le doy un beso en la mejilla. Después, Molly y yo atravesamos la barrera de seguridad y nos dirigimos a las plataformas de transportación.

—Tú primero —le digo.

Ella asiente y da un paso hacia la pantalla. Introduce los brazos y, al ser dotada, no necesita que nadie tire de ella desde el otro lado, en especial porque el destino es su casa, un lugar que conoce bien y en el que su presencia es fuerte. Será un viaje rápido y fácil para ella, lo que me alegra.

Una vez que estamos en casa, me quedo callada. Molly les cuenta lo sucedido a mis padres, pero, cuando llega a la parte de su intervención mágica, se la salta. Dice que perdió el conocimiento y que se despertó cuando yo la rescataba. Me contempla con ojos resplandecientes. Cree que lo hice yo, no se da cuenta de que fue ella sola. La corrijo y sonríe con timidez, como si no se lo creyera.

—Pero conseguimos la cola de unicornio, ¿verdad, Sam? —dice con un brillo en la mirada.

—No exactamente. —Dudo si hablarles de Emilia, pero no sé por qué se lo voy a ocultar, sobre todo si ya lo habrán visto en las noticias.

La historia me sale de corrido y la expresión de mis padres va cambiando del horror al enfado y después al alivio, puesto que hemos salido vivas.

Luego llego a la parte en que realizo la pequeña operación de cirugía menor a Kirsty, y mi padre hace un gesto como de ir a ponerse malo. Yo saco la cartera y coloco las dos astillas de cuerno sobre la mesa.

Mientras las miro, siento cómo actuarán con los otros ingredientes; es como si ya estuviera viéndolo. De repente, mis manos están ansiosas por mezclar, por convertir en polvo los fragmentos y empezar a elaborar la poción. Pero sigue faltando algo.

—Tengo que hablar con la familia real.

Me dirijo al convocador y mi familia hace un corrillo para observarme. Coloco la mano en la pantalla. Tarda un momento, pero pronto aparece la cara hostil de Renel y se me hace un nudo en la garganta.

—He tenido otro desencuentro con Emilia Thoth —consigo decir.

Me interrumpe antes de que siga:

—No importa, la princesa se va a salvar. Emilia ya no es un problema.

—¿Cómo? —me quedo boquiabierta.

—ZA ha elaborado el remedio.

Estoy demasiado estupefacta para hablar. Mi padre toma la palabra:

—¿Han encontrado la receta para la poción amorosa y todos los ingredientes?

Renel mira fijamente levantando la barbilla, como dignándose a contestar.

—Zol lleva desarrollando una versión sintética del remedio en los laboratorios de ZA desde que la Expedición comenzó, con un equipo de científicos y mezcladores expertos. La familia real ha acordado que la solución aportada por esta dotadísima familia es la mejor opción para la princesa y que los ingredientes sintéticos han demostrado ser tan potentes como los naturales.

—¿Y qué pasa con el remedio espejo? ¿No dijiste que el Cuerno sólo aceptaría una poción natural?

—El Cuerno quedará satisfecho cuando la vida de la princesa esté fuera de peligro. Por supuesto, ZA no ganará exactamente la Expedición, pero la princesa se curará. ¿Qué diferencia hay? Los salvoconductos de las Tierras Salvajes proporcionados para la Expedición van a ser rescindidos y la familia real solicita que cesen de inmediato todas las actividades relacionadas con la Expedición.

—¡No! —grito. No puede acabar cuando estamos tan cerca, después de todo lo que hemos pasado.

—La familia real les pide que destruyan cualquier resto de poción amorosa que esté en proceso, ya que vuelve a ser una mezcla ilegal, y agradece a la familia Kemi su participación en la Expedición. Buenas noches.

El convocador se corta. Vuelvo a presionar el cristal una y otra vez, pero la comunicación no se activa.

Mi madre me pone la mano en el hombro.

—Lo sentimos, Sam.

39
SAMANTHA

Me recuesto en la cama y me acurruco bajo el edredón. La Expedición me ha tenido distraída, pero ahora que estoy eliminada no puedo cerrar los ojos, porque lo único que veo entonces es a Zain Aster y a la princesa Evelyn. El príncipe oscuro, la hermosa princesa.

Y luego estoy yo. La chica empollona y corriente, nacida para estar encerrada en un laboratorio —sin más compañía que los viales de barba de mago y las plantas raras— y no para vivir una magnífica historia de amor. En esta fórmula no hay sitio para mí. Soy un ingrediente de más que no es apto para el brebaje final.

Me duele el corazón y, aunque mi mente la busca, no da con ninguna mezcla capaz de sanar algo así. No hay una poción para curar mis sentimientos actuales, a menos que sea una dosis del sueño más profundo que se pueda imaginar, que me lleve lejos de aquí hasta que los recuerdos de Zain sean distantes y borrosos, como fotografías olvidadas al sol. Pero esa poción no existe.

Siento un repentino ataque de locura y me dan ganas de reír y reír y reír. Sin embargo, me concentro en mi respiración. Trago saliva, pero tengo la garganta obstruida.

No concibo que alguien quiera una poción amorosa. ¿Por qué iba alguien a querer soportar este dolor? ¿Por qué sufrir esto de forma voluntaria? Si algo nos ha enseñado la historia sobre las pociones amorosas es que siempre siempre acaban en tragedia y desastre.

La princesa será la excepción. Ella no sabía que el chico a quien intentó suministrar la poción siempre estuvo enamorado de ella. Despertará de su locura —la despertará él, si queremos que la historia esté perfectamente escrita— y se darán cuenta de lo afortunados que son de tenerse el uno al otro. Ella comprenderá el error que ha cometido, se disculpará por haber sido tan tonta, él la perdonará.

¿Y aquel momento con Zain en la montaña? Un fallo técnico. Ella nunca lo sabrá. Yo no se lo contaré a nadie.

Sé dónde estaré. Mi vida nunca más volverá a ser como esta, en las Tierras Salvajes, buscando ingredientes con Kirsty. Ya he vivido bastantes aventuras para el resto de mi vida. Quizá me apunte a un curso nocturno de empresas para aprender a obtener beneficios decentes —lo suficiente como para ir tirando— mientras veo cómo mi sorprendente hermana va aumentando su poder. Ella se irá y hará cosas maravillosas, pero siempre sabrá dónde encontrarme.

Puede que con el tiempo vuelva a ver a Zain y a la princesa Evelyn, cuando me encuentre entre el gentío, pegada a las vallas metálicas para presenciar los grandes acontecimientos de sus vidas: su compromiso, su boda, su primer bebé. Seré un rostro más entre la multitud. Quizá me vista con algo que tenga un ribete de pelo blanco, sólo para ver si le recuerdo al abominable, a la montaña. Pero sus ojos pasarán por encima de mí sin detenerse, hacia la siguiente persona que esté a mi lado. No querrá mirarme de cerca porque yo seré la única que sepa la verdad.

Yo seré la única que sepa que, para estar con la persona a quien ama, pisoteó a toda la gente corriente que vio por debajo de él. Incluyéndome a mí.

Mi teléfono vibra en la mesilla de noche. Es Anita, que me manda un mensaje: ¿Has visto los informativos?

Enciendo la tele, pero le quito el sonido. Leo los subtítulos de las noticias: *ZA SALVA A LA PRINCESA.* Suelto un gruñido. ¿Eso es lo que Anita quería que viera? Pero luego aparece un segundo titular: *EMILIA THOTH DETENIDA POR LA POLICÍA DE ZAMBI.* Se ve una imagen de Emilia con unas esposas hechizadas, de esas que emplean para apresar a los dotados, con la cara y las manos llenas de suciedad y el pelo alborotado sobre la cara. Siento que un arrebato de felicidad eclipsa mi mal humor. Al menos, nuestro viaje hasta allí ha servido para algo. Se muestran las imágenes que Dan grabó, pero a nosotros apenas nos mencionan. Nuestro contratiempo ya es una noticia antigua en comparación con la del remedio de ZA.

Luego muestran una foto de un comunicado de prensa oficial de ZA en la que aparece un vial de cristal grabado con su logo. El vial está lleno de un líquido rojo oscuro, espeso como la sangre. Justo como uno esperaría que fuera una poción amorosa.

Respondo a Anita: Por lo menos, Emilia se equivocó. La princesa está a salvo. Que les vaya bien.

Ella me contesta casi al instante: No tienes que demostrar coraje, guapa. Me acerco a verte en cuanto pueda.

Sus palabras hacen que me aparezcan las primeras lágrimas en los ojos, ya que me siento agradecida de tener a gente que me quiere. Pero no estoy intentando demostrar coraje. De verdad que me alegro de que la princesa esté a salvo, aunque eso signifique que mi abuelo tenía razón: al final, la familia real adaptó las normas según su conveniencia. Y Zain me rompió el corazón para salvar a la princesa.

La princesa... Tiene gracia: durante todo este proceso, no había pensado en ella tanto como ahora, a pesar de que todo giraba a su alrededor. Ahora, sola en mi habitación, pienso en cómo será verse forzado a adoptar unas medidas tan desesperadas. Tener tanto miedo al rechazo como para evitarlo a toda costa... Me pregunto si habrán rechazado a la princesa Evelyn alguna vez en su vida.

A mí lo que me asusta no es el rechazo, pues lo he vivido en mis carnes: en el colegio, por parte de los dotados. Al menos, si te rechazan, te están prestando algo de atención.

No, mi mayor miedo es el anonimato. El olvido. La oscuridad. El miedo a no hacer más en la vida que pudrirme en mi tienda familiar. El miedo a pasarme la vida sin hacer nada relevante. El miedo a encontrar al chico al que quiero entregar mi corazón y que él me ignore. Que me olvide.

Zain.

Me repugno por estar aquí compadeciéndome, pero no puedo evitar que la imagen de su cara esté grabada bajo mis párpados. No necesito una poción amorosa, necesito un remedio antiamoroso que alivie este dolor.

Es como si me hubiera tomado una de esas pociones oscuras. Una de las que causan dolor, otra mezcla completamente ilegal. Las pociones dolorosas son idiosincrásicas, personales para quien las elabora. Es necesario que el mezclador le cause un dolor físico inmenso a alguien cuando está terminando de preparar la poción. Cuanto más agónico sea el dolor, más fuerte será el resultado. Sin dolor no funciona, salvo que lo que se pretenda sea causar al receptor un ligero dolor de estómago. Demasiado dolor —si matas durante la elaboración, por ejemplo— tampoco funciona. La poción se quema y se echa a perder.

El mezclador tendría que ser una persona bastante horrible para aceptar el encargo de una de estas pociones. Además, ¿quién querría comprarle una poción a alguien así, sabiendo que tú podrías ser su siguiente víctima?

Y las pociones amorosas ni siquiera implican amor, ¿no es cierto? Implican la ilusión del amor: la fantasía. Implican deseo, pasión. Yo he visto amor de verdad: el de mis padres, por ejemplo. En él no hay nada unilateral; consiste en dos personas que están de acuerdo en afrontar el mundo juntas, sin importar los desafíos. Consiste en respeto.

Es personal.

De repente, como una grieta causada por un terremoto, se me abre un abismo en la mente. «Cerebro, ahora no, por favor». Pero no es una voz que se pueda acallar.

Una corazonada me grita que algo está mal.

Mi mente retrocede hasta aquel momento en la biblioteca, cuando esas palabras escritas en una lengua antigua llamaron mi atención. *Eluvium* era la hiedana. *Indicum.* Índigo. Ese es el color que tendría que haber esperado, no el carmesí. Era demasiado obvio.

Sacudo la cabeza. No van a dejar que la princesa beba una poción amorosa defectuosa. Si no pueden utilizar el Cuerno para verificar la autenticidad de la poción, la analizarán con minuciosidad. De ningún modo ZA va a cometer un error, hay demasiadas cosas en juego: su reputación, su negocio… Por no mencionar la vida de la princesa.

Salgo de la cama y me siento. ZA ha metido la pata.

La poción amorosa que han creado está mal. No va a funcionar.

Y yo soy la única que puede solucionarlo.

40
SAMANTHA

Franqueo la pesada puerta de madera que conduce al laboratorio de mi abuelo y suspiro aliviada. El laboratorio está limpio hasta un límite insoportable, justo como a él le gusta.

En vez de utilizar la luz de arriba, me acerco a los quemadores de aceite y los enciendo con una cerilla larga. Esa luz suave se refleja en los innumerables frascos de cristal y mezclas a medio hacer, dotando a la habitación de un resplandor inquietante. Me dirijo a la larga mesa de roble que está en el centro de la sala.

La puerta se abre y, al ver el revoltijo de pelo blanco y una mano arrugada, la tensión desaparece de mis músculos. Mi abuelo asoma la cabeza y me mira por encima de sus gafas de media luna.

—¿Va todo bien, Sam?

Las lágrimas me brotan de los ojos y sacudo la cabeza.

—Lo han hecho mal.

Él se detiene junto a la mesa y me agarra la mano.

—Lo sé.

—No me van a escuchar si intento usar el convocador. ¿Y si la princesa ya ha tomado la poción?

—Sólo hay un modo de convencerlos.

Apoyo la cabeza en su hombro.

—Tengo que hacerlo, ¿verdad?

Retira el hombro para que le mire y me da un pellizco en la mejilla.

—Nunca tienes que hacer nada. Pero, en este momento, tú sabes la verdad. Si quieres salvarla, eres la única capaz de hacerlo.

Asiento. ¿Quiero salvarla?

Claro que quiero. Es la chica a quien Zain ama. Quiero devolvérsela a él. Incluso después de todo lo sucedido, él lo merece. Me seco las lágrimas.

—Así me gusta —dice mi abuelo—. Aquí tienes un buen punto de partida.

Se acerca al lugar donde mi padre dejó la poción base que preparé en Loga. Mi cabeza está confusa, pero la agito para sacudirme las telarañas. Alzo la mezcla de perla de Aphroditas, agua de rosas y hiedra eluviana y la hago girar dentro de su frasco de cristal.

—Es preciosa —susurro. Levanto la tapa y el aire circundante se impregna de un delicado aroma, como de rosas, espuma de ola marina y cielo azul embotellados. Casi me derrito de gusto de lo bien que huele—. ¡Madre mía! ¡Deberían hacer un perfume con esto!

Mi abuelo me guiña un ojo.

—Ahora ya conoces la receta de Elixir n.º 5, el aroma estrella de la Casa Perrod.

Los ojos se me salen de las órbitas. Ese perfume lo venden en los grandes almacenes a cientos de coronas. Paso la base por un colador para recoger cualquier fragmento de polvo que no se haya disuelto del todo. Cuando consigo que esté lo más claro posible, enciendo un quemador de llama azul y coloco encima un cuenco de hierro fundido. Vierto el líquido desde arriba mientras lo observo fluir y humear al alcanzar los bordes calientes del cuenco. Con esta luz y desde esta altura, presenta un matiz parecido al del champán, una luz dorada que brilla con suavidad. Si parpadeas, te pierdes su resplandor.

Mi abuelo me observa, pero no me ayuda. Todo tiene que estar hecho por mí, sobre todo si quiero que sea tan potente como es necesario.

A continuación, corto el jazmín rosa de la mata que me dio Anita, cuyas raíces siguen enterradas. Eso también contribuirá a que la poción sea potente. En cierto modo, todo ha ido confluyendo como es debido. Esta es la poción que tengo que hacer; lo sé.

Machaco los delicados pétalos de jazmín un par de veces sobre la mesa de roble, de forma que estropeo el tono rosado de la flor, que pasa a ser marrón, y luego los añado a la base. Enseguida empieza a echar humo y a espesarse mientras el líquido hierve con fuerza. Así está bien. Eso es lo que quiero: virilidad.

Lo siguiente es el pelo de abominable. Las manos me tiemblan cuando lo saco del papel marrón en el que envolvimos las tres hebras, finas e increíblemente largas de pelo traslúcido. Cuando están superpuestas forman ese blanco puro de la montaña, pero por separado se asemejan más al cristal. Lo comparo con el cuerno de unicornio. En muchos aspectos son similares, aunque en el abominable no hay brillo. Es frío y mate. Uno representa la soledad; el otro, la pureza.

El pelo de abominable es quebradizo y, cuando cojo una de las hebras, se deshace entre mis dedos. Echo los trocitos en un gran mortero de mármol, después tomo el pistilo y empiezo a molerlos.

Es un alivio instantáneo del estrés. Primero retuerzo una y otra vez los pelos de abominable para ver cómo se deshacen, se trituran, danzan en el fondo del mortero. Luego empiezo a machacarlos y la sustancia se queda en el fondo, unida a la piedra. Es ridículo que este pequeño acto de violencia me proporcione tanto placer.

Raspo la pared del mortero con el lateral del pistilo para que no quede ni una sola molécula sin recibir su castigo.

Tiene que quedar más pulverizado aún, por lo que me coloco el mortero bajo el brazo y sigo machacando desde otro ángulo. Cuando acabo, se ha formado un polvo fino. Con mucho cuidado, lo vuelco en un frasco de cristal que mi abuelo ha etiquetado con su caligrafía espigada. Como sólo necesito una pizquita del polvo de abominable, el resto lo almacenaremos en la estantería de la tienda. *Pelo de abominable machacado: para utilizarlo en pociones amorosas, para disminuir la frialdad en las personas y aliviar la agorafobia.*

Añado a la mezcla media cucharadita de polvo de abominable y enciendo el quemador. La mezcla se va asentando mientras hierve a fuego lento.

—Vamos a tomarnos un té —dice mi abuelo—. Nos queda por delante una noche muy larga.

Vuelvo la cabeza con tristeza para mirar la mezcla antes de salir, aunque no va a pasar nada durante este rato. Tengo que reducirla a la mitad antes de añadir el cuerno de unicornio.

—¿Prefieres té de menta? —pregunto mientras me permito sonreír por primera vez en mucho tiempo.

Le sigo hasta la cocina. Llena el hervidor y pone el agua a calentar en el fogón. El fogón es mi sitio favorito de la cocina; está hecho de hierro fundido pintado de rojo fuerte y siempre se halla encendido para mantener esta parte de la casa cálida y acogedora, aunque lo demás esté hecho un desastre. Al mirar a mi alrededor y ver nuestras alacenas destartaladas y desconchadas, pienso que deberíamos conseguir pronto dinero para cambiar todo esto.

—Abuelo, ¿por qué nunca has trasladado la tienda a otro lugar?

—Sam, querida, jamás llevaré la tienda a otro sitio.

—Pero ¿por qué? Podríamos tener una ubicación mucho mejor, en un lugar de paso para la gente, podríamos digitalizar los inventarios, llevar un historial de recetas en el ordenador... Conservaríamos los elementos tradicionales del laboratorio y nuestro modo de elaborar pociones. ¿Qué tendría de malo modernizarse si dispusiéramos de dinero? Convertiríamos de nuevo la Tienda de Pociones Kemi en un verdadero negocio. Incluso si la poción amorosa no funcionara..., lograríamos que cambiaran las cosas. Y si podemos sacar algo bueno de esta experiencia, es que todo el mundo se acordará del apellido Kemi.

—Exacto, lo cual significa que, si nos necesitan, nos encontrarán.

—Pero...

—Sam, no hay «pero» que valga. Mientras yo siga vivito y coleando, esta tienda no se trasladará a ningún sitio. Quizá pienses que sólo los dotados pueden acceder a la magia, pero nada más lejos de la realidad: la magia es parte de nuestra atmósfera, del aire en que vivimos y que respiramos. Merece la pena proteger los secretos que hay aquí. —Señala mi diario, en el que acabo de terminar de apuntar esta fase de la receta—. Hay más magia en estas estanterías que en cualquier edificio moderno, una magia que hemos recibido de las generaciones de Kemi que han vivido y trabajado en esta tienda antes que nosotros.

El silbido del hervidor nos interrumpe y luego ya no me quedan energías para insistir con preguntas. Tengo toda la vida para aprender los secretos de la tienda… y de mi abuelo. Pero primero debo conseguir elaborar la poción.

Después del té, regresamos al laboratorio. En cuanto abro la puerta, unas emanaciones de humo rosa claro se deslizan hacia la cocina. Tiene que ser por el jazmín. Cojo un par de gafas de un colgador antes de ir a comprobar la mezcla, y veo que se ha concentrado formando una sustancia espesa y casi gelatinosa. Por el momento no se parece en nada a lo que debería ser una poción amorosa y tampoco quedan muchos ingredientes por añadir. Me muerdo el labio inferior, pero enseguida recuerdo que a veces las reacciones apropiadas sólo ocurren cuando está todo en la olla.

Desenrosco la tapa del bote que contiene el cuerno de unicornio y dejo caer las astillas sobre la mesa. Parecen frágiles, pero, a diferencia del pelo de abominable, no se desintegran nada más tocarlas. Ni tampoco más tarde. Ni cuando lo intento con un cuchillo afilado. No hay forma de romperlas.

—Abuelo, ¿se te ocurre algo?

Coge uno de los trozos de cuerno de unicornio, lo hace rodar en la palma de la mano y comprueba su dureza con los dedos.

—¿Crees que debería añadirlo a la mezcla tal cual? —pregunto llena de dudas.

—Tienes que extraer de algún modo los nutrientes que contiene el cuerno. Si lo añades tal cual, los demás ingredientes sólo reaccionarán con la capa exterior.

—Pero no creo que pueda abrirlo a golpes; es decir, la presión no le afecta…

—Bueno, entonces quizá debas ser más sutil.

Me dan ganas de gritarle: «¡POR QUÉ NO ME DICES YA LA RESPUESTA!», pero él es así. Me da una palmadita y se larga del laboratorio. Es el empujón que necesitaba. Si se ha marchado, significa que está convencido de que lo averiguaré. Ojalá yo tuviera la misma confianza en mí.

Ahora salen de la olla unas nubes densas de humo rosa, así que coloco encima una de las campanas del laboratorio, como una especie de matraz invertido. La idea es atrapar los efluvios, ya que pueden ser importantes después. Me sorprende que suelte tanto humo, a pesar de que el fuego está muy bajo.

En ese momento se me ocurre cómo extraer los nutrientes del cuerno de unicornio. Pongo el fragmento sobre un colador enorme y lo coloco entre la campana y la olla de hierro fundido. Observo cómo el humo lo envuelve y se arremolina a su alrededor antes de que el cuerno de unicornio empiece a perlarse de gotitas y a sudar. Sólo espero que funcione. Entonces veo que una de las gotas cae en la mezcla. En la parte donde ha salpicado la gota, el preparado blanco que está en la base del cuenco se vuelve inmediatamente de un color rosa oscuro. Aliviada, dejo que el cuerno continúe sudando.

Entretanto, me dirijo al escritorio, donde sigue abierto mi diario. Cojo la pluma estilográfica de mi padre y escribo despacio los ingredientes que faltan, las cantidades que he usado y el procedimiento de elaboración. Pienso en la princesa, trabajando de forma inconsciente con su malvada tía para encontrar la receta. Pero Emilia no aparentaba saber cuál era el ingrediente final, el que yo averigüé anoche. Un ingrediente que no hace falta ir a buscar a las Tierras Salvajes, pero que para mí es tan peligroso como los demás…

Mi siguiente pensamiento es de pánico. Tengo la cabeza apoyada en el escritorio y la pluma en la mano, manchándome de tinta. Echo un ojo al reloj: las cinco de la mañana. Llevo cuatro horas dormida.

La poción.

La mezcla.

No he estado vigilándola.

Salgo pitando hacia la mesa y por el camino me doy un golpe con la silla. El humo casi se ha disipado y la astilla de cuerno de unicornio ha desaparecido. Me asomo por encima del cuenco de hierro fundido, asustada por lo que pueda encontrarme dentro. Sin embargo, por raro que parezca, vuelve a ser líquido. Flotando en la superficie está la capa exterior del cuerno de unicornio. Cojo la cuchara y la saco.

Agarro el cuenco con los guantes para apartarlo del quemador y apagarlo del todo. Luego, vierto con suavidad el líquido en un matraz de cristal. Casi se me cae cuando veo su color: un hermoso carmesí intenso, el mismo que el de la poción que ZA mostró en la televisión. Tiene justo el aspecto que debería tener una poción amorosa. Si no supiera lo que sé, diría que es perfecta.

Pero sé que no lo es. Ha llegado la hora de hacer caso a mi corazonada sobre la última pieza del puzle, el auténtico ingrediente final de la mezcla. Saco un cuchillo de mango largo afiladísimo del cajón que hay en la otra punta de la habitación y regreso a la mesa sosteniendo suavemente el cuchillo con dos dedos.

Pongo la palma de la mano en el borde del matraz de cristal.

—¿Preparada? —me digo en voz alta. Odio hacer esto. El estómago se me revuelve, pero me obligo a estar tranquila. ¡Es sólo un corte! Me ha engullido una hiedra eluviana, me ha arañado un abominable, me ha mordido un murciélago vampiro... Puedo aguantar un cortecito.

Deslizo el cuchillo.

Apenas me roza la piel, empieza a brotar la sangre entre los pliegues. Cierro el puño y observo cómo cae una gota de sangre en la mezcla. Lo que toca la sangre se convierte en índigo.

Estoy admirando mi obra cuando se vuelve a abrir la puerta. Esperaba que fuera mi abuelo, pero no, es mi madre. Lleva el pelo revuelto y está en bata y zapatillas.

—¿Te has enterado?

—¿De qué?

—La poción sintética ha pasado todos los controles. Están a punto de administrársela a la princesa.

—¡No! —grito—. ¡No pueden!

—Dios mío, Sam, ¿qué te ha pasado en la mano?

Bajo la vista y veo que está sangrando a borbotones. Abro la mano y ella se apresura a coger un pañuelo de la mesita de al lado para apretármelo contra la palma.

—Mamá, no lo entiendes —farfullo sin prestar casi atención a la mano—. No pueden darle la poción. No sólo no va a funcionar, sino que le resultará perjudicial. Yo tengo la poción correcta.

Me doy la vuelta y agarro el matraz de la mesa. Pero, en lugar de ser el líquido que yo esperaba, la mezcla se ha convertido en polvo y el color ha cambiado a un índigo oscuro e intenso.

—¿Estás segura? —inquiere mi madre, mirándome a la cara y luego fijándose en el polvo.

—Nunca en mi vida he estado tan segura de algo.

—Entonces, será mejor que te des prisa.

Salgo como un rayo del laboratorio y cojo una botella de agua del frigorífico. Tardo un momento en medir una cucharada del polvo y mezclarlo con agua. Luego, me dirijo corriendo hacia el convocador. Si no llego a tiempo, perderemos a la princesa para siempre.

Una vez que estoy frente al convocador, toco la superficie, primero con indecisión, luego más fuerte, hasta que aporreo el cristal con la palma.

Grito el nombre de Renel, pero, si está ahí, si me está oyendo, no me hace caso.

—¡Renel! —vuelvo a gritar—. ¡Estáis cometiendo un grave error! La poción de ZA está mal. ¡Vais a envenenarla!

—No va a contestarte —me dice mi abuelo—. Ven conmigo.

No me queda otra que seguirle, aunque me planteo la posibilidad de irme al castillo corriendo y ponerme a gritar hasta que me lleven arriba, al palacio. Le sigo hasta su habitación, que está igual de desordenada y llena de libros y parafernalia alquimista que el laboratorio.

Pero allí, en la cómoda, hay una pequeña pantalla de televisión... Sólo que, tal y como mi abuelo me demuestra enseguida, no es una pantalla de televisión; es otro convocador.

Pone la palma de la mano y se activa de inmediato.

—¿Ostanes? ¿Eres tú?

El rostro arrugado que aparece al otro lado del convocador me deja sin aliento.

Es la reina madre.

41
SAMANTHA

—Tabitha.

—Ostanes. —El gesto de alivio en la cara de la reina madre es evidente—. ¿A qué estabas esperando? Están a punto de administrarle esa infame abominación sintética. Por un momento, creí que me habías fallado. —Atraviesa el convocador con la mano, dispuesta a tirar de mí.

—La familia Kemi nunca os ha fallado —replica mi abuelo, sujetándome fuerte por el hombro para que no me mueva—. Vosotros sois quienes nos fallasteis.

—Ostanes, por favor. Estamos hablando de mi nieta.

—Y son mis nietas las que han estado en peligro porque no habéis cuidado de vuestra familia.

El fuego se desata entre los dos viejos titanes y, si conozco mínimamente a mi abuelo —y por lo poco que sé de la reina madre—, este desencuentro podría durar un buen rato. Pero no tenemos tiempo. Ni Evelyn tampoco. Le doy un tirón de la manga a mi abuelo.

—Me da igual lo que esté pasando aquí. Necesito llevarle esto a Evelyn.

Su boca no se destensa, pero me suelta y agarro la mano arrugada de la reina madre. Al tirar de mí, me lleva directamente desde mi casa hasta su dormitorio. Cuando miro a mi alrededor, me quedo con la boca abierta. En una pared hay una grieta enorme, cuadros destrozados sobre el suelo de madera oscura y cristales esparcidos por todas partes. Al caerse, una de las varas de la cama con baldaquino se ha llevado por delante un pesado tapiz y lo ha destrozado.

Es un caos.

—Rápido, niña. —Con lo débil que parece en la televisión, en realidad es muy veloz. Me cuesta seguir su ritmo por las curvas y recovecos de los pasillos del palacio. En un momento dado, atraviesa un muro de ladrillo. Poco después, vuelve a aparecer—. Olvidaba que vosotros, los corrientes, necesitáis usar puertas. Qué lata.

Sin embargo, no hace aparecer una puerta, sino que abre un agujero mediante una explosión y me deja pasar a través del humo y de los escombros.

Llegamos al lugar donde tienen a la princesa Evelyn. Hay guardias a ambos lados del pasillo y una esquina llena de cámaras y periodistas. Me sorprende que les hayan permitido adentrarse tanto en el palacio.

En cuanto nos ven a la reina madre y a mí, se produce mucha agitación y aumenta la actividad para encender las cámaras y poder tomar un buen plano de nosotras. En circunstancias normales, es bastante raro conseguir un vídeo de la reina madre.

—Apartaos de mi camino —ordena ella, ostentando su enorme poder a pesar de su baja estatura. Como está aislada de la prensa, no soporta ninguna de sus tonterías. Su actitud me resulta novedosa.

Atraviesa la pared de la habitación de la princesa y en esta ocasión sí que surge una puerta para mí. En la habitación está Zain, la primera persona con la que me topo. Zol también se encuentra ahí, junto con Renel, la reina y el rey. Todos parecen muy sorprendidos de vernos.

La princesa Evelyn está dormida en la cama. Renel tiene la poción sintética en las manos.

Evelyn se revuelve, pestañea, emite un débil gemido de dolor. Zain sigue mirándome y, aunque no puedo fijar la vista en él, lo que leo en su expresión es justo lo último que esperaba encontrar: alivio.

—Llegas tarde. —Zol sonríe con aires de superioridad—. Ya hemos administrado nuestra poción.

El vello de los brazos se me eriza y siento escalofríos por la espalda. Es el aumento de energía, que cada vez va a más. Un olor a rosas impregna el aire, tan pesado, dulzón y empalagoso que casi me ahoga. Magia pura e incontrolable.

Un relámpago explota en la estancia y nos lanza al suelo. Me tapo los ojos y, cuando vuelvo a mirar a Evelyn, veo que está flotando por encima de la cama, soltando rayos por los dedos.

—¡No ha funcionado! —grita Zain, y se abalanza hacia el cabecero de la cama para intentar controlarla.

Entonces se forma una tormenta en el cuarto; el techo amenaza con desprenderse de las paredes. El temblor del suelo hace que los objetos salgan despedidos por los aires. Todo el mundo tiene puesta su atención en Evelyn, pero la mía está centrada en otra cosa: en el Cuerno de Auden, que han trasladado aquí, a la habitación de la princesa.

Me lanzo hacia él con la poción en la mano. En lo que espero que sea un momento de calma, abro la botella encima del Cuerno, pero se produce otra oleada de energía emanada de la princesa y el líquido se derrama por todas partes.

—¡No! —grito.

—¡Sam, deprisa! —dice Zain—. ¡Confío en ti! ¡Administra la poción!

Todavía queda suficiente poción. Mientras corro hacia la princesa, la tierra se va levantando bajo mis pies. En el suelo se ha abierto un agujero enorme que da al cielo azul. Salto sobre la cama, me agarro al brazo extendido de Zain y me estiro, como si estuviéramos luchando contra un huracán. Por fin, logro alcanzarla. Está gritando.

Vuelco la poción en su boca. Al mismo tiempo, ella abre los ojos de golpe y atraviesa los míos con la mirada. En ese momento, un estallido de magia me tira de la cama y salgo disparada por la habitación hasta que me choco con el podio del Cuerno de Auden, que cae con estrépito al suelo.

Me quedo allí tirada, casi sin poder moverme. Pero veo el Cuerno. Y veo que está dorado.

El ruido, el viento, el relámpago, la tormenta… Todo cesa.

—¿Zain? —Oigo decir a Evelyn.

—Hola, Evie —le susurra él. La ternura que hay en su voz me hace pedazos—. ¿Cómo te encuentras?

Zain se agacha y coge un trozo de espejo que se ha caído al suelo. Los guardas, Renel, Zol, el rey, la reina y la reina madre esperan con el alma en vilo, desperdigados por lo que ha quedado del suelo. Si esto no ha funcionado, podría ser el final.

—Oh, vaya —exclama Evelyn—, ¡estoy espantosa! —Aparta el espejo y se produce un suspiro de alivio general—. Oye, ¿qué pasa? ¿Qué ha sucedido aquí? ¿Se nos fue un poco de las manos la celebración de mi cumpleaños?

Ahora que sé que está a salvo, me asalta el dolor. La oscuridad me nubla la vista y noto cada uno de los trozos de piedra que hay bajo mi espalda. Alguien se arrodilla a mi lado y me levanta la cabeza.

—¿Estás bien?

Es Zain.

—Amor no correspondido —murmuro, por fin capaz de pronunciar la respuesta a la pregunta que Zol acaba de formular—. Ese era el ingrediente que faltaba.

—Lo has conseguido, Sam —afirma él entonces—. Has ganado la Expedición.

42
SAMANTHA

Estoy de pie, algo incómoda, vestida con un precioso traje que han enviado por mensajería desde una de las tiendas más caras de Kingstown. Por lo visto, no había nada en mi armario lo bastante elegante para mi primera cena con la realeza. Sin embargo, me niego a llevar tacones. Ya que voy a ser la única corriente de la sala, prefiero no ser también la única gigante.

Pero antes de la cena me han pedido que espere aquí. El estómago me ruge por la expectación. Me han curado los rasguños y los huesos rotos, y me han aplicado un hechizo de primera calidad para darme buen color, aunque no pueden usar magia en mi agotado cerebro. Siento que podría dormir durante un año entero. Renel me ha acompañado hasta esta sala de recepción llena de espejos que se encuentra justo al lado del dormitorio de la princesa. En ella hay un incómodo sofá, cuyas patas tienen forma de garras de león, donde intento sentarme, pero está tan duro y tan repleto de bultos que vuelvo a ponerme de pie. Además, me preocupa un poco que se me estropee el vestido.

Se produce un chispazo eléctrico y, súbitamente, la princesa aparece en la habitación. Trago saliva. Pese a haber estado tan cerca de ella como para verterle en la garganta una poción amorosa, tenerla aquí, despierta y mirándome, resulta intimidatorio. De cerca es increíblemente bella.

Se acerca a mí a toda prisa y me coge las manos como si fuéramos buenas amigas que no se ven desde hace mucho tiempo.

—Samantha Kemi. —Me da dos besos. Al acercarse, huele a Elixir n.º 5—. Así que tú eres la mente maravillosa que me ha salvado.

Yo me pongo roja como un tomate.

—Creo que más bien fue el trabajo en equipo…

Sacude las manos con desdén.

—¿Me estás tomando el pelo? ¿Sabes cuánto tiempo tardé yo en encontrar la receta para una poción amorosa? Años. Es decir, para averiguar lo del amor no correspondido. —Me observa sin pestañear a través de sus iris de color gris metálico—. Eso requiere mucha destreza.

Me muerdo el labio mientras considero qué responder, pero la princesa me detiene con una mano.

—Me has salvado la vida. Y estoy segura de que la poción era extrapotente debido a que ambas amamos de forma no correspondida a la misma persona.

Ya no me sonrojo más porque es imposible, pero siento ganas de que me trague la tierra.

—Y él también te quiere —contesto tartamudeando—. Después de todo, no necesitabas la poción.

Ella se echa a reír. Esa no es en absoluto la reacción que me esperaba. Alarga la mano y me coge de la muñeca.

—Ay, Sam, ¡no seas tonta! Él no me quiere; al menos, no de ese modo. Él no fue tan listo como tú, pero eso pronto lo descubrirás. Y, sinceramente, tampoco estoy segura de haberlo querido alguna vez de esa forma. Tienes que entender que Zain es mi mejor amigo. Ganarme su corazón, aunque fuera de un modo falso, era el único camino que encontré para alcanzar algo de felicidad en el futuro. Mira, la verdad es que no amo a nadie. Todavía.

Sonrío. La princesa me está empezando a caer bien, a mi pesar. Ella debe de darse cuenta, porque vuelve a inclinarse y a darme dos besos.

—Gracias —dice—. ¿Tienes teléfono?

—Eeeh… —Hurgo en mi bolsito de mano, que también es nuevo. Nunca antes había necesitado un bolsito de mano—. Aquí está —balbuceo mientras se lo paso.

Ella teclea su número en la agenda.

—Ya está. Así podremos ser amigas y podrás venir a la boda.

—¿La boda? —Abro los ojos de par en par.

Evelyn me sonríe con tristeza.

—He intentado evadir mi responsabilidad y mira lo que ha pasado. Todavía tengo que casarme. Es un horror, pero qué le vamos a hacer. ¿Te veo en la cena?

—Oh, no estoy segura de adónde debo dirigirme…

—No te preocupes, enviaré a alguien para que te acompañe.

Y, antes de que pueda añadir nada, ya ha desaparecido. Por suerte, esta habitación tiene puerta; de lo contrario, me sentiría atrapada de verdad.

Exploro la estancia. Aquí es donde sucedió todo, según los programas de la tele. Junto a la ventana hay una mesita con un par de vasos. Sobre una bandeja de plata hay una brillante jarra de cristal, pero está vacía.

—Ya no me fío de las mujeres que están cerca de esa mesa —dice una voz desde la puerta.

Me doy la vuelta. Es Zain.

—¿Qué quieres?

Si le molesta mi tono cortante, no lo demuestra. Y encima hace una reverencia.

—He venido para ser tu acompañante en la cena.

—¿Estás de broma? ¿Mi acompañante? Mira, prefiero irme a casa antes que sufrir más humillaciones, ¿vale?

Por fin se nubla su expresión.

—Sam…

—No, nada de «Sam». He pasado un infierno por tu culpa, ¿lo sabías?

—Lo sé. Mi padre…

—Deja de culpar a tu padre de esto.

—Sam…

—¿Crees que porque la princesa haya confundido sus emociones tú tienes derecho a confundir las mías para salvarla? Hay cosas que son igual de fuertes…, qué digo, más fuertes aún que las pociones amorosas que conoces. Los sentimientos reales, por ejemplo.

—Sam…

No puedo evitarlo. Estoy enfadadísima con él.

—Pensé que había algo entre nosotros… ¿Y tú no podías llevarle la contraria a tu padre en esto? Todo ha sido una mentira como una casa.

—No es mentira.

—¿Cómo?

—No es mentira. Yo sí que siento todo eso por ti, todo lo que dije. Creía que el ingrediente final que me desveló Evelyn era el amor. Se lo conté a mi padre y él dijo que la poción debía hacerla alguien que creyera estar enamorado de la persona que la iba a recibir.

—Por eso hiciste esas declaraciones en televisión. —Me cruzo de brazos.

—Exacto. Pero mi padre se equivocaba y yo también. Por otro lado, estabas tú. Tú averiguaste el ingrediente final pese a que no tenías por qué hacerlo. No puedo creerme que yo te haya causado esto... Pero, en fin, en cierto modo me alegro de que así fuera.

Entorno los ojos.

—¿Y eso por qué?

—Porque espero poder pasar el resto del verano intentando compensarte.

Quiero decir algo, encontrar algún comentario agudo para poder contestar, pero cuando abro la boca no me sale nada. ¡Boca traidora! Entonces suelto:

—¿No te vas a casar con la princesa?

—¿Qué? No.

—Pero ella ha dicho... —Y me callo. Ella no ha dicho que se fuera a casar con Zain. Sólo que todavía tenía que casarse.

Él aprovecha la oportunidad: me coge la mano.

—Eres única, Sam Kemi. ¿Me vas a dejar que intente recuperar tu confianza?

Yo me permito esbozar una sonrisilla.

—Lo pensaré.

Me coge del brazo.

—Vamos a llegar tarde a la cena.

—Que esperen —digo, y levanto la cara para besarle.

AGRADECIMIENTOS

Este libro ha tenido su propia alquimia especial desde el principio: la idea surgió a partir de un tuit fortuito en 2010; luego, se mezcló con muchos meses escribiendo a altas horas de la noche; y, ahora, con la ayuda de muchísima gente, por fin está listo para servirse.

Mi primer agradecimiento es para Juliet, a quien está dedicado este libro, y para Sarah, que forman el equipo de agentes de ensueño con el que cualquiera querría tener la suerte de contar. Gracias a su arduo trabajo puedo seguir haciendo lo que me gusta y divertirme mucho con ello.

En segundo lugar, muchas gracias a Elv y Zareen, mis editores en S&S de Reino Unido y Estados Unidos, por vuestro tremendo esfuerzo para ayudarme a que este libro cobrara forma. Ambos habéis estado por encima de lo exigido y esta novela no sería lo mismo sin vosotros. A Liz, de S&S Reino Unido, gracias por tu estupendo trabajo de mercadotecnia y publicidad y por apoyar con entusiasmo este libro desde el principio.

Ningún escritor debería carecer de amigos escritores en quienes confiar, y yo tengo dos de los mejores. Gracias, Kim y Laura. ¡Sin vuestras oportunas ideas, vuestros valiosos consejos y vuestros hombros para llorar no hubiera sobrevivido en este viaje! Espero que el futuro nos depare muchos más retiros.

A mamá, papá y Sophie, gracias por ser siempre los primeros en leer y los primeros en disfrutar con cada reto que supero.

Y, por último, para Lofty, gracias por no necesitar una poción amorosa para ser el amor de mi vida.

Esta edición de *Pociones: Filtro*
se terminó de imprimir en Salamanca
el 1 de febrero de 2016, aniversario
de la primera edición de *Stardust*,
de Neil Gaiman, en 1999.